TAKE
SHOBO

シンデレラは魔法を信じない

高嶺の桜は秘書室長の執愛に乱れ咲く

奏多

ILLUSTRATION
天路ゆうつづ

蜜夢
MITSU
YUME

CONTENTS

MITSU YUME

イラスト／天路ゆうつづ

シンデレラは魔法を信じない

高嶺の桜は秘書室長の執愛に乱れ咲く

プロローグ　シンデレラは、夜に輝く

　ある日、病身の母は、首にかけていたペンダントを少女の細い首にかけて言いました。

『美桜《みお》。もしお母さんが目を覚まさなくなったら、あなたがお父さんの笑顔を守ってね。指切りげんまん……お母さんとの約束よ』

　金色の細い鎖の先にぶら下がっているのは、とても小さなガラスの靴。つま先と踵《かかと》は無色の宝石《ストーン》で豪華に装飾が施されています。

『これはシンデレラの靴。美桜もお父さんのような素敵な王子様と出会えますように』

　やがて、夢見るような顔で母は眠りにつきました。

　少女はさることながら、父の嘆きは相当なものでした。小さな靴のブランドを持つ靴職人の彼は、これからはもう、靴を作って喜ばせたい相手がいないのです。

　少女は母との約束を果たすため、落胆する父が笑顔になれるよう明るく振る舞いました。

　しかし父に笑顔を取り戻させたのは少女ではなく、継母と連れ子の義姉でした。

　少女の美しさを妬むふたりは、少女につらくあたりました。

　最初こそ少女の味方をしてくれていた父も、次第にふたりの嘘《うそ》の方を信じるようになり、実の娘である少女を蔑ろにし始めます。

――家族同伴のパーティにスリッパで来るなんて、お前は私の顔に泥を塗る気か!!

わたし、靴を奪われたの。

でもお父さんの顔を潰さないように、ホテルで借りたスリッパで駆けつけたのよ。

見て。お父さんが作ったお母さんの形見の靴は、お義姉さんが履いているでしょう?

どうして、そのことをおかしいと思わないの?

どうして、その靴は娘であるわたしのものだと言ってくれないの?

――またお前は私に嘘をつくのか！　芙祐子《ふゆこ》たちの言う通りだ。お前は場違いだ。出ていけ！

お父さんの〝家族〟に、わたしは場違いなの?

ねぇ、お父さん。もうわたしの言葉は届かないの――?

――危ないっ！

視界がぶれて、目も眩《くら》むような鮮やかな赤色の髪が、目の前に飛び込んでくる。

――いってぇ……。階段をスリッパで駆け下りてくるな!!

待って、今……唇に触れた柔らかいものは――。

――今のは事故だよ、深く考えるな。

その時、服を留めていたピンが音をたてて弾け、義姉に押しつけられたお下がりのドレスがだらりと肩から落ちた。

少年の視線が止まっている。

そう、下着姿の上半身に。


悲鳴を上げ、茅野《かやの》美桜は飛び起きた。

そしてすぐに、自分は休憩室のソファでうたた寝をしていたことを悟り、苦笑する。

「うふふふ、美桜ちゃん。おはよう。昼間のお仕事が大変なのね」

美桜に声をかけたのは、仙賀《せんが》綾女《あやめ》。

口元にセクシーなホクロがあり、同性でも吸い込まれそうな妖しい魅力がある女性だ。

年齢非公開の彼女は黒髪をまとめ上げ、今日も菖蒲《あやめ》色の和装姿で、匂い立つような美貌を魅せていた。

綾女は口元を手で押さえて、ふふふと上品に笑っている。

綾女の物腰はどんな時でも優雅で、女性として憧れる。

しかも綾女は、亡き母の面影を感じさせるため、親しみやすさがあった。

「どんな夢を見ていたのかしら」

「十四歳の時の忘れたい思い出を。トラウマとなったパーティから逃げている最中、うら若き乙女の下着姿を、見知らぬヤンキーもどきに見られたことがありまして」

「あらいやだ。なぜそんな状況に？」

「階段から落ちそうになったのを助けてくれたんです。でもその代償に、大切なものを持っていかれて……」
「まあ、意味ありげ」
あれは事故だから、ファーストキスにしたくない。
助けてもらった代償は、あの時に落としたガラスの靴――母のペンダントだ。
父が自分を信じなかったあの日、もう夢を見るなと神様から言われた気がした。
自分は、王子様なんていらない。
ご都合主義のシンデレラの魔法に、夢など見ない。
幸せは自分の手で摑《つか》み取ってみせる。
そのためには――。
「美桜ちゃん、もうそろそろ支度して。……時間よ」
そして今夜も美桜は、〝桜子《さくらこ》〟という名の、もうひとりの自分に変貌する――。

＊＊・＊＊・＊＊

眠らない街、六本木――。
銀座ほど敷居は高くないが、高級店が建ち並ぶお洒落《しゃれ》な繁華街だ。
桜の名所のひとつでもあり、夜通し都会の桜を楽しむことができる。
そんな桜が散り去った四月下旬、いまだ六本木の夜桜を恋しがるかのように、華やかな夜の蝶《ちょう》が舞い集う界隈《かいわい》があった。

その一角にあるのが、一見さんお断りの会員制高級クラブ『souliers de verre《スーリエ ドゥ ベール》』だ。

このクラブは、身元がしっかりとした高学歴の才媛美女をホステスに取り揃《そろ》え、知的な会話が楽しめることでも有名だった。

守秘義務を徹底しているため、秘密裏の会談にVIP客が利用することも多い。

その夜も、豪華なシャンデリアの輝きに負けじと、色とりどりの目映いドレスを着たホステスたちが、客と談笑していた。

その中でもひと際目立つのが、白いサテンドレスを着た二十五歳のホステスだ。

ドレスに施された煌《きら》びやかな装飾が霞《かす》むくらい、彼女は美しく気品があった。

薄化粧でも映える、目鼻立ちが整った顔。

艶やかなワインレッドのリップが引かれた小さな唇。

十代の少女のような初々しさがあるのに、酒気を帯びると年相応の妖艶さを強める。

源氏名『桜子』――。

彼女はこのクラブのママ――かつて銀座の人気ホステスだった綾女が、直々に育て上げた秘蔵っ子で、一度聞いたことは忘れず、よく気がつき、接待にも品があった。

特に経済や時事について豊富な知識がある才女で、思慮深くもあり、客からビジネスの助言を求められるほどだ。

そんな桜子を口説く客は多いものの、彼女が落ちることはない。

男性のあしらいがうまいのは、男性経験が豊富だからだと思われがちだが、実は初恋もまだの処女である。このことを誰に告げても、冗談がうまいと笑われて終わるが。

――いいこと？　お客様には、桜は枯れずに永遠に咲くものなのだと信じさせなさい。

――儚《はかな》さを見せてはだめ。誰にも手折られることのない、毅然《きぜん》と美しく咲き続ける桜であり続け、お客様を安心させるのよ。

桜子が、綾女の教えを思い出しながら水割りを作っていると、客に声をかけられた。

「今日の桜子ちゃんのドレスはシンデレラみたいだな。シンデレラが好きなのかい？」

すると桜子は、作り終えた水割りを差し出して、苦笑する。

「いいえ。わたし、他人から与えられた『魔法』で幸せになるという、棚ぼたに甘んじるお姫様は好きではないんです。幸福は、自分で摑みとるものかと……」

「あはは、桜子ちゃんは現実主義だな。魔法がありえないことを可能にするからこそ、女の子の心をぐっと摑むんじゃないか」

桜子が口を開きかけた時だった。別の席から、怒声とガラスの割れる音がした。

「申し訳ございません、ちょっと見て参ります」

騒ぎのあった席に行くと、スーツ姿の酔っ払い客が新人ホステスの髪を鷲摑み、ドレスを無理矢理引きちぎっていた。

和装姿の綾女とボーイが仲裁に入るが、泥酔客は声を張り上げて怒鳴る。

「高い給料貰《もら》ってるんだろう？　お高くとまらず、お前たちの給料をくださるありがたいお客様に、ただ股を開けばいいんだよ！　こっちは溜まってるんだ、ヤラせろよ！」

二十代後半ぐらいだろうか。

大口を開けて叫ぶ姿はまるでカバだ。いや、カバの方がまだ愛嬌《あいきょう》がある。

酔って気が大きくなっているのかもしれないが、ホステスを卑しめるこうした男性は、下手に従順な姿勢を見せるとつけあがり、暴れまくる。

桜子は綾女とボーイに少し離れていてもらい、そばのテーブルから水が入ったコップを手にして近寄ると、泥酔客にばしゃりと水をかけた。

「お客様、かなり酔われているようですね。もっとお水が必要ですか？」

「なんだと、こいつ……！」

目を吊《つ》り上げて威嚇してくる男に、桜子は毅然と言い放った。

「この店の女性たちは、お客様に買われているわけではありません。股を開く女性が必要ならば、直ちにここから出ていってください！」

いつも控え目だった桜子が声を荒らげてドアを指すので、店内はざわめいた。

「俺は喜中組《よしなかぐみ》と仲がいいんだぞ⁉　お前ひとり潰すことは簡単で……」

「女ひとりを潰すのに、ヤクザに頼らないといけないのですか？　随分とわたしも買いかぶられたようですね。当店で和やかに楽しまれている他のお客様のご迷惑になりますので、お引き取りを。本日はご来店、ありがとうございました」

桜子が強制的に退店を促すと、矜持《きょうじ》を傷つけられた泥酔客は怒りに唇を震わせる。そして伸ばした手で桜子の髪を鷲摑むと、強く引いた。

サイドにまとめられていた桜子の黒髪が、露出した双肩にこぼれ落ちる。

続けて男は、テーブルにあったアイスピックを手に取り、桜子に振りかざした。

「この女、恥をかかせやがって！」

桜子は予想外の危機に驚き、身体が動かない。

制止しようとしたボーイの動きが一足遅れ、桜子のぱっちりとした目に、アイスピックの先端が近づいてくる。

「桜子、危ない！」

綾女が桜子を突き飛ばそうとしたその瞬間――アイスピックが宙で止まった。

「代議士のお父上の選挙が近いのに、大人げない騒動を起こしていいのですか、高橋さん」

男性客の手首を摑んで止めていたのは、黒髪に眼鏡をかけた若い男性だった。

上質な生地で仕立てられた黒いスーツを身にまとい、野性よりも知性を際立たせたような美貌の男――。

彼は捻り上げた手からアイスピックを落とすと、客のいないところに蹴り飛ばした。

「喜中組と関わりがあるのだと口走るのも、いささか軽率だと思いますがね」

黒水晶のような瞳を剣呑《けんのん》に煌めかせた、涼しげな切れ長の目。通った鼻筋、シャープな顎。

どこか冷ややかさを感じさせる端正すぎる顔は、まるで精緻な彫刻のようだ。

高橋と呼ばれた泥酔客は、突然現れた男の正体がわかったらしい。

「お前は……音羽《おとわ》コーポレーションの副社長秘書か⁉」

「ええ、覚えていてくださり光栄です。碓氷狸と申します。正確に言えば、社長秘書でもありますが」

桜子は目を細める。

音羽コーポレーションは、音羽コンツェルン直下の大企業だ。

総合商社であるが、十年前にブランド業界にも進出して話題になった。

音羽家当主が社長に、次期当主である直系が副社長に就くのが慣例と聞いたことがあるが、その両方の秘書を務められるぐらいだ。この碓氷という男は相当、優秀なのだろう。

「今日はプライベートで、副社長と来ておりましてね」

碓氷が促した席には、焦げ茶色の髪を流し、甘さがある品のいい顔立ちをした男が、こちらを見て笑って手を振っている。

「もしこの憩いの時間を潰すつもりでしたら、気分を害した副社長が、すぐにでもあなたのお父上に連絡し、ご相談を受けていた件を断ってしまいますが。よろしいですか？」

「お、脅すのか⁉」

「とんでもない、ただの警告です。……今のところはね」

ゆったりと笑う碓氷の目は次第に温度を失い、剣呑に細められる。それを見て高橋は震え上がり、一目散に逃げ出した。

「碓氷様、ありがとうございました」

桜子は綾女とともに碓氷に礼を述べると、碓氷は笑って片手を上げ、席に戻った。

桜子は他の客に失礼を詫《わ》びて回ると、最後に綾女に頭を下げる。

「ママ。どんなお客様であれ手を出してしまい、他のお客様に不愉快な場を作ってしまったことは、ホステスとしてあるまじきこと。ママの流儀に反してしまいました。申し訳ありませんが、わたしを解雇してください」

桜子の声に場がざわつき、綾女も動揺を見せる。

「お願いします。問題を起こしたのに見逃されたら、皆に示しがつきません」

「ママ、桜子さんは悪くないわ。私が、私が……っ」

桜子が庇《かば》った新人が綾女に泣きつくが、桜子は静かに首を振って新人を制し、強い瞳で綾女を見た。

「ママに桜子として育てていただいた恩義があるからこそ、ここはきちんとさせてください。恩を仇《あだ》で返したくありません」

変わらぬ桜子の意志に、綾女は静かに目を瞑《つぶ》ると、観念したように頷《うなず》いた。

残念がる多くの仲間と客の要望で、急遽《きゅうきょ》桜子の〝卒業会〟が開催されることになり、桜子はみんなの気持ちに目を潤ませながら、最後まで笑顔を絶やさなかった。

その一角にて、音羽コーポレーションの副社長と碓氷がこそりと会話する。

「〝高嶺《たかね》の桜〟との初顔合わせが、彼女の最後になるとはね。いいのか、お別れだぞ?」

会に加わらないふたりは、プライベートモードでは友達のように話す。

「『souliers de verre《スーリエドゥベール》』、フランス語でガラスの靴を意味するこの店を脱ぎ捨てて行くというのなら、今度はこちらが彼女を引き寄せる。『Cendrillon《サンドリヨン》』のヒロインは彼女なのだから」

背広の内ポケットに入れた手が、しゃらりと鎖の音を奏でた。

「では、どんな手を使ってもシンデレラを迎えようか。予定通りの、シンデレラプロジェクトの開始を、我が副社長」

……意味深なふたりの視線が自分に向けられていることに、桜子は気づいていなかった。

＊＊・＊＊・＊＊

「ママ、この二年、大変お世話になりました」

桜子として最後の客を送り終えた後、美桜は地味な黒いスーツ姿になり、涙ぐむ綾女に深々と頭を下げた。

「美桜ちゃん、まだお金貯めていないんでしょう？　また夜の世界のお仕事を掛け持ちするつもり？」

「……それは無理でしょう。この業界、客に手出しをした不埒《ふらち》なホステスの噂はすぐ拡がるでしょうし。わたしが桜子としてやってこられたのも、わたしに一から教えてくれて、色々と融通して応援してくれたママがいたからです。目標額まであと少しなので、方法を考えます。本来は、副業禁止の会社ですので」

「なにかあれば、いいえ、なにかなくても定期的に連絡をちょうだい。いいこと、これで縁が切れたなどと思わないで。あなたは私の子供同然。心配するのは、親の務めよ」

　すると美桜の目にじわりと涙が浮かぶ。

　一緒に住んでいても愛情など欠片もない義母よりも、夜だけに会う綾女の方が、余程美桜に無償の愛情を注いでくれていた。

　桜子を作ってくれたこのひとを〝ママ〟と呼べただけでも、この二年に悔いはない。

　美桜は涙を指で拭いながら、明るく笑った。

「はい。定期的に近況報告させていただきます」

「よろしい。頑張りなさい！　どんなつらい時でも背筋をぴんと正して、凛《りん》と生きるのよ。美しく咲く桜におなりなさい」

「はい」

「これは、今日までのお給料とささやかな心付けよ。今まで本当にお疲れ様でした」

　綾女は、封筒を美桜に手渡すと、優しく微笑んだ。

　それは聖母マリアのような慈愛深いもので、美桜はまた泣いてしまった。


　午後十一時過ぎの六本木の夜空は、スモッグがかかって星が見えない。

　美桜は、営業中の高級クラブ『souliers de verre《スーリエ ドゥ ベール》』の看板に向けて深々と頭を下げていたが、やがて静かに歩き出した。

　二年もいればかなりの古株となる。

　仲間が卒業し次々と二十歳前後の若い新人が入ってくると、古い自分は不必要だと引退を急かされているようでつらいものがあった。辞めたのはいいタイミングかもしれない。

　とはいえ、現実的な金銭事情がのしかかる。

　ママには目標額まであと少しと言ったが、実際は五百万以上は稼がないといけないのだ。

「ふぅ。今年いっぱいで家から出ていけると思ったんだけどなあ。昼間の仕事だけで、あと何年かかるのかしら。……やっぱりまた副業を考えないと駄目だわ」

　そうぼやき、ネットでアルバイト探しをしようと心に決めた時だった。

「副業、ねぇ……。昼間の仕事とは、音羽系列の『島村設計』のことか？」

　突然の声に驚いた彼女は、物陰で腕組みをして立っていた、碓氷を見つけた。

　黒い背広に、黒い髪。そして細身の眼鏡の奥に光る、黒い瞳。

　どこまでも闇色で覆われているのに、その存在感は光彩を放つかのように鮮やかだ。

「な、なんのことでしょう」

　美桜が音羽の事情を少し知っていたのは、漆黒の秘書が言う通りだった。

　昼間は音羽コーポレーションを親会社とする、傘下の会社に勤めているからだ。

「音羽系列の会社は高給だが、副業を認めていないはずだ」

　副業が認められていないのは、わかっていた。わかっていた上で、こっそりとホステスのバイトをしていたのだ。

「だ、だからなんのことで……」

「桜子こと、茅野美桜」

フルネームで呼ばれた美桜は、びくんと身体を震わせた。

「トータルブランド『ＫＡＹＡＮＯ』の社長令嬢が、島村設計に入社したのとほぼ同時にホステスを始めたのは、なにか理由があるのか？」

「な、なぜわたしのことを……」

美桜の声が上擦る。

シラを切るどころか、逆に追い詰められていた。

「匿名で本社にメールが届いた。島村設計に『ＫＡＹＡＮＯ』の娘が勤めていると。それで同じ姓を持つきみのことを調べさせてもらった。競合会社の社長令嬢が、音羽の本社ではなく下請会社の事務枠で入った理由がわからずきみを泳がせてみれば、二年も社則に反していた」

美桜は一歩後退り、顔を引き攣《つ》らせた。

（誰にも言っていないのに……。副業だけではなく、素性までバレていただなんて）

なぜ今になって口を出してきたのかはわからないが、同じ会社の上司ならまだしも、親会社の頂点にいる男に情報が漏れているのなら、もう言い繕うことはできない。

禁止されていることをわかっていながら、二年も副業をしていた自分が悪い。

観念した美桜は、ため息をひとつつくと、まっすぐに碓氷の黒い瞳を見つめた。

「……わかりました。会社も辞めます。ただ……いえ、やっぱりいいです」

「ただ、なんだ？　途中で止めるなよ」

「その、規則に反したのはわたしなのに、かなり厚かましいお願いをすることになってしまうので。それはどうかと」

「言ってみろ。もしかするとそのお願いぐらいは、聞き入れられるかもしれないぞ」

そう言われてしまうと、美桜は言わざるをえない。

「……失業保険を貰いながら、次の職を見つけたいので、懲戒解雇という形にならないよう、会社都合の離職になるようにしていただけたら嬉《うれ》しいな……と」

金が必要なのに、一度にふたつの仕事を失うのは痛い。

無職になったことを家族に悟られないよう、失業保険で金を工面しながら、急いで次の職を見つけねばならないのだ。

するとと碓氷の眼鏡のレンズが冷ややかに光り、彼はくつくつと喉元で笑った。

「失業保険、ね。庶民じみた面白いことをいう。働きたいのなら、父親の会社に行けばいいじゃないか。会社で耳にした音羽情報でも手土産にして」

すると美桜は毅然として答える。

「わたしは茅野の娘ですが、それは戸籍上だけのこと。親子関係は破綻しているのも同然です。履歴書に書かなかったのは、実家から独立したかったからで、お世話になった会社を裏切って実家の世話になるなんて、そんな不義理で甘ったれたことはしません。もしご心配なら、一筆書きますが」

一切の迷いがない眼差しを向けると、碓氷は愉快そうに目を細めた。

「いや、いい。きみの意志はわかった。だが、昼と夜の高額給料を手にしているのに、なぜさらに働こうとする？」

途端に美桜が口籠もる。

「言わないのなら、失業保険はすぐには受け取れないぞ」

美桜は抵抗を諦め、項垂れるようにして答えた。

「……お金が足りなくて」

「足りない？　借金でも抱えているのか？」

「借金ではないんですが、実家での約束がありまして。実家にいる間は、給料の九割を生活費として納め、家を出るには、今までわたしにかかった養育費用の三千万、返済しないといけなくて。それに加え、独立した後の生活費を稼ぐために、副業をしていました」

「三千万って……」

碓氷は驚きのあまり絶句した後、美桜に問うた。

「きみと茅野社長は血が繋《つな》がっているんだよな？」

「はい、父だけは。義母と義姉とは血が繋がっていません」

「なんでそんなことになった」

目の前の冷ややかな男は、なぜ自分に干渉しようとするのだろうと思いながらも、美桜は家族に対する苛立ちを、思わずぶつけてしまう。

「恐らくわたしが、無料で働く家政婦として必要だからでしょうね。父の財産に寄生して、あることないこと言って父に媚《こ》びてさえいれば、家で食っちゃ寝ができるので」

「茅野社長はなにも言わないのか？」

「言うはずないじゃないですか。わたしは父にとって、恥な性悪娘ですから」

美桜は震える唇を嚙《か》みしめた後、握った手に力を込めて言った。

「だからさっさと実家から出て自由になりたいんです。ですが今日、ふたつの職を失ってしまった。いつになるかわかりませんけど、近々意地でも家を出るつもりです！」

そして美桜は腕時計を見ると、顔を曇らせた。

「……零時までに家に戻らないと罰金となるので、これで失礼します。明日きちんと会社に退職願を出しますので、副業をしていたことはどうぞご内密に……」

「零時……。まるでシンデレラだな」

その単語を聞いた美桜は、不愉快そうに顔を歪《ゆが》めた。

「わたしは、シンデレラとは違って、自分の力で幸せを摑みます！」

そして頭を下げて去ろうとしたが、碓氷に腕を摑まれて路地裏に引き込まれた。

「ちょ……わたし、帰らないと……！」

「きみは、もっと誰かに頼ることを覚えるといい。自分の力の限界を知れ」

「え？」

碓氷は背広の内ポケットから名刺入れとボールペンを取り出すと、一枚の名刺の裏になにかの数字を書いた。

「これは俺の電話番号だ。なにかあればかけてこい」

「会社はちゃんと辞めます。音羽さんとは違うところに行きますので、必要ありません」

名刺を拒否して帰ろうとすると、碓氷の片眉が不愉快そうに跳ね上がり、美桜のバッグに名刺をねじ込んだ。

「きみはきっと、俺に連絡することになる」

碓氷は、その根拠を口にせずに意味ありげに笑う。

「今夜、俺はきみを助けた。その借りはいずれ返してもらう」

「それはどんな意味で？」

「……大人の男と女なんだ、野暮なことは聞くな」

碓氷は口元だけで笑うと、眼鏡を外した。

「これは、挨拶代わりだ」

そして怪訝な顔つきの美桜の顎を摘まんで、くいと持ち上げて視線を絡ませてくる。

そこにあったのは、吸い込まれそうなほど妖しく輝く、蠱惑《こわく》的な瞳。

ひとを拒むかのような知的な冷ややかさを取り払い、美桜を誘惑するかのように男の艶を強めて揺らめいていた。

美桜は、思わず息を呑む。

本能的に危機を感じるのに、否応なく魅きつけられ、目をそらすことができない。

野生の香りを漂わせる、この捕食者の視線から。

彼の餌になりたくないのに、絶対的な支配者に逆らうことができない――。

屈辱に煩悶《はんもん》する美桜を見つめ、碓氷はゆったりと笑う。

「今度会った時は、今夜のように家に帰らせない。きみにどんな理由があろうとも」

碓氷の顔から笑みが消えた瞬間、その顔が傾くと同時に、美桜の唇は奪われていた。

「っ、んん……!?」

驚きに目を見開き、碓氷を突き飛ばそうとした。

しかし逆に手首を強く摑まれ、美桜は動けなくなる。

角度を変えて唇を食むような口づけは、やがて深いものへと変わっていく。

「ふ、ぅ……んんっ」

恍惚《こうこつ》感を高めるサンダルウッドの香りがする中で、唇の間からねじ込まれた碓氷の舌が、逃げる美桜の舌を搦めとり、ねっとりと絡んでくる。

（ああ、なにこれ……）

その甘美な感触に、美桜はぞくぞくしながら目尻から涙を流した。

屈したくない――そう思うのに、気持ちよくて頭が朦朧《うず》としてくる。

熱い舌の蹂躙《じゅうりん》に呼応するように、足のつけ根が切なく疼いてたまらない。足から力が抜

けて身体がよろけるが、碓氷の片腕で抱き留められた。

碓氷は濃厚なキスを続けながら、スカートの下に手を潜らせ、太股を摩ってくる。

やがてその手は、美桜の震える内股を撫で上げた。

「──あぁんっ」

身震いすると同時に、美桜の口から出てしまった甘い声。

その声を聞いた碓氷は、満足げに笑って唇と手を離した。

「……いい声で啼《な》く。次が楽しみだな」

碓氷はくっと笑うと、もう一度だけ美桜の唇を啄《ついば》み、夜闇に溶けた。

美桜は、熱い顔に両手をあてて地面にしゃがみ込んでしまう。

処女なのに身体が熱く濡《ぬ》れて、興奮が静まらないことに戸惑いながら。

「なんなの、わたし……」

初めての感覚の中、ひとつだけはっきりしていることがある。

それは初めて会った、自分の弱みを握る男に──欲情したということだ。

第一章　忘れたいのに奪われて

トータルブランド『KAYANO』――。

東京を本社に、近年急成長を遂げたファッションブランドで、その前身は社長である茅野浩二《こうじ》が手がけた、『靴』に特化した小さなブランドだった。

その後、後妻の芙祐子の手腕により、洋服やアクセサリー、ハンドバッグなど派手な金装飾を中心とした、総合的なものを取り扱うようになった。

過剰すぎるほどの宣伝の甲斐《かい》あって、知名度は上がったものの、大変高価で顧客層が限定されるため、一般女性の心を摑《つか》むまでには至っていないのが実情である。

茅野社長宅は、都内でも指折りの高級住宅街にある。

元は土地開発がされる前に買った、環境がとてもいい小さな家だったが、後妻との再婚を契機に増改築され、一際目立つ白亜の大豪邸となった。

内装はゴールドを基調とした華美なもので、螺旋《らせん》階段には赤い絨毯《じゅうたん》が敷かれ、エントランスには大きなシャンデリアがぶら下がる。

成金趣味丸出しの屋敷の中で、忙しく働いているのは、メイド服の女性だ。度が入っていない、野暮ったさだけを増長させる黒縁眼鏡。長い黒髪を頭の上でお団子状にまとめた——社長令嬢の美桜である。

昨夜の碓氷とのキスを思い出してよく眠れなかった美桜は、気分を変えるために、いつもより早くに起床し、念入りに屋敷の掃除をして、住人のための朝食を作った。

ちょうどいい時刻になり、美桜は一度深呼吸をしてから、二階にもよく通る声を出す。

「おはようございます、朝食の支度ができました」

その声で、螺旋階段をのっそりと下りてきたのは、ふたりの女性だ。

今年四十九歳になる継母、芙祐子と、美桜より四つ年上の義姉、春菜《はるな》である。

ふたりはブランドの広告塔になっているが、かつて肉感的な美女だった芙祐子は、加齢とともにその美しさは衰え、エキゾチックな美女を自演する春菜は、化粧のしすぎで肌荒れがひどい。高級美容エステに通っても自堕落な生活をしているため無意味だ。

そんなふたりの矜持《きょうじ》は、エベレストより高い。

今日のように父の浩二が出張中でも、ふたりより明らかに劣る存在でいなければ、またあることないことを父に吹聴されてしまう。それを回避したいから、美桜はいつも野暮ったいメイド姿で下働きをして、ふたりの食事中もせっせと給仕していた。

とはいえ、心まで服従しているわけではない。食事を作っている最中に、美味しそうなところをつまみ食いしたこともあるし、原始人が骨付き肉を貪っているかのような食事作法を見て、心で悪態をついたりもしている。

美桜が、空になった皿を片付けていると、リビングからニュースが流れてきた。

テレビ画面を見ると、音羽コンツェルンの現当主が、海外の要人と握手をしている。

若い頃はさぞモテただろう、ロマンスグレーのいい男だ。

それを見て、大きなソファに寝転がった母子の会話が聞こえてくる。

「今度は母さん、音羽に嫁ごうかしら。もっと贅沢《ぜいたく》できそう」

「母さん、年を考えなさいよ。私は老い先短い父親より、御曹司と結婚する。やり手の超イケメンで独身と聞くし、まさに私の理想の相手だわ」

美桜は昨夜店で見た、王子様のような風貌の副社長を思い出した。

彼にしろその父にしろ、好みの女性を選ぶ権利があるだろうに、絶対に自分が選ばれるという自信に満ちているのが滑稽すぎて、笑いをかみ殺すのが大変だった。

美桜は後片付けを終えて、ふたりに言った。

「これより着替えて出勤します。残業があるので、帰りはまた門限ぎりぎりになるかと……」

今の設計会社に勤めて約二年。

いい先輩や上司に恵まれ、事務の仕事を覚えている最中だった。

(引き継ぎは、さらりとでいいわね)

最終日である今日は、早く切り上げて次の職探しに行ってこよう。

「時間内に仕事を終えられない無能ぶりを発揮して、食事作りを放棄できていいわね」

芙祐子が刺々しい声で言う。

「働かざる者食うべからずだわ。ねぇ、母さん、今夜はどんな高級料理を食べようね？服も新調しようよ」

ふふんと鼻で笑う春菜に、美桜は口元で笑みを作って会釈をした。

「どうぞ、心ゆくまま楽しんできてください。……では」

そして二階の自室に戻ると、美桜は脱いだメイド服を床に叩《たた》きつけた。

「ひとが稼いだ金でいいものを食べていいものを着て、腹立つ〜！」

この部屋は亡き母の自室だった。増改築の際、真っ先に取り壊されそうになったため、美桜が泣きながら自分の部屋にしたいと懇願したのだ。その頃、父親の態度はまだそこまで硬化しておらず、芙祐子を窘《たしな》めて美桜の望む通りにさせてくれた。

クローゼットの中にあるほとんどは、母が大事にしていた洋服や靴だ。

美桜の私服など、必要最低限の数えられるほどしかない。

シンデレラに憧れていた母親はいなくなったのに、ドレスだけが残っているのは、やはり最初から魔法なんてなかったような気がしてならなかった。

「とりあえずは、この家から出ないと、幸せもなにもあったものじゃないわ」

そう思うと同時に、母が住んでいたこの家を捨てることに、躊躇《ちゅうちょ》があるのも確かだ。

ここは唯一、母を偲《しの》べる場所なのだから。

煩悶《はんもん》し続けて十二年。美桜は自由を選んだ。

芙祐子の条件を呑《の》み、多額の代償を支払うことを、せめてもの母への贖罪《しょくざい》にして。

「しまった、こんな時間！　早く支度しなくちゃ」

簡単な化粧をして、黒いスーツに着替えた美桜は、駆け足で駅へ向かう。

駅の化粧室で眼鏡を取ると、ぱっちりとした目が現れる。

続いてお団子髪を解くと、こしのある艶やかな長い黒髪が風に靡《なび》く。それを後ろで捻って黒いバレッタで留めれば、楚々《そそ》としたＯＬ姿の完成である。

美桜が勤務する島村設計は、私鉄を乗り継いだオフィス街の片隅にあり、十二名の社員がいる。東京の大手企業のビルや建造物の設計をしている会社である。

美桜は勤務先を家族に告げていたが、誰もが吹けば飛ぶような弱小会社だと決めつけていたため、音羽系列の子会社だということを知られぬまま、最終日の今日を迎えた。

退職願はすでにしたため、バッグの中に入っている。

会社に到着すると、社長室から出てきたばかりの初老の総務部長が、青ざめた顔で美桜を席に呼び、硬質な声で言った。

「茅野くん、きみは一体なにをしたのかね⁉」

今度は美桜の方が真っ青になった。詰る口調には、思い当たるところがあるからだ。

（碓氷さんが動いたのね。事情を話したのに、解雇の形をとるつもりなんだわ）

薄情な秘書だと思いながらも、まずは部長に慌てて頭を下げた。

「申し訳ありません！　実は家庭の事情が」

「家庭の事情で、音羽コーポレーションに転籍の辞令が下りるものか。どんな家庭だ⁉」

「は……？　転籍の辞令……？」

部長は大きなため息をついた後、美桜にこう告げた。

「きみは今日から汐留《しおどめ》にある音羽コーポレーションに転籍だ。本社から社長に連絡があったようだ。形式的に今日付でこちらは退職という形をとる。手続きをするように」

「ちょ、ちょっと待ってください。なんでわたしが音羽コーポレーションに……」

「それは私が知りたいよ。だから聞いたのだ、きみはなにをしたのかと」

美桜の脳裏に、碓氷の影が過ぎる。

「ちょっと部長、失礼します。なにかの手違いかもしれませんので！」

美桜は強制的に会話を終わらせると、自席に戻ってバッグを漁る。その中から今まで忘れていた名刺を取り出すと、裏に書かれてある電話番号にスマホで電話をかけた。

碓氷はなにを考えているのだろう。

呼び出し音が止まり、すぐに美桜は言った。

「茅野と申しますが、そちらは碓氷さんの電話で間違いないでしょうか！」

すると電話の向こう側で、やけに楽しげに笑う声がした。

『やはり、俺が言った通り連絡してきたな』

悔しいがその通りだった。

しかもその艶やかな声の近さに、またキスをしたことを思い出してしまう。

ぶんぶんと頭を振って雑念を振り払い、勇ましい口調で言い立てた。

「それより今部長から、音羽コーポレーションに転籍を命じられたのですが！」

すると後ろからぽんと肩を叩かれた。それと同時に耳元に碓氷の声が直に響き、美桜は驚いて振り返る。

「ああ。きみは今日から音羽コーポレーションの秘書室に配属となる」

背後にスマホを片手にした碓氷が、薄く笑って立っていた。

「急な人事のため、これからきみの上司となる秘書室長の私が、直接きみを迎えにきた」

碓氷は、眼鏡の奥に見える切れ長の目を細めて、優しく言った。

「さあ、支度をして。副社長がお待ちだ。きみは副社長の専属秘書となる」

昨夜のキスなど、なにもなかったかのような顔だ。

引き摺《ず》っているのは自分だけで、彼は遊び感覚だったのだろうと思うと悔しい。

（わたしが、副社長の専属秘書？　冗談も大概にしてよ……）

「わたしが、秘書になれる素養がないのは、おわかりでしょう？」

碓氷はその質問が出るのは想定内というように、余裕ある顔で答えた。

「きみが、奨学金で大学を卒業した才媛であることは調査済みだ。ＶＩＰに対しても気遣いや礼儀、接客態度……すべてにおいて優秀だと、私や副社長も大いに評価している」

ホステスぶりで評価したと言わんばかりの含んだ言い方をされれば、それが弱みの美桜は言葉を詰まらせるしかできない。

そして薄く笑った碓氷は、誰にも聞こえないほどの小声で、美桜に耳打ちした。

「専属秘書となれば、ここ以上のかなりの高給だ。時間外手当も望外な額だが？」

「う……」

「どちらにしろきみに選択権はない。これはすでに決定事項として本社で受理されている」

さらに碓氷は、訝《いぶか》しげな顔でこちらを見ている部長に言った。

「勤務年数に限らず、規定通り退職金はきちんと出してくださいね、部長」

にっこりと、美桜には悪魔としか思えない威圧的な笑顔を向けられた総務部長は、愛想笑いを顔に浮かべて、すぐさま承知した。

「これで文句はないな？」

つまり碓氷は、失業保険どころか、諦めていた退職金プラスこれから探そうとしていた次の仕事を見つけてきたということだ。しかも給料が破格らしい。

碓氷は社員たちに引き継ぎは特に必要ないことを確認した上で、皆に言った。

「急な決定ですみませんが、茅野さんは只今をもって退職します。さあ、行こうか」

フェミニストさながら、碓氷は美桜の肩に優しく手を回したように見えるが、実は絶対に逃がさないとでもいうように、強く肩を摑んでいる。

ここまで理想的なお膳立てをされてしまったら、美桜には拒否することはできなかった。

「なにをふて腐れている。ベストな転職だっただろう」

見知らぬ運転手が運転する、黒い高級車の後部座席。

長い足を組んでゆったりと座る碓氷は、隣にいる美桜に愉快そうな声をかける。

「ベストどころか、窮地です。わたしが音羽の本拠地に勤めることを知ったら、家でどんなに無茶な要求をされるか」

「それは、昨夜言っていた、きみを家政婦にしているという継母たちのことか？」

「ええ、加えて言えば、義姉は白馬の王子様を夢見て、とにかく理想だけは高い。重度のシンデレラ症候群《コンプレックス》なので、音羽の御曹司との仲を取り持てと言ってきそうで。それに乗じて義母も参戦してきたら……。ため息しか出てきません」

「はは。簡単に落ちると思うか？」

「どんなに女性のあしらいが上手な方でも、自称絶世の美女たちはプライドが高く、地位や名声に異常なくらい執着するから、かなり面倒臭いかと」

碓氷は声をたてて笑う。

「なにより、彼女たちの欲を満たすために、『ＫＡＹＡＮＯ』が被害に遭わないか心配ですし」

「きみは、実家に愛情はあるんだな」

「……『ＫＡＹＡＮＯ』は元々、靴職人だった父が亡き母のために作ったブランドなんです。あの世にいる母を、これ以上悲しませたくなくて」

美桜は窓の外の景色を見つめた。

優しくて美しい、病弱な母だった。

シンデレラを夢見る少女のような母は、自宅でひっそりと息を引き取った。

美桜は母の遺言を守り、父の笑顔を守ろうと尽力した。

だが、毎日酒に逃げて鬱々としていた父に、どうすれば笑顔が戻るのか、幼い美桜には

わからない。

父に笑顔が戻ったのは、父の下で働いていた芙祐子と、父に懐いた春菜のおかげだ。

だから父が、美桜に洋服やぬいぐるみをプレゼントしてくれなくなっても、義母や義姉が喜ぶことで父が笑ってくれるなら、美桜はそれでよかった。

「父を元気にしてくれたふたりには感謝はしているんです。だから……おとぎ話のシンデレラが、惨めな暮らしを我慢していたことも、一定の理解はできる」

「ほう、どんな？」

「シンデレラが、亡きお母さんの思い出とお父さんの笑顔のために、新しい家族の横暴を我慢していたのだと思えば。だけど突然湧いて出た魔法で自分を偽り、恋もしていない王子様に嫁いで、今まで守ってきたものまですべて、迷いなく簡単に投げ捨ててしまう。そんな薄情なシンデレラが、なぜ美化されるのかわからない」

「しかしシンデレラにかけられた魔法は、魔法使いの意思によるもの。シンデレラには不可抗力じゃないか？」

「だとすれば、悪いのは魔法使いですね。シンデレラを変えようと企んだのだから。だったら余計わたしは、魔法は嫌いです」

　碓氷は愉快そうに笑って、そしてこう言った。

「はは。きみが馬鹿正直に実家の条件に従って、家を飛び出そうとしなかったのは、きみの母親のためなんだな」

「……はい。わたしは母の影を消そうとする家族が嫌いで、亡き母の存在を守るために、実家にいざるをえなかった……というのが正しいかもしれません」

「それでも家を出ようとしているんだろう？」

　美桜は碓氷にこんな心情を吐露している自分自身を不思議に思った。

　自分を脅し、不埒《ふらち》なキスをしておいて、平然としている男に。

「家を出ることで、母を守る方法を見つけましたので」

「それは？」

「それは……」

　しかし美桜はすんでのところで、答えを呑み込んだ。

「内緒です」

　美桜は桜子の顔で、優雅な作り笑いを魅せる。

　それは魅惑的な微笑みでありながら、それ以上踏み込むことを許さない笑みでもあった。

　それを見た碓氷は、怜悧《れいり》な目に甘さを滲《にじ》ませて微笑んだ。

「聞きたいな」

「駄目です」

「どうすれば教えてくれる？」

そして手を伸ばして、美桜の髪を留めているバレッタを外した。

髪が落ちると、彼は身体を捻るようにして美桜の顔を見ながら、美桜の艶やかな黒髪を手で梳《す》いた。

「音羽の副社長は、髪を下ろしている方が好みだ」

碓氷はまるで自分の好みを口にしているかのように、熱を帯びた目で告げながら、美桜の頬に手を添えると、唇を親指で横になぞり、端正な顔を近づける。

「な、なにを……」

美しい顔が間近から美桜を見つめていて、美桜の心臓は跳ね上がった。

せっかく忘れかけていたのに、思い出してしまうではないか。

昨夜、彼に強引に刻まれた……蕩《とろ》けるような熱さ、柔らかな感触を。

「リップがとれている。副社長はローズ系がお好きだ。覚えておけ」

それだけを言うと、碓氷は身体を離す。

「え……」

「どうした？　キスをされるとでも？」

「ち、ちちち違います！」

図星をさされて美桜は真っ赤な顔で狼狽《ろうばい》する。

「あはは、キス程度で動揺するとはな。きみは男性経験が豊富な桜子だろう？　それも男をその気にさせるための手管《てくだ》か？」

「ち、違います。あれは……営業用なんですよ」

実はキスもまだの処女だから、そういった揶揄《やゆ》にも免疫がありません……とは言えず、複雑な気持ちで頭を掻《か》いた。

「いいか、副社長の専属秘書は桜子モードでいろ。秘書の質も副社長の能力のひとつとして捉えられる。常に上品な余裕を見せろ」

「……わかりました」

望み通りにできるか不安はあるが、桜子のふりでいいなら慣れたものだ。

「引き受けた以上、精一杯頑張りますので、ご指導ください。碓氷室長」

桜子の顔でそう微笑むと、碓氷はわずかに苦しげな顔をして、美桜の腕を引いた。

「え……」

抱きしめられたその瞬間、美桜の唇は荒々しく奪われ、舌を搦《から》めとられていた。

完全なる不意打ちに美桜が抗おうとする前に、口腔《こうこう》内を弄《まさぐ》る舌の動きが、またあの甘美な感覚を呼び覚まし、美桜の身体の芯を熱く痺れさせた。

美桜は碓氷の背広をぎゅっと掴みながら、甘い喘《あえ》ぎ声を漏らしてしまう。

狭い車内、くちゅりくちゅりと淫らな音が鳴り響く。

（運転手さんに聞かれてしまっているかも……）

しかし羞恥以上に気持ちよくてたまらない。

「ん、ん……む、ん……ぁ、もっと……」

無意識に求めて碓氷に身体を擦りつけた美桜に、碓氷がびくりとして唇を離した。

美桜が目を開くと、碓氷が切なげな顔で美桜をじっと見ている。

美桜ははっとした。自分はなにを口走っていた？

「いいか、そうやって副社長を誘うなよ」

「誘ってなんか……」

「副社長だけではない。俺以外の男を誘って、その気にさせるんじゃない」

怒っているかのような物言いは、まるで美桜が男を誑《たぶら》かす魔性の女だと詰っているかのようだ。

（でもその言い方なら……彼なら誘ってもいい、ということ？　そして今、彼はその気になった……と言っているの？）

「返事！」

「……はい」

しかし、そんなことはありえないだろうと、美桜は横を向いて唇を手で擦る。

どうして二度までも、唇を許したんだろう。

どうして二度も抵抗できずに、気持ちいいなどと思ってしまうのだろう。

碓氷の感触を、早く消さないと、自分がどうにかなってしまいそうだった――。

＊＊・＊＊・＊＊

音羽コーポレーション本社は、高層ビルが建ち並ぶ、汐留オフィス街の中にあった。

鏡張りの近代的なデザインが斬新な、自社ビルの七階が秘書室だ。

秘書課に配属されているのは、碓氷と美桜を抜かせば、男女とも三名ずつ。

誰もが見目麗しい姿で、この選考はどうしても上層部からの作為的なものを感じる。

(桜子の姿ならまだしも、この姿ではあまりにも場違いで、気後《きおく》れしてしまうわ)

紹介されて早々に、リタイアしたい気分になる。

「室長」

碓氷を呼んだのは、長い縦巻き髪の、華やかに整った顔をした美女だ。

上品なスーツを着ているが、メリハリが利いた肢体だということはわかる。

彼女は美桜より二歳年上の二十七歳、小鳥遊《たかなし》燎子《りょうこ》という。

「どうした、小鳥遊くん」

「茅野さんは副社長専属というお話でしたが、副社長の専属は私です。私の補佐ということでしょうか」

華やいだ美女――燎子から漂う色香。それが下品に思えないのは、彼女から滲み出る知性や気品の方が強いからだろう。

「いいや。きみは副社長専属から外れてもらう。そして今月末まであと数日間は、他の秘書たちと役員秘書としての業務をこなしてもらい、来月からは秘書室から異動となる」

それはまるで、降格と言わんばかりのもの。

（まさかわたしが入ったから⁉）

「これは副社長のご判断だ。従ってくれ」

周囲がざわつく中、燎子は般若《はんにゃ》の如き形相でキッと美桜を睨《にら》みつけた。

悪意を向けられることに慣れている美桜ですら、その攻撃的な視線に動揺を見せたのに、碓氷は冷ややかな表情を崩さず、燎子も一緒に上階にある副社長室に行くことになった。

エレベーターから降り、ふかふかなワインレッドの絨毯を踏みしめて歩くと、格調高い木目のドアが見えてくる。

『副社長室』と掲げられた銀のプレートを横目に、碓氷がノックをしてドアを開けた。

東京を一望できる大きな窓を背にして、重厚な机に両肘をついた白皙《はくせき》の副社長――音羽芳人《よしと》は、柔らかな微笑を浮かべて訪問者を見つめた。

やや垂れ気味の優しい目をした、甘く整った端麗な顔立ち。

おとぎ話に出てくるような、リアル王子様だ。

そんな芳人に切り込んだのは、燎子だった。

「副社長、副社長専属が彼女に替わり、私が秘書室から異動だと碓氷室長より伺いました。

私が一体どんな失敗をしてしまったのか、お教えください」

「きみに落ち度はない。きみはこの二年、僕の専属として実によくやってくれた。しかし、茅野さんにも適性があると見ている」

きっぱりとした芳人の声に、燎子は不躾《ぶしつけ》な眼差しでじろじろと美桜を見て言う。

「茅野さんは秘書経験はどれくらいかしら？　随分と若く見えるけれど」

話を振られた美桜は、戸惑いながら答える。

「新卒二年目の二十五歳で、秘書経験は……ありません」

燎子は眉間に皺《しわ》を寄せ、大仰なほどに敵意を見せた。

「資格はあるのでしょう？　秘書や国際秘書検定、英検、TOEFL、TOEICは？」

「すみません、どれもありません」

申し訳なさそうに答えた美桜は、秘書に検定があったことを初めて知った。

すると燎子は鼻で笑った。

「大学を聞いたところで時間の無駄ね。……室長。資格もないこんな無能な専属秘書なら、音羽コンツェルンの未来を担う副社長に恥をかかせてしまいますわ！」

わずかに表情を強張らせた美桜を見て、ふっと笑った碓氷が流暢《りゅうちょう》な英語で美桜に尋ねた。

「She says that you are incompetent. Do you admit it and run away like a loser?（彼女はきみが無能だと言っている。きみはそれを認めて負け犬のように逃げ去るか？）」

「私は……」

「Answer in English.（英語で答えろ）」

「To be honest, I don't wanna be judged as incompetent person from her who I met first time only because I have no job title.（正直なことを言うと、私に肩書きがないという理由で、初対面の人に無能扱いされたくないです）」

美桜がよどみない英語を披露してみせると、燎子の顔色が変わった。

美桜が生きた英会話を口にできるのは、ホステスをしていた時に外国人客の応対ができないことに困り、外国語が堪能な綾女に教えてもらって、猛勉強したからだった。

そんな経緯を知りもしないで、芙祐子たちのように無能だというレッテルを貼らないでほしいと、美桜は内心憤っていた。

「小鳥遊くん。きみのような有能な人間が、資格がないから無能だと決めつけるのは、いささか短絡的すぎやしないか？　まるで無能者の戯言《ざれごと》みたいだ」

にやりと笑う碓氷に、燎子は唇を震わせて黙り込む。

碓氷の皮肉を感じ取った美桜は、碓氷が美桜の仇《かたき》討ちをしたのだと気づき、静かに頭を下げた。そんな様子をにこにこと見ていた芳人が言った。

「今回の人事は特別なんだ。茅野さんには僕の専属秘書として仕事を覚えてもらいながら、他に重要な仕事を兼任させる。もしそちらにかかりきりになる場合は、室長に僕の専属秘書をしてもらうつもりだ」

（え、どういうこと？　仕事は秘書だけじゃないってこと？）

「我が社の総合ブランド『Cendrillon《サンドリヨン》』は、来月に十周年を迎える。その記念となる新作を打ち出すプロジェクトを立ちあげ、茅野さんをチームリーダーに任命する。小鳥遊さんは副リーダーとして、茅野さんを補佐してほしい」

音羽系列の『Cendrillon』といえば、『KAYANO』より歴史はわずかに浅いが、『KAYANO』が追いつけない上位ブランドのはずだ。

『Cendrillon』の商品は、二十代以上の女性たちの心を摑み、さらに上流界でも話題になっていることを、以前ネットの記事で見たことがあった。

燎子は顔色を変えて食い下がる。

「ちょっと待ってください、『Cendrillon』は私が……」

燎子の悲鳴のような声を、碓氷が突き返す。

「『Cendrillon』はきみのブランドではない。十年前、十八歳の副社長が立ち上げたブランドだ。確かにメインデザイナーがおらず、方向性が決まらなかった中では、きみの意見は大いに助かった。だからその知恵で茅野くんを支えてくれ」

それでも納得していない燎子を見ると、今度は芳人が優しく微笑みながら言う。

「このブランドは、僕が信頼する小鳥遊さんと室長、ふたりの専属秘書の補佐があって大きくなった。いわば僕直下の特別組織みたいなもの。そこに茅野さんがチームリーダーとして入るのだから、僕の専属秘書になるのは必須条件だろう？」

だったら燎子は、秘書かブランドの仕事かどちらかひとつでも、今の地位のままでいいのではないか。そう燎子が疑問を口にするが、それは美桜も同感だった。

「僕はこのプロジェクトを、どうしても成功させたい。『Cendrillon』をよく知り機転がきくきみが、専属秘書やチームリーダーとしての仕事に無駄な時間を割くことなく、きみの徹底的な補佐力を最大限活かせるようにと、副リーダーに任命するんだ。秘書としてのきみの能力も大いに評価しているからこそ、きみの穴は室長と茅野さんふたり体制のカバーが必要になる。プロジェクトが終わるまでだ。協力してほしい」

「……そ、そういうことでしたら……わかりましたわ」

燎子が満更でもない顔をする横で、碓氷は静かに顔を背けて笑いをかみ殺している。

「理解が早くて助かるよ。だったら小鳥遊さん、茅野さんに引き継ぎをして」

「承知しました。では、茅野さん。秘書課に戻ったら引き継ぎをするので、さっさと覚えてくださいね。私、とろとろしている新人をリーダーなんて呼びたくないですから」

捨て台詞を忘れず、燎子がカツカツとヒールの音をたてて部屋から出て行くと、芳人が頭を抱えてぼやく。

「ふぅ。有能なのはいいんだが、あの高慢さはどうにかならないものかな。頭が痛いよ」

「ははは。でもさすがは芳人だ。俺ならあの手の女は、口が裂けても煽《おだ》てることはできない」

「大体、浬《かいり》の言葉がキツいから、いつも僕が尻拭いをする羽目になっているじゃないか」

「お前のフォローは俺がしてるんだぞ？　お互い様だろうが」

（このふたりの関係って、副社長と秘書ではないの……？）

怪訝《けげん》な顔をしている美桜に、芳人が笑って説明をした。

「浬とは小学校からの同級で、幼馴染《おさななじみ》なんだ。だけどこれは内緒にしてね、茅野さん。浬を室長にしたのは実力ではなく、僕の私情だと思われてしまうから」

「わかりました」

音羽の御曹司の相棒を長く務められるとなれば、理知的な美貌を持つ碓氷もまた、ただの優秀な庶民ではないのだろう。

「よし、本題に入ろう。きみの実家の『ＫＡＹＡＮＯ』と同業である『Cendrillon』は、僕の高校卒業時に、父から会社を経営する練習をしてみろと言われて、浬と作ったものなんだ」

練習台として始めた店がこれだけ大きなブランドになったのだから、卓越した経営センスの持ち主だ。驚嘆した美桜が素直にそう言うと、芳人は笑った。

「ターゲットが明確な業種なら僕たちにでもできると甘く見ていたから、最初は苦労したよ。デザイン畑で育っていない僕たちは、世間知らずの若造だと散々馬鹿にされてね。その打開策として、泣く泣く音羽の力を利用することで、誰もが掌を返して今に至るわけだ」

芳人も碓氷も当時を思い返しているのか、苦々しい表情を浮かべた。

「『Cendrillon』はこの数年で、いい意味での変化を遂げた。それは、名家育ちでブランドに詳しい小鳥遊さんの力があったからだ。だけど現状に甘んじるつもりはない。『Cendrill on』十周年に、また新たな風を吹き込みたいんだ」

「……副社長、なぜわたしなのでしょうか。ご存じだと思いますが、わたしは『KAYANO』の社長の娘ではありますが、『KAYANO』を含め、ブランド学を勉強したことはありません。ブランドにも疎い。もしわたしに、ブランド革新でも期待されているのなら人選ミスで……」

するとと、腕組みをしていた碓氷が答えた。

「『Cendrillon』とはどういう意味かわかるか？」

「いいえ」

「フランス語で〝シンデレラ〟を意味する」

途端美桜は、不愉快そうに目を細めた。

「『Cendrillon』は桜子のイメージを追い求めたい。そのためのシンデレラプロジェクトだ」

「……今さら副社長の前で桜子をしていたことを隠す気はありませんが、わたし、いつか王子様が迎えにくることを待っているような、受け身な女に見えましたか？」

「きみは、そんなイメージのブランドに魅力を感じるか？」

「……いいえ。では、どんな……」

すると碓氷は美桜の目を見つめながら、言った。

「それを考えろ。明日から始まるプロジェクトの案を固めてほしい。シンデレラが嫌いなきみが、シンデレラを好きになれるようなものを作り出すことを俺たちは望んでいる」

＊＊・＊＊・＊＊

午後八時――。

秘書室では誰もが定時で帰ってしまい、美桜がひとりで残っていた。

広々とした室内の奥にある、ブラインドを閉めたところが室長室だ。

いつも専用室でふんぞり返っているのかと思ったが、碓氷は常に忙しく動き回っており、稀に室長室に入ることがあってもすぐに出てくる。

それに負けないくらい、美桜の初日も忙しかった。

一度きりしか言わないという燎子の引き継ぎと、副社長の外回りに同行するという目まぐるしいスケジュールを終え、さらに案固めの残業である。

確かに精力的に動く副社長の専属秘書ともなれば、片手間にブランド商品を考えている余裕などなく、両立するには補佐が必要だ。

――え？　なぜ専属秘書を兼ねる必要があるのかって？　専属になれば僕の考えや求めているものがわかるだろう？

つまり専属秘書業務は、あくまで『Cendrillon』の新作を固めるための土台に過ぎないと、芳人はにっこりと笑って言いのけた。芳人は音羽コーポレーションの副社長職が本業だろうに、彼自身は『Cendrillon』をかなり重視しているようだ。

――『Cendrillon』は、桜子のイメージを追い求めたい。

「桜子のようなシンデレラって、なに？　まるでわからない」

そもそも桜子は、シンデレラが嫌いなのだ。

別にシンデレラを好きになりたいわけでもないのに、強制的に好きになれる妙案など出るはずもない。それでも桜子のイメージならばと、高級クラブのホステスが身につけるような煌《きら》びやかなアクセサリーを提案すると、芳人は乗っても碓氷が却下する。

――桜子なら、本当にそんなアクセサリーを身につけたいか？　ぎらぎらしたものを求めるなど、さすがは『KAYANO』の娘だな。

挙げ句には実家を持ち出して皮肉ってくるので、ついついヒートアップして討論を超えたバトルをしてしまう。それを芳人に見られて笑われるわ、転職したその日に残業して企画書を書かせられるわ、散々で。

「それでもやっぱり、シンデレラのステータスは、きらきら光るアクセサリーのような気がするのよね……」

ホステスをしていた時、アクセサリーを持っていない桜子はホステスとしては貧弱すぎて、綾女が見兼ねて私物を貸してくれた。

煌びやかな雰囲気に包まれていたから、桜子は一層目立ったのだと美桜は思う。

音羽の御曹司と室長に目をつけられるほどには。

「難関は室長よね。副社長は理解があるけど、あの鬼を論破できるものを考えないと」

そうぼやき、机に頬杖《ほおづえ》をついて思案した時だった。

「鬼とはひどい言われようだ。それに理詰めではないものを考えてほしいがな」

乱入した声に、美桜ははっと顔を上げる。

いつの間にか背後に、腕組みをする碓氷が立っていた。

「きみは、芳人には随分と好意的だな」

眼鏡という隔てるものがないせいか、彼の不機嫌さがストレートに伝わってくる。

不穏なものを感じた美桜は慌てて椅子から立つと、桜子の顔で笑った。

「お帰りなさいませ、室長」

碓氷はため息をつくと、それ以上の追及を諦め、手にしていた箱を美桜に手渡した。その箱は有名菓子店のもので、中には美味しそうなフルーツケーキがひとつ入っている。

「差し入れだ。それを食べて頑張れ」

「あ、ありがとうございます。では半分……」

「俺は甘いものがあまり得意ではないんだ。俺のことは気にせず、全部食べろ。ケーキを食べるきみを見ているだけで、俺は十分だから」

礼もそこそこに、美桜は促されるがまま椅子に座ってケーキを口にする。

「美味しい〜」

自然と顔を綻ばせると、碓氷が嬉《うれ》しそうに笑った。

なんて優しい目で微笑むのだろう。そこには鬼の要素などなにもない。

途端に美桜は罪悪感に襲われ、悪口を言ってしまった非礼を殊勝に詫《わ》びた。

「はは、ケーキの効果は絶大だな。でもまあ俺も、他人に優しくはないのは自覚している。鬼だの悪魔だの言われるのも茶飯事だしな」

優しくない男は差し入れなど買ってこない――そう口にしようとした美桜は、ケーキよりも甘い碓氷の眼差しに囚われ、思わず目を泳がせた。

「どうした？」

椅子の背凭《せもた》れに手をかけ、端正な顔を傾げるようにして覗《のぞ》き込んでくる。

（わたし、ケーキひとつで籠絡されるようなちょろい女ではないのに、ドキドキが止まらない。心を鎮めようとすればするほど、ふたりきりだと妙に意識してしまう……）

「め、眼鏡！　されているのもお似合いでしたが、されてなくとも素敵ですね」

焦った美桜の口から出たのは、どうでもいい話題だった。

動揺を悟られまいと、完璧な桜子スマイルで言うと、碓氷の顔が翳《かげ》った。

「きみはいつも、そんな風に男を煽ってるのか」

「はい？」

自分の今の言葉に、どこか不快に思える要素があっただろうかと、美桜は首を傾げる。

眼鏡をしていれば理知的な色が濃くなり、眼鏡を外せば野性味が強まる。ともに魅力的だと素直に褒めたつもりなのに、碓氷はそうは受け取らなかったらしい。

「……きみにとって俺は、その他大勢の客の中のひとりか」

そんな掠《かす》れた声を響かせた後、碓氷は美桜に机の上に腰掛けるように命じた。

有無を言わせぬ強い口調だったため、美桜が戸惑いながら突拍子もない命令に従うと、伸びてきた碓氷の手によって、上体を机の上に押し倒されてしまった。

美桜は慌てて身体を起こそうとしたが、その前に碓氷の手が美桜の両側について彼女を閉じ込めると、真上から顔を近づけてくる。

三度目のキスは勘弁と、反射的に顔を背けた美桜に、碓氷は少しだけ傷ついたように目を細めたが、それを覆い隠すように不敵な笑みを浮かべた。

「俺がきみの案を却下していたのは、きみの案が保守的で無難すぎるからだ」

熱を帯びた蠱惑《こわく》的な瞳が、美桜の心ごと捕らえていく。

「俺が『Cendrillon』に求めているのは〝挑発的な色香〟だ。光り物では王子は落ちない」

碓氷は艶に満ちた目を悠然と細めた。

「……これはレッスンだ。俺をその気にさせてみろ」

碓氷が美桜の頬を撫《な》でる。

その官能的な撫で方に、美桜はぶるりと身震いをしながらも、碓氷から目をそらすことができない。

「桜子として培った百戦錬磨の手管で、俺を落としてみろ」

唇が触れる寸前の距離で、碓氷は睦言のように囁《ささや》くと妖艶に笑った。

「お手並み拝見、だ」

広々とした秘書室で、碓氷だけしか感じられない世界に閉じ込められる。

美桜は逃げようと思う気持ちよりも、碓氷の濃厚な存在感にくらくらとした。

顔に触れる、碓氷の熱い息。

鼻で感じる、碓氷の男の匂い。

耳は碓氷の息づかいを追い、二度堪能した柔らかな唇の味の記憶が再生される。

自分は何度もキスを許すような安い女ではないのに、またあの唇に触れて快感を味わいたいという気持ちが湧き起こった。その狭間で揺れる美桜は、碓氷を突き放すことも、唇が触れるまでの一センチの距離を縮めることもできない。

いっそいつものように強引に奪ってくれれば、こんな葛藤をしなくてもいいのにと、焦れた思いに苛まれる。

「平然としていられるとは、随分余裕だな」

耳を撫でるのは、上質なベルベットのような声。

「俺では、遊ぶことすら物足りない？」

滑らかな声音にささくれたものを滲ませる碓氷に、美桜の心も苛立ちが募る。

彼は、自分のことをどんな女だと思っているのか、わかった気がしたからだ。

「こんなレッスン、男を手玉に取るきみにとっては無意味か」

はっ、と乾《か》いた笑いを吐いた唇が誘うように開かれた時、美桜は碓氷のネクタイを掴んで引き寄せると、噛みつくようなキスをした。

「これで気がすんだのなら、もう二度とふざけたことはしないで。……どいてください」

碓氷をキッと睨みつけて言い放つと、碓氷はその目に剣呑な光を宿す。

「ふざける？　ふざけているのはきみの方だ」

そして次の瞬間、美桜は再び荒々しく唇を奪われた。

「ちょ……んん、ふ……ぁっ、んんんっ」

美桜が抗おうとも、力尽くですべてを奪おうとしているかのような性急な口づけ。

碓氷の肩を引き剝がそうとしても、碓氷がその手を摑み、指を絡ませて握ってしまう。

足で蹴り飛ばしても、まったく碓氷は動じない。

やがて碓氷の舌がねじ込まれて、美桜の口の中一杯に自己主張を始めた。

「ん……ふっ、は……んっ」

舌はねっとりといやらしく動き、美桜の弱い部分を暴き出そうとする。

ぞくぞくとしたものが腰から駆け上り、美桜の肌は粟立《あわだ》った。

抵抗したい気分すらも蕩けさせられた美桜が、甘い声を漏らすと、碓氷は握ったままの手で美桜の頭を撫で、さらに深く濃厚なキスを始めた。

「ふ、く……ぅんんっ、あぁ……」

「舌……、もっと、絡ませて」

朦朧《もうろう》としている美桜は、碓氷の上擦った声に導かれて、おずおずと舌を絡めてみる。

自分の舌先がざらついた熱いものを撫でた感触と、直後にかすかに乱れた碓氷の息。

それで悦に入った美桜は、もっと碓氷を乱したくて夢中で舌を動かした。

静寂な秘書室で、くちゅくちゅという淫らな水音、恍惚《こうこつ》とした喘ぎ声が漏れ響く。

ねっとりとした舌を縺《もつ》れさせて、互いの官能を刺激するようなキスは、最早レッスンの域を超えた男女の愛撫だった。

ふたりは次第に気持ちよさを隠そうともせず、相手の喘ぎ声に煽られるようにしてさらに扇情的な声を漏らしていく。

「ん……ふぁっ、あ……んっ」

「……ん、ぅ……」

美桜の頭を弄っていた碓氷の片手は、美桜の手から外れて下に落ち、美桜の輪郭を確かめるように頬から首に落ちる。

やがてブラウスの盛り上がりを優しく手で包むと、美桜はびくんと身体を震わせた。

「感じやすい……、男を惑わせる身体だ」

唇を離すと、碓氷は嬉しそうに……、しかし同時に、どこかやるせなく言った。

そして服越しに胸の頂を指で弄り、きゅっと摘まむ。

「あぁぁんっ」

じんじんとしていた部分から強い刺激がもたらされ、美桜の背が反り返る。

「キスぐらいで感じて、服の上からでもこんなになるとはね。かなり経験豊富なようだ」

美桜は翻弄されるのが悔しくて、息を弾ませながら潤んだ目で碓氷を睨みつける。

するとと碓氷は、冷ややかに目を細めた。

「そうか。ベッドでのきみの手管とは……、桜子のように拒みながら、処女のように振舞うことで、男を煽るんだな」

「違……っ、あぁぁっ」

胸の頂を指で強く捏《こ》ねられ、言葉にならない甘い声だけしか出てこない。

「なにが違う。キスがぎこちないのは、きっと愛情を確かめ合うよりも、ねだって男に奉仕させているからだろう。……こうやって」

碓氷の手が、スカートを捲《めく》って美桜の足を撫で上げる。

身体の中で一番熱く蕩けている場所に近づくにつれて、美桜は怖れの入り混じった悩ましげな顔を碓氷に向けた。

「そうやって、表情ひとつで男をその気にさせ、男の理性を壊そうとする。感じているその顔を誰にも見せたくないと思うほどに、焦がれさせる」

碓氷は美桜に笑いかけた。

寂しげで悲哀に満ちた微笑みを。

「悪魔のような、罪作りなシンデレラだ――」

碓氷はストッキングの上から、ショーツのクロッチの中央を指で押した。

「やあああっ」

くちゅりと湿った音をわざと美桜に聞かせながら、抉《えぐ》るように強く摩擦する。

「やっ、ああ、駄目っ、そこ駄目……！」

ぞくぞくが止まらない。

初めての感覚に、ぶるぶると身体が震える。

「ミイラ取りがミイラになった気分だ」

苦笑する碓氷は美桜の両足を大きく広げた。

慌てる美桜を見ながら、碓氷は彼女の湿った部分に、ズボンの上からでも硬く膨らんでいるのがわかる部分をリズミカルに押しつける。

それは碓氷もまた男として乱れる美桜に興奮していたことを物語っていた。

女の自分にはない男の変化を感じ取り、美桜が艶めいた女の顔を向けると、碓氷はどこか切羽詰まった顔をしながら身体を前後に揺らし、布越しに触れあう部分を摩擦する。

「ああ……。こんな……っ」

布越しというのがもどかしい。直であれば、どれほどの快楽が待ち受けているのだろう。

服を着ていることが美桜の羞恥を薄れさせ、快楽の方に意識が集中してしまう。

「物欲しそうな顔をしても駄目だ。今はただの……レッスンなんだから」

掠れて乱れた碓氷の声音は、まるでそう自分に言い聞かせているかのような哀切な響きがあった。

「聞こえるか、きみの音。きみの身体は、こんなにも俺を求めている」

「……求めて、ないっ」

「そんなうっとりとした顔をして、強がるな。だったら、続きをやめて帰るか？」

碓氷が動きを止めたため、美桜は思わず碓氷の背に手を回して、ぎゅっと抱きしめる。

じんじんしている部分にもっと刺激が欲しくて、気が狂いそうだ。

ここまでしたのなら、最後まで責任をとってほしい。

知らなかった世界に連れていってほしい――。

本能の赴くまま、妖艶にねだる美桜の眼差しを見た碓氷の目が揺れた。

「はは……。そう、その目だ。その挑発的な色香だ。心身ともに俺を求める、それだ」

碓氷は嬉しそうに笑うと、美桜の両足をさらに大きく広げ、腰を回すようにして秘処を抉っていく。

「はぁあっ、あああっ、気持ち……いいっ」

「……っ、初日だから……我慢する。次は……我慢させた責任を、とってもらうぞ」

「次……」

「こんな真似事で、終われるか……っ」

やがて碓氷が美桜の唇を塞ぎ、触れあう股間に指を加えて美桜を刺激すると、身体が浮遊するかのような急いた気持ちが湧き上がる。

美桜は戸惑いに揺れながら、やがて来る快感の果てに身を震わせた。

「……イッたな」

頭を撫でる碓氷が放った言葉で、これが世に言うイク感覚なのだと悟る。

本当のセックスをしたら、どれだけの気持ちよさが待ち受けているのだろう。

考えるだけで子宮が疼いてくるが、恥ずかしくて碓氷の顔が見ることができない。

そんな美桜の顎を摑んで正面に固定させた碓氷は、翳った表情で言う。

「きみは、男として意識していなかった俺を求め、俺でイッたんだ。それを忘れるな」

念押しされるほどに美桜は思い知らされる。

「取り繕わない、本能剝き出しのシンデレラの挑発……どんな案を持ってくるか、楽しみにしている」

これは愛の欠片もないただのレッスンだと。

昂《たかぶ》った心がすとんと落ち着き、美桜はケーキの残骸を見つめながら、唇を嚙みしめた。

＊＊・＊＊・＊＊

明くる日――。

刺激的な体験をしすぎて眠れなかった美桜は、出勤しても碓氷の姿を見るたびに緊張していたが、碓氷はいつも通りの冷ややかな美貌を際立たせて、平然としていた。

意識しているのは自分だけだというのが悔しい。セクハラ男とわめきたい気分ではあったが、そうすると後が怖い気がして、黙っておとなしくしている。

午前十時に副社長室にて、新しいプロジェクトメンバーとして紹介されたのは、碓氷が連れてきたふたりの若者だった。

「榛木《はるき》真《まこと》、二十四歳でーす！　営業からきました!!」

耳朶《みみたぶ》にはピアス穴が見え、ワックスで毛先を散らした髪型といい、イマドキの青年だ。

「あれー、リーダーも副リーダーもおしとやかですねー。もっと仲良くしましょうよ！」

人懐っこい笑みを浮かべた子犬のような青年が、音羽コーポレーションに就職できて、さらに芳人と碓氷の目に止まったのは、よほど営業力があるからなのだろうか。

燎子も眉を顰《ひそ》めている。

榛木の次に紹介されたのは、若い女性だった。

「羽馬《はば》薫《かおり》です。去年企画部に入りました。以上です」

今度は榛木と対照的に、瓶底眼鏡におさげ髪という野暮ったい出で立ちの社員だ。不似合いな真っ赤な口紅が、目に飛び込んでくる。

茅野家での美桜の姿とどこか重なるものがあり、美桜は妙な親近感を覚えたが、薫のつんとした近寄りがたさが、そうした仲間意識を打ち消す。

「やだなあ、カオリン。もっと愛想よく！　俺が浮いちゃうじゃないか」

「大丈夫です、榛木さん。私も十分浮くと思いますので」

「そうか、浮き仲間だね！」

「不名誉な名称です。私はもうすでに、名誉ある団体に属していますので」

「ああ、腐った？」

「な、なぜそれを……」

「俺の情報網をなめるんじゃないよ」

勝手に盛り上がる若者ふたりは、この場では明らかに異質だ。

引き継ぎ以外に交流がない燎子とはまた違う、苦手意識が美桜に芽生えていた。

美桜は不安になって芳人を見たが、芳人はにこにことして言った。

「前に呼んだ時は初対面だったのに、さすがは〝話せばみんな友達〟の榛木くんだ」

「えへ。あざーっす！」

「あざーすとは、ありがとうの意味だったっけ。ははは。五歳の違いにジェネレーションギャップを感じるね」

「いやー、副社長は若者に理解力があって嬉しいっす！」

美桜はずきずきと痛む頭を抱えながら、碓氷に目で助けを求めたが、彼も笑うばかりで特に否定をする気はないようだ。

「来月……五月一日付で辞令を出すが、ＧＷを挟み、引き継ぎもあることだろうから、プロジェクトの始動は来月七日にしよう。それまでに専用の部屋を用意しておく。ただ……初日にすぐに取りかかれるよう、前日に会議だけはしておきたいな。時間と場所はメールで知らせる」

芳人が説明する中、燎子が前に進み出て、芳人に言った。

「副社長。彼らは『Cendrillon』の企画メンバーですよね？」

「ああそうだ。加えて言えば、十周年という記念すべき大イベントの、だ」

「でしたらせめて、経験値があるメンバーにしませんか⁉　明らかに人選ミスです！」

燎子の言葉に、美桜も心の中で頷《うなず》いた。

「きみは昨日からそればかりだな。彼らは能力があるよ」

芳人が笑って若者ふたりを見ると、榛木は両手でピースを作って燎子に見せつけ、薫はなぜか芳人と碓氷の顔を見て口元を緩めると、手の甲で口を拭った。

「そのようには見えません。これなら茅野さんの方が、断然ましです！」

敵の敵は味方なのだろうか。

プロジェクト会議が始まったら、燎子と少しは仲良くできるかもしれない――その考えが甘かったことに気づいたのは、初会議の日だった。

会議室の隅では、腕組みをした碓氷が座っている。彼がただならぬ威圧感を放つせいで、場には和やかさが一切なく、話も進めにくい。

妙に静まり返った会議室の中で、やや緊張気味の美桜の声が大きく響き渡る。

「……叩き台として資料を用意しました。これを元に、商品を煮詰めていきたいと思っています。私見を述べさせていただきますが、シンデレラのイメージは煌びやかなお姫様。コンセプトは……」

「いいと思いまーす」

「同じく」

「いいんじゃないかしら。それで」

すべてを言い切ってもおらず、彼らはまだ資料を読み込んでもいない。

どんな商品案なのか全貌を知ろうともしないで同意する様は、無責任この上なかった。

美桜だって、夜通したくさん考えた案の中で、ようやく叩き台として、碓氷と芳人双方から認められたものだ。代案をここで出せとは言わないから、もっとよく精査して、忌憚《きたん》なき意見が欲しい。

「もっとよく考えて……」

「でもリーダー、俺は女性のアクセサリーなんて知らないし。あ、すみません。大切なクライアントから電話がかかってきたんで、外で応答してもいいですか？」

「……どうぞ」

（会議の時くらい、スマホの電源を切りなさいよ。バイブでマッサージでもしているの？）

怒りをぐっと堪えて、美桜は営業スマイルで薫に話しかけてみたのだが。

「私も榛木さん同様、そういうのには無縁で欲しいとも思いません。シンデレラも好きじゃないし。商品として売り出す価値があるのなら、それでいいんじゃないですか？」

眼鏡のレンズを非情に光らせ、一刀両断だ。

（わたしだってシンデレラは嫌いよ！　でも……もっと歩み寄ろうよ。商品価値があるものを、みんなで作りたいのに……！）

美桜は疲れ切った顔で燎子を見る。

『Cendrillon』に知恵を授けた彼女なら、一般論ではなくいい知恵があるのではないかと、突っ込んで聞けば、燎子は明らかな苛立ちをあらわにして、片眉を跳ねあげる。

「叩き台だろうが、副社長と室長のOKが出ているのよね？　だったらそれでいいじゃない。時間をかけるべきところは、そこじゃないでしょう？」

（なまじ裏事情を知っているだけに、なんと合理的で非協力的なご意見……）

メンバーたちの協力が得られない。

今まで美桜は裏方に徹してばかりいて、リーダー的な立ち位置にいたことはなかった。前の設計会社では単純な事務仕事だったし、ホステスだって基本は聞き役であり、客を引き立てる仕事だ。

どうすればメンバーの心をひとつにまとめ、活発な意見が出てチームが活気づくのか、要領がわからない。

そんな焦りと混乱が強まる中、さらに美桜の精神力を削ってくるのは、碓氷だ。

彼から、どこか苛立ったような冷ややかな視線を感じる。

失望しているのだろう。本社に引き抜いたことを後悔しているのかもしれない。

そこに芳人がやってきて、碓氷となにやら小声で話し始めた。

（わたしにはリーダーの資質がないと言っているのかもしれない……）

恥ずかしく情けない。しかし、まだなにもしていないのにリタイア宣言する気もない。

（こうなれば……）

美桜は手を叩いて全員の視線を集めると、戻ってきたばかりの榛木に声をかけた。

「榛木くんなら、恋人に贈り物をするとしたらなににする？」

「は？　俺ですか？　指輪かなあ」

「それはなぜ？」

「繋《つな》いでおくという意味で。ネックレスでもいいですが、指輪の方が虫避けにもなるし」

「どんな指輪かしら」

「それは……そうだな、可愛らしいデザインの、ピンクトルマリンの石をつけたい」

「あら、ダイヤじゃないの？」

「敷居が高いですよ、リーダー。引かれない覚悟ができたらにします」

「ふふ、榛木くんの理想の恋人像は、みんなから好かれる可愛らしい子なのね」

美桜は、桜子のように微笑む。饒舌《じょうぜつ》だった榛木はわずかに顔を緩ませたが、突如咳払《せきばら》いを始めた碓氷に驚き、表情を正した。

「では薫ちゃん。あなたが物語を作るのだとしたら、主役を幸せにするためのアイテムってなにが必要だと考える？」

「物語……であるのなら、そうですね。世界でひとつしかないもので感動させたいです。やはり愛の道具としては、男も女もアクセサリーですね。いつも身につけられるから」

自分には無縁で欲しくないと言っていたはずの薫は、主役を空想の住人にした途端、意気揚々と喋《しゃべ》り出した。どんなアクセサリーかを尋ねると、薫はノートにボールペンでさらさらと絵を描く。その絵はとてもわかりやすかった。

(リーダーって、メンバーの特性を見抜いて、意見を誘導するのも役目なんだわ)

受け身ではいけないのだと、美桜は少しずつ自分の役割を自覚しながら燎子に向いた。

「ええと、小鳥遊さん……燎子さんと呼ばせてもらってもいいでしょうか」

「……勝手にどうぞ」

「それでは燎子さん。あなたがここの給料すべてを使い切って、自分へのご褒美になにかを買うとしたら、なにを買いますか?」

その質問は燎子には意外性があって面白かったらしく、すぐに答えてくれた。

「褒美?　そうね……クルージングかしら」

「クルージング!　アクセサリーやバッグとか、服ではなく?」

「そんなもの、たくさんもっているし。一番贅沢なのは、消えてなくなってしまうものに、お金を出すこととかしら」

するとと榛木も薫も声を上げた。

「ああ、わかるかも。夢のように終わってしまうものにお金を出すのは、贅沢ですよ」

「私も同感です。ただ贅沢な幸せが跡形もなくなってしまった時のことを考えれば、ひどくやるせないですが。……そうか、だから恋人には逆に、愛や幸せが消えてしまわないよう、永遠性のあるものを求めるのかもしれませんね」

狙い通りの思考展開になり、美桜はパンと手を叩いてから言った。

「それこそが、シンデレラだと思わない？　魔法は解けてしまうからこそ、男も女も永遠の愛を求める。だとすれば、永遠を信じさせるようなものにはなにがあるかしら」

美桜は笑いかけながら、苦労して作ってきた資料をびりびりとふたつに割いた。

唖然《あぜん》とする一同の前で、美桜は続けて言う。

「他人の意見に引き摺られないで。生の声を聞きたいわ」

……それを見ていた碓氷の口元が綻んだことに、美桜は気づいていなかった。


それから一時間が経ち、会議の終了を告げたのは碓氷だった。

〝永遠を信じさせるようなもの〟――それに対して、明日までに各自が案としてまとめてくるという課題を出して、なんとか一度目の会議を無事に終えることができた。

美桜は休む暇なく、そのまま芳人とともに碓氷が運転する社用車で外出する。

美桜の紹介を兼ねて訪問するのは、大企業の社長や重役だ。

彼らは、有能な燎子から専属秘書が変わったことが珍しいのか、美桜の力を推し量ろうと難しい経済の話を振ったが、桜子として客から色々な情報を得ていた美桜は、落ち着いて対応ができたため、誰もが才媛だと美桜を褒めた。

「さすがは桜子。僕も鼻高々だったよ」

「……副社長。わたし、桜子ではないですが！」

「同じだから、いいじゃないか」

「違います！」

芳人はとても話しやすく、美桜を揶揄してくるため、ついつい気安く接してしまう。

それを制するのはいつも、厳しい目をした碓氷であり、今回も運転席から咳払いをして、言動を慎むようにと注意されてしまった。

「ねぇ、茅野さん。今日のプロジェクト会議、なぜメンバーにあんな質問をしたんだ？」

「榛木くんはイマドキの青年でスーツもブランドものですが、靴が……高級靴ではなく」

「靴？」

「はい。桜子の時もそうでしたが、話題を探る時は靴を見るんです。どんなに着飾っていても、靴には人間性が出ると、昔、靴職人だった父が言っていまして」

するると運転席から、碓氷が愉快そうに尋ねてくる。

「榛木はどんな靴だったんだ？」

「今流行の細身の靴ではなく幅広で、汚れて傷んでいました。きっと営業回りで靴を酷使し、いつも足が疲れて浮腫《むく》んでいるから、幅広なのかなと。そう考えたら、見かけとは違い、意外にストイックな思考の持ち主だと思ったんです。だから、興味さえあれば真面目に話に乗ってくれそうだと」

「へぇ。だったら羽馬さんは？」

「彼女は黒革のローファーで、踵がすり切れているのか、少し歩き方がおぼつかないところがありました。ということは、営業でもないのに彼女は走り回っている可能性が高い。

そして指には年季の入ったペンだこ。音羽は副業禁止であるのと、昨日の榛木くんとの会話からして、社外のサークルに属してイベント参加できる、つまり同人活動をしているのだと思いました。だから物語世界という設定なら深く考えてくれるのではないかと」

榛木は『腐った』サークルだと称し、薫が芳人と碓氷を目の前にしてにやにやしていたのを思えば、恐らくはＢＬなのだろうと推測はついていたが、それは言わないでおいた。

「燎子さんは自分を美しく見せるための靴を履いています。自分磨きに努力を怠らない、女子力が高い方だと思いました。価値観は違っても、多くの女性の視点に立ち、はっきりとした意見をくださるだろうと。結果オーライでシンデレラに繋げられてよかったです」

「だったら僕と浬は？」

「副社長はぴかぴかに磨かれた細身の茶色い革靴。控え目ですが単調ではない個性的な色合いなので、争いは好まなくとも、いざ争いになったら先陣を切られるように思います」

芳人は声をたてて笑った。

「室長もまた、ぴかぴかな細身の黒い革靴で、スタイリッシュですが機能性の方をより大事にされているように思います。華々しいものよりも実用的なものを好まれ、現代に順応しつつも、古いものも同様に大事にされる方なのかもしれません。流行に左右されず、強い信念に基づいて着実に一本道を歩いていく……そんな気がします」

「……すごいものだな、浬」

「ああ。靴だけで占い師になれそうだ」

「占い師なら、綾女ママの方がなれると思います。本当に鋭いですから」

「あのママは特別だけど、秘蔵っ子もすごいぞ。桜子として培った観察眼と、一度見聞きすれば覚える記憶力。いやはや、素晴らしい人材を確保できたな、浬……っと、もうこんなところか。そこの角で停めてくれ。きみは下りなくていい。修羅場はごめんだから」

「修羅場？　あ、もしや恋人か奥様ですか？　では専属秘書になったご挨拶を……」

「い、いやいい。そういうのではないから」

「と、いいますと……？」

するとと運転席の碓氷が咳払いをして、言った。

「副社長はこれから、『Cendrillon』にとって有益となる、現地調査と会議に行かれる」

「だったら尚更、わたしも行った方が……」

「ホテルで一晩、裸の男と女が汗だくで『Cendrillon』の商品について話し合うんだけど、茅野さんも参加したいの？　だったら……」

「行きません！」

「行かせない！」

美桜と碓氷が声を荒らげた時に車が停まる。笑いながら芳人が降りて、走っていった。

笑う顔も優しい王子様なのに、勤務時間中になにをしているのだ。

頭を抱えて唸《うな》る美桜に、碓氷が咳払いをして言う。

「色々と思うところはあるだろうが、芳人の女遊びについては理解し、フォローしてやってくれ。正論をかざしてやめさせる方が、少々厄介なことが起きる」

「え……。もしかして、性欲が止まらずに誰かを襲うようになるとか？」

「それはない。セックス依存症でもないんだが……思い出したくないことを思い出して精神のバランスを崩す。あいつは限界まで我慢するから、熱を出して突然倒れるんだ」

（副社長の過去に、なにかショックな事件があったのね。女遊びをすることで封じ込められる記憶って、どんなものかしら……）

「芳人のプライベートに関するものだから、これ以上は言えないが、あいつが女遊びをする時は、なんらかの事情で精神に負荷がかかっているんだ。精神バランスを保つため、自分で相手を見つけてくる。その時はなにも言わずに見送ってほしい」

「は、はい」

「ちなみにこのことは、小鳥遊くんは知らない。気転は利くがあの気性だ。芳人を責め立てて追い詰めそうだからな。俺ときみだけの秘密にしてくれ」

「わかりました」

美桜の素性を知っているのに、こうして音羽の御曹司の秘密を語るのは、それだけ美桜を信用してくれているということだ。その期待には応えたいと思う。

「元来、面倒見がいい芳人は、どこか陰があり庇護欲《ひごよく》をそそられる女に惹《ひ》かれやすい。たまにおかしな女をひっかけることがあるから注意してくれ」

「はあ……。おかしな女って、ストーカーとかですか？」

「それもあったが、芳人の女だと勘違いして会社にやってくる女、マスコミに寝た写真をばらまく女、美人局《つつもたせ》の女。後腐れの無い女を選んでほしいよ」

「あれだけのスペックなら、女なんて選び放題なのに、よりによって……あの、室長。どちらへ向かってます？　さすがに会社に戻る道とは違うのでは？」

「ああ、会社には俺もきみも直帰だと言付けてある。今は銀座に向かっている」

「銀座、ですか」

「ああ。ちょっと付き合え」

銀座界隈《かいわい》になると高級外車が行き交う。

碓氷は駐車場に社用車を停めると、美桜を連れて隣のビルの洒落《しゃれ》た店に入る。

美桜が見上げた看板には、『Cendrillon』本店と書かれてあった。

『Cendrillon』ビルは六階建てであり、フロアごとに置かれている商品も雰囲気も違う。

それでも共通するのは、洗練された中における素朴さとか、可愛らしさの中にある色香とか、相反するふたつのテイストを織り交ぜているところだ。

「すごい。これ、燎子さんがアイデアを出したんですか？」

「……すべてではない。女性の考えを得るために、芳人も体を張っているし」

芳人の現地調査は嘘《うそ》ではなかったようだ。

碓氷はどうなのだろう。

そう聞いてみたかったが、美桜の口からはなぜか言葉が出てこなかった。

エスカレーターで先導する碓氷が、足を止めたのは六階で、洋服のフロアだった。カジュアルからフォーマルまで取り揃《そろ》えてあるが、どんなものにもそこはかとない上品さが感じられる。

「いらっしゃいませ。あ、碓氷室長、お久しぶりです」

燎子に系統が似ているエキゾチックな美女が、深みのあるボルドー系のリップを引いた唇を持ち上げ、どこか媚《こ》びた笑いを見せた。

「ああ、久しぶりだな店長。彼女に服を見繕ってくれ。仕事でも大丈夫なものを」

「は、は？　あの……」

しかし碓氷は意味深に笑うだけだ。

「お客様は色白なので、こちらも似合いますね、こちらも……」

美桜は色々な服を身体に当てられながら、碓氷に助けを求める視線を送る。

だが、待合の椅子に長い足を組んで座る碓氷は、そんな美桜に片手を振るだけだ。

美桜はそのまま試着室に連れていかれてしまった。

色々と着せ替えをさせられて、店長と碓氷が揃って頷いたのは、黒のワンピースだった。

布がふんだんに使われたドレープ状の袖。腕の横側にはアクセントとなる黒いレースがちらりと顔を覗かせ、腕を上げるとレースに肌が透けて見え、セクシーだ。

ウエストラインは絞ってあり、スカートの裾にはスリットが入っている。

襟ぐりが大きいために、一緒に売られていた淡水パールの五連ネックレスと、揃いのイヤリングをつけられた。

「……とても綺麗《きれい》だ。これが一番似合う」

熱を帯びた黒い瞳。

耳に届くのは、残業中に聞いた彼の喘ぎにも似たもので、美桜の鼓動が速くなる。

これはお世辞だと思うのに、どうして身体が熱くなってしまうのだろう。

どうしてこんなにも、胸がぎゅっと絞られるような心地になるのだろう。

だが、碓氷が内ポケットから取り出した財布から、一枚のカードを抜いて店長に手渡すのを見ると、美桜は裏返った声を出してしまった。

「え、買うんですか⁉」

「きみは、ただ着せ替えごっこをしにここに来たと思っていたのか？　秘書室の連中を見ただろう。秘書室も店と同じだ。それなりの服を着なければ、副社長の格が下がる」

「は、はい。バーゲンのスーツですみません。では、わたしが買います」

「これは、プロジェクト会議を頑張ったきみへのご褒美だ。俺が買う」

「いやいや、でしたら自販機のジュースでも奢《おご》ってください。室長に、こんな高そうな服を買っていただく義理はないので」

「義理ならある。きみを本社に連れてきたのは俺だ。……店長、着ていた服を包んでくれ、これは着て帰る」

碓氷は金色に光るカードを押しつけると、店長はそれで会計を始めた。

その合計金額に卒倒しそうになりながら、美桜は碓氷に言った。

「あの、わたしこんな高いものを貰《もら》う気はありません。明日お金を返しますので！」

「いらない。男に恥をかかせるな。ありがとうと素直に礼を言われて、仕事を頑張る糧にされた方が嬉しい」

「……っ」

美桜は泣きそうになって、顔を俯《うつむ》かせた。

美桜として、誰かからプレゼントされたのは、いつぶりだったろうか。

それはきっと、亡き母からガラスの靴のペンダントを貰った時以来だ。

あれはなくしてしまったけれど、今度はこうして自分の手に残る贈り物がある――。

せっかくの好意に涙を流すわけにはいかない。

碓氷が求める、桜子になろう。

「ありがとうございます。素敵なプレゼントをいただいたからには、ご期待に添えるように頑張ります」

完璧な桜子スマイルを見た碓氷は、顔を強張らせた。

穏やかさは引き、疲れたようなため息をひとつつくと、怪訝な顔をする美桜の前で眼鏡を外した。

「貢ぎ物……、そんな程度か」

「え？」

「きみにとっては、俺は……そういうわけか。だったら……わかった」

端正な顔は、切なげな翳りに覆われている。

きょとんとする美桜の耳元に、碓氷は囁く。

「……では、ホテルに行こう。それを脱がし、きみを暴いてやる」

「は⁉」

桜子の仮面も、碓氷の一言で一気に剝がされてしまう。

「言ったろう。次に会ったら帰さないと。それともこう言うか。あの夜に我慢させた責任をとってもらう、と」

「な……！　それはもう時効じゃ……」

「勝手に時効にするなよ。……きみが動き出せるまで、せっかく〝いい上司〟に徹していたんだ。今夜はきみから褒美を貰う」

仕事を頑張ったからと服を贈られ、ありがとうと礼を言っただけで、なぜこんな展開になってしまったのか、美桜は焦る。

綺麗だと言ってくれた時、碓氷には下心など見えなかったのに、どうして急に、碓氷は不機嫌な顔で誘惑するのだろうか。

自分が踏んだ地雷は、なんだったのだろうか。

「狼狽してみせるのも、きみの手管のひとつか？」

冷たい言葉とは裏腹に、甘さと熱さが入り交じった黒水晶の瞳。

美桜の心は冷えるのに、彼に快楽を刻まれた身体は、こうして彼に見つめられるだけで熱く蕩けてしまいそうになる。

「いつもいつも、あの店ではきみの話題で持ちきりだった。店外でも、きみを落とすのに客はどれくらいの金をかけたと思う。こんな程度ではなかったはずだ」

彼は常連だったのだろうか。

しかし今まで一度も指名されたことはなかった。

「だからアフターは禁止で」

「その割には、きみと寝たという男が自慢げに話していたがな、しかも複数」

なぜか碓氷は苛立ったような目を剣呑に光らせ、細める。

「それは嘘です。そんなことはありません」

「はは。じゃあなんだ、大勢が一同に嘘をついていたと？　現にすぐ芳人の気を引き、俺が欲しいとあんなに乱れても、次の日からは平然としているじゃないか」

「あれは……っ」

「あの挑発は、慣れた女がするものだ。今さら、演技をしなくてもいい」

怒ったような口調の碓氷には、美桜の言葉は届かない。

キスも身体を暴かれたのも、碓氷が初めてなのだ。

焦らされて求めさせられて、自分ひとりがそれを引き摺って。

あの酔っ払いの馬鹿息子の如く、金と時間をかければ簡単に股を開く女だと思われていたのに、勝手にドキドキしてしまった自分はなんて愚かな女だろう。

しかし、命を助けてもらった上、どんな目的であろうと、より好条件で転職させてもらっていることは事実。その恩に報いるため、彼が望む〝接待〟をしよう。

この淫らな連鎖を断ち切り、これ以上惨めな思いをしないですむのなら、処女くらい捨てて、碓氷になにが真実なのかを思い知らせてやる。それで、終わりだ。

「わかりました。わたしを着飾らせてくれた魔法使いの室長に、御礼をしましょう」

シンデレラの魔法使いは、なにを企んでシンデレラを着飾らせたのか。

その魂胆はきっと、純なものなどではないのだろう。

「今夜初めて門限を破ります。お望み通り」

美桜はスマホの電源を落とした。

美桜の顔から生彩が消え、桜子の仮面が張りつくと、碓氷は訝しげに目を細めた。

碓氷が求めていたのは、桜子の顔ではなかったことに、美桜は気づかなかったのだ。

＊＊・＊＊・＊＊

夜景が見えるホテル最上階のレストラン――。

どんな料理を食べても、美桜は桜子の顔を崩さなかった。会話はあるものの、見事なまでに美桜としての感情は表に出さない。元高級ホステスによる、完璧な接待だった。

それを悟った碓氷は、苛立ったような面持ちで美桜の腕を掴んでレストランを出た。

そして彼は無言のまま、先に手続きをすませていた部屋に入るや否や、美桜の唇に嚙みつくようなキスをする。

「……あ……んっ、んむ……っ」

唇からねじ込まれた舌が、美桜の口腔内で暴れる。

いっそなにも考えられなくなるくらい、狂暴に支配してくれたらいいのに、碓氷の舌は美桜の官能を引き出そうと、強さと甘さを交互に織り交ぜ、緩急つけて技巧的に動く。

ねっとりとした碓氷の舌と触れあうだけで、美桜の息が上がり、身体がぞくぞくする。

息苦しくなってふらつくと唇は離れたが、甘い余韻が残り、頭がぼうっとなる。

身体を火照らせたままの美桜は、碓氷の胸に凭れて荒い息をついた。

碓氷は大きな息をひとつついてから、美桜の背中のファスナーを一気に最後まで引き下ろした。ワンピースに次いで、アクセサリーも外されて床に落ちる。

「ひゃ……」

ワンピースの下は、薄いピンク色のブラジャーとショーツだけだ。

美桜が身体を隠そうとする直前、碓氷は美桜の膝裏を掬《すく》って横抱きにすると、ベッドに運び、美桜を横たえた。

カーテンの隙間からは蒼白《あおじろ》い月が覗き、淡い光がランプ代わりに寝室を照らしている。

ベッドの傍らに立つ碓氷は、蒼白い微光に包まれながら、片手でネクタイをしゅるりと解いて床に放った。白いワイシャツの下からは、よく鍛えられた上半身が現れる。

その精悍《せいかん》な肉体を見て、彼を男だと一層意識してしまった美桜は、思わず目を泳がせた。

これからこの男に抱かれるのだと思うと、緊張と喜悦に鼓動が速くなる。

それを悟られまいと横を向いていると、碓氷に誤解されてしまったらしい。

「冷めたままでいられるとはな。きみのその余裕、崩してやる。……桜子でいられないくらい、素の顔を引き出してやる」

美桜はその言葉にカチンときて、不満げにぼやく。

「桜子じゃなかったら、室……碓氷さんが嫌なくせに」

「……誰が言った、そんなこと」

「それは碓氷さんが……えっ？」

背中に回っていた碓氷の手がブラのホックを外し、仰向けに寝かせたのだ。

締めつけがなくなったため、胸の頂にある蕾《つぼみ》が、より一層じんじんと痺《しび》れる。

碓氷は両腕を美桜の顔の横に突くと、欲情にぎらつく熱を孕《はら》んだ黒い瞳で見下ろした。

射竦《いすく》められた美桜の身体には、碓氷からの熱が伝染したかのように広がる。

碓氷の顔がゆっくりと傾き、美桜の蕾を口に含んだ。

ぴりっとした刺激に、思わず美桜は喘ぎながら背を反らせる。

すると碓氷はふっと笑い、赤子のように音をたてて強く吸引する。

「ひゃ、あ……っ」

それだけではない。くねらせた舌で蕾を揺らしては、じんじんするそこを甘嚙みしてくるのだ。美桜は与えられる刺激に翻弄され、身悶えた。

碓氷の熱い唾液と息、そして唇の感触――すべてが倒錯的で刺激的だった。

「男を知らないような初心な反応を見せて、どれだけの男を夢中にさせた？」

碓氷は美桜に尋ねているくせに、彼女に答える暇も与えない。反対の胸を荒々しく揉《も》みしだき、先端にある硬く尖《とが》った蕾を指の腹で捏ねるのだ。

そのたびに美桜の身体がびくんびくんと跳ね、口からは乱れた喘ぎ声しか出てこない。

「そうやって男を煽り、その気にさせてきたのか」

碓氷は舌打ちをしながら、両胸を鷲摑《わしづか》んで中央に寄せ、交互に蕾を貪ったり、指で引っ張ったりして、美桜の快感を引き出してくる。

美桜に見せつけるように、わざといやらしく動く指先と舌。淫売女のようにはしたなく乱れる様を見逃すまいと、熱を滾《たぎ》らせた妖艶な目がじっと美桜を見つめていた。

「見ない……で。あ……やっ、そんなに駄目っ」

微電のような快感に身体がざわつく一方で、呼応したかのように秘処が熱く潤い、もどかしく疼く。たまらずにもぞもぞと足を動かすと、それに気づいた碓氷はわずかに笑みを浮かべて、より淫らで執拗《しつよう》に、胸への愛撫を繰り返した。

「あ、あぁ……、ん、あ……!?」

一瞬、なにかが身体を駆け抜けて、美桜は引き攣《つ》った呼吸をする。

（なに、今の……）

「胸だけでイクとはな。きみの身体は随分と開発されているんだな」

棘《とげ》のある言葉に、泣きたくなってくる。

美桜はもうやけくそになって、息を乱しながら言った。

「……ええ、皆さん、ベッドテクニックはとてもうまかったから」

（これでいい？　こう答えれば満足？）

険しくなる碓氷の顔からは、その返答が正解だったのかはわからない。しかし、虚しくて悲しいだけのこの行為を早く終わらせたくて、言葉が止まらなくなった。

「わたし、じっくりというのは嫌なの、さっさと挿れて」

甘い快感などいらない。破瓜《はか》の痛みで涙しても、さっさと家に帰りたい。布団を被って爆睡し、このことを忘れたい。

しかし――そう簡単には終わらせまいと、碓氷が自嘲気味に笑う。

「……そんな誘惑じゃ勃たないな」

「どうしろと？」

「それは男性経験が豊富なきみが、よく知っているんじゃないか？」

美桜は戦慄く唇を、きゅっと引き結んだ。

知識ではわかっている。商売女と思われているのなら、とことんそう振る舞おう。

美桜は起き上がり、逆に碓氷を寝かせた。

碓氷は興味深そうな顔で、美桜になされるがままになっている。

美桜は碓氷の腰の横に座り、彼のベルトを外すと、スラックスと下着をずり下げた。

初めて見る男のそれは、なんとも生々しく異質だ。くらりと意識が飛びそうになる。

しかし覚悟を決めないと、終わらない。

美桜は深呼吸をしながら耳に髪をかけると、客がよく言っていた……気持ちいい場所のひとつであるらしい、先端を口に含んだ。

そして筋張った軸を手でゆっくりと上下に扱いていけば、やや硬さが不足していたそれは、次第に息づき、天を仰ぐようにぐっと持ち上がってくる。

まるで生き物みたいな雄々しい変化に、美桜は内心驚いて逃げたくなった。だがそれを懸命に堪え、舌を使って硬い先端を攻め、軸を手で回すようにして強く弱く扱く。

先端から蜜のようなものが滴ると、滑りもよくなり、碓氷の吐息も乱れた。

「ん……」

甘美な声を漏らした碓氷が、とろりとした目でじっと美桜を見つめていた。

それがあまりに扇情的で、美桜は身体を熱くさせてドキドキしてしまったが、こんなことをして昂っていることを知られたら、また誤解をされて悲しくなるだけだ。

だから俯いて作業をしようとしていたのに、碓氷の手が美桜の顔を上げさせた。

碓氷はどこか切なげにも思える恍惚とした表情をしており、美桜の頭を撫でる手はとても優しい。だが美桜が口と手で触れているものは、優しいどころか凶悪的な怒張を見せ始め、思わず美桜はえずきそうになる。

「美桜……」

初めて呼ばれた自分の名前に、美桜はどきんとした。

桜子と呼ぶならまだしも、彼の目に美桜という自分が映っていたのを不思議に思う。

「すごく気持ちいい。ああ、やっぱり美桜が相手なら、こんなにすぐ……」

上擦ったその声は官能的だった。美桜の身体がぞくぞくして火照ってくる。

「きみが誰のを咥《くわ》えたのか、そんなのどうでもよくなる。ああ……美桜……」

どうしてこの男は、こんなに愛おしそうに切なそうに、自分の名前を呼ぶのだろう。

どうして、桜子の名前を口に出さないのか。

こんなこと、美桜なら決してやらないのに。

経験豊富だと思われている桜子だから、しているのに。

「美桜、きみの中に挿《はい》りたい。……おいで」

熱を孕んだ目で笑いながら、碓氷は気怠げに両手を広げる。

逃げきれないことを観念するよりも先に、その色香に惑わされ、美桜はついふらりと広い胸に飛び込んでしまった。

碓氷は美桜を抱きしめて、美桜の頭上に唇を落とした後、彼女をベッドに横たえた。

そして彼は避妊具の封を切って準備を終えると、美桜の両足を大きく左右に開く。

（なんだか怖い……。けどもう覚悟を決めよう。これが終われば……）

「っ、すごいな。俺のを舐《な》めていただけで、こんなに蜜を溢《あふ》れさせているとは」

碓氷の言葉によって、折角の覚悟が羞恥に上塗りされてしまう。

湿った秘処に熱杭があてられ、前後に往復する。

その重量感と先端のごりごり感が気持ちよくて、次第にうっとりとしてしまう。

服越しで擦り合った時とは違う。無防備な部分でより強く感じる碓氷の熱と質感は、美桜に女の喜びをもたらした。

彼を受け入れたいと、秘処も子宮も期待に疼いているのがよくわかる。

碓氷もそれを感じ取ったのだろう。ふっと笑うと、わざと掠めていた蜜口から、ゆっくりとそれを埋め込んできた。

「は……ぁ」

質量あるものが、未開の部分をぎちぎちと押し開いて奥に進んでくる。

気分がいい夢から強制覚醒させられたが如く、美桜は異物に蹂躙《じゅうりん》される本能的な恐怖と、強くなる痛みに身を竦めた。口から悲鳴が出そうになるのを堪えて、負けまいと必死に浅い息を繰り返す。

「は……キツ。これは……すごい。これだけでイキそ……」

だが碓氷の恍惚とした声と滴る汗が、美桜の過度の緊張を和らげていく。

(これだけで……気持ち、いいの？)

恍惚とした色っぽい碓氷の顔。それを見ているだけで、彼と触れ合っている部分が蕩けてしまいそうだった。

美桜の身体が弛緩したその一瞬、碓氷は歯を食いしばり、ぐっと腰を押し込んだ。

「これで、全部だ……え、美桜⁉」

碓氷が驚いた顔で美桜を見ている。裂かれるような熾烈《しれつ》な痛みに耐え、目に涙を滲ませて震えていたことに気づいたのだろう。

そして碓氷は、繋がったところから鮮血と愛液が混ざったものが垂れていることを見てとると、動揺して声を掠れさせた。

「まさか……、きみは初めてだったのか⁉」

美桜はこくりと頷いた。

「初めてで……あんなことまでさせてしまったのか、俺は……」

悔いを混ぜる声音に、美桜はゆっくりと言った。

「碓氷さんが、そうしてほしいみたいだったから。わたし、キスも、異性の身体を触るのも触られるのも初めてで……うまくやれていました？」

「そんな……」

「初めては駄目でしたか。経験豊富でなければ、やはり……」

「そんなことない。そんなことはないけれど、店で客が……」

「どんなに多くのお客様が噂《うわさ》をしていても、わたしが処女なら嘘だったとわかるでしょう？　そうまでして確認してもらわなければ、碓氷さんはわたしを信じてくれなかった」

「ごめん。ごめん、美桜……」

碓氷が慌てて引き抜こうとすると、ざわっとした感覚に美桜の肌が粟立った。

痛みはあるのだが、それが気にならなくなるほどの気持ちよさが、身体に広がったのだ。

美桜は思わず悩ましい声をこぼして、碓氷を止めた。

「お願い、動かないで……」

「しかし、痛いんだろう、震えて……」

「違うんです……。動かれると……痛みより、その……、気持ちよくなって……」

譫言のような美桜の懇願に、碓氷はふっと切なげに笑うと、動きを止めた。

そして、悲痛に翳った表情を見せる。

「すまなかった。きみを信じずに噂を鵜《う》呑《の》みにしたばかりに……」

碓氷は泣いているみたいに、声を震わせていた。

「俺は……他の男たちに、張り合いたかったんだ。きみを抱き、きみの愛を貰えた男たちに、嫉妬していたから」

「嫉妬……」

「あぁ。俺はきみの気を引くことができない。強引に進めれば、その時は男として意識してもらえても長くは続かない。他の男には抱かせても、俺はきみにとってはただの接待客。他の男と俺のなにが違うんだと焦り、俺を拒むのが手管なのかと腹も立って。きみの言動が、営業用のものとしか、思えなくなってしまった」

「……っ」

「きみを信じられず、意地になって強引に抱いてしまい、悪かった」

碓氷の言葉には誠意があると美桜は感じた。しかも碓氷の剛直も、反省の色を見せたかのように小さくなっているのが、仄《ほの》かな笑いを誘う。

きっと碓氷は桜子の信奉者でもあるのだろう。〝高嶺《たかね》の桜〟を遠くから愛でる一方で、他の男たちに簡単に手折られた桜子が許せなく、また手折った男たちに嫉妬したのだろう。

それならば自分だって……という気持ちはわからなくもないし、それが碓氷の素直な心に思えた美桜は、碓氷の謝罪を受け入れることにした。

「疑われたのは悲しかったです。でも……碓氷さんの猜疑心《さいぎしん》を煽ったということは、わたしの言動にも落ち度があったのでしょう。だから……碓氷さんに色々とわたしの初めてを捧《ささ》げたということで、帳消しにしてもらえませんか。わたしも……いがみ合うのは、いやですし。その……碓氷さんが、初めての経験相手でよかったと……思いたいので」

美桜ははにかんだように笑って言う。

「それに、別に碓氷さんに犯されたわけではなく、わたしの意志で抱かれることに合意したんです。だからその……最後まで、していただけたら……」

すると碓氷の顔が綻んだ。彼が喜びに血を滾らせていることは、体内の彼の変化でもよくわかる。美桜に許されて歓喜に満ちているようだ。

「きみの望みのままに」

碓氷は、美桜の腕を彼の首に巻きつかせると、長い口づけをした。

「ここからは……きみを苦しませないことを誓う。素直に……俺だけを感じて」

そしてさらに欲情したような、熱に滾った目で美桜を見つめ、優しい抽送を始めた。

挿入される時の感触がまだ慣れないものの、内壁を熱杭で重々しく擦られるたびに、甘美な痺れの如き快感が、美桜の深層からさざ波のように押し寄せてくる。

（ああ、引き抜かれて……また、入ってきた……。ああこれ……気持ちいい……）

思わず背を反らして身悶えると、碓氷は美桜の身体を両腕で抱きしめながら問う。

「美桜。俺を感じるか？」

「ん……熱いのがびくびくして、まだ大きくなってる……」

碓氷は蕩けたようにして笑う。

「ああ、悦んでいるんだ。美桜の初めての男が俺だから……って、こら、締めつけるな。俺だけを先にイカせる気か」

碓氷の声は睦言のように甘く、その表情は柔らかく色っぽい。

誤解が解けてから、碓氷を覆っていた氷は完全に溶けた。

そこから出てきたのは、美桜が愛おしくてたまらないといった表情――。

だが、恋愛経験がない美桜は、そうなるのがセックスなのだと理解した。

だから自分もまた、碓氷を愛おしく思えてきたのだと説明づけたのだ。

「な、なぜ……悦ぶんですか。わたしは、桜子じゃないのに」

「なんで桜子にこだわるんだ」

碓氷は質問に質問で返しながら、少しだけ速度を上げて、緩やかな抽送を繰り返す。

ぞくぞく感が身体に走り、全身が総毛立つ。美桜は切ない声を出して碓氷に抱きついた。

「だって……、碓氷さんは、男を翻弄するような桜子を抱きたかったんでしょう？」

碓氷はふっと笑いながら、美桜の頭を撫でる。

「俺が抱きたくて仕方がないのは、桜子じゃないよ」

「じゃあ、碓氷さんが抱きたかったのは誰？」

すると碓氷はそれには答えず、繋がったままで美桜と横臥《おうが》の体勢になる。美桜の身体をぎゅっと抱きしめ、耳元に吐息交じりの声で囁いた。

「言わせたいのか、きみは。きみも……桜子なみに悪女だな」

碓氷は美桜の顔を見つめると、指で彼女の頬を撫でながら、優しく告げる。

「俺が抱きたかったのは、美桜だ」

碓氷の言葉が電流のように、美桜の身体を駆け抜ける。

それは快感によく似た、強い喜悦の感情だった。

（あぁ、わたしも……）

義務でも諦観でもなく、ましてや成りゆきでもなく。今なら素直に言える。

「わたしも……、碓氷さんに抱かれたかった」

桜子を辞めた夜、彼を隠す眼鏡をとった……本当の彼に魅了された時からずっと。

出会ってまだわずかだというのに、ひと目で彼のその目に囚われてしまったのだ。

だからキスを許した。

だから身体を触れることを許した。

他の男なら、そんなことはさせない。

「わたしの初めてが碓氷さんで、すごく嬉しい」

美桜が素の顔で、はにかんだように笑えば、碓氷はわずかに苦しげな顔をした。

「可愛いことを言うな、手加減できなくなる」

碓氷の首筋から落ちた、忍耐の汗。それは男らしい太い鎖骨に溜《た》まり、セクシーだ。

(ああ、わたしのために……優しく抱いてくれていたのか……)

「いい……ですよ、手加減しなくて。碓氷さんの好きにして」

美桜は舌を伸ばして、碓氷の鎖骨にある汗を掬い取る。碓氷の〝男〟を舌でも感じられた気がして、美桜はうっとりと微笑んだ。

途端、どくどくとうるさい碓氷の心臓の音を耳にした。思わず碓氷を見上げると、さらにその上目遣いもまた、碓氷を昂らせてしまったようだ。

「……っ、この小悪魔、俺を煽るな!」

腰の律動が速くなる。先ほどとはまた違った角度で穿《うが》たれる快感に、美桜は切ない声で啼《な》いて、碓氷の背中にしがみつく。

「ああ、碓……氷さん、気持ちいいのっ、身体が弾けそうで……へんになりそう」

後から後から押し寄せる、怒濤《どとう》のような快感に翻弄され、自分が自分ではなくなってしまいそうだ。

「は……っ、いいぞ、へんになれ。俺の前ではただの美桜のまま、淫らな女になれ」

強い快感に身悶えているのは、美桜だけではなかった。

碓氷もまた、野生の獣のように荒々しく喘いで、壮絶な男の艶を放っている。

猛々しい剛直は、内壁を強く擦り上げながら奥を突き、美桜の官能の波を強めていく。

嬌声《きょうせい》が止まらない美桜の唇は碓氷に奪われ、ねじ込まれた舌は荒々しく美桜のそれを絡みとって暴れる。舌からも強い快感を覚え、美桜は泣き叫びながら、激しく乱れた。

「ああ……、く……もっていかれそうだ」

やがて快感の強波は、ひとつになって大きな渦を巻く。それは制御不可能な、暴虐的なまでの強制力を持って美桜を呑み込もうとする。

「碓……氷さん、なにかが来る……怖い！」

「怖くない。怖くないから、美桜、俺も一緒だから」

美桜の頭を抱きしめながら、碓氷は荒い息を繰り返し、美桜の深層を激しく穿ち続ける。

「あぁ……ああ、碓氷、さん、碓氷さ……」

「かい……り、だ。浬って呼んでくれ」

目の前の景色が色を失い、チカチカと警鐘のように光が点滅する。

「かいり……さん、浬さ……ああ、あああああっ」

大きなうねりが美桜を襲った。手足にぐっと力が入り、美桜の身体が反り返る。

（ああ、弾け飛ぶ……）

美桜の身体が一気に弾けたその瞬間、碓氷は焦がれたように美桜の名を呼んで呻《うめ》くと、美桜の中の剛直をぶるりと震わせ、薄い膜の中に熱い欲を吐き出した。

まだ互いに息が整う前に、ふたりは自ずと強く抱き合い、キスを交わす。

幸せだと思うのは、初めての経験だったからなのか。

それとも相手が、碓氷だからなのか。

美桜は碓氷に無性に甘えたくなり、逞《たくま》しい胸板に頬を擦りつけていると、碓氷のやるせないため息が聞こえてくる。

「一度だけでは、終われそうにないな。美桜……また、いいか？　きみが欲しい」

欲情にぎらついた漆黒の瞳。魅惑された美桜がはにかんで頷く。

女として認められ、こうして求められることは素直に嬉しかった。

そしてなにより、美桜自身が、碓氷に抱かれたいと強く願う。

（ああ、わたし……。彼に……惹かれているんだわ……）

惹かれたのは心が先か、身体が先か――快楽の夜に耽《ふけ》る美桜は、答えを出せなかった。

美桜が甘い余韻に浸った夢から目覚めたのは、碓氷の声だった。

美桜を起こさないようにと気遣い、浴室で電話をしているようだ。

(あんな狭いところでなんて。部屋で電話をするように、伝えよう……)

浴室のドアを軽くノックしようとして、美桜は動きを止めた。

「ああ確かに、処女は重い。遊びと愛情の区別がつかないから」

そんな声が聞こえてきたからだ。

「……馬鹿言え。俺には長年の本命がいるんだ。演技と愛情を取り違えられたら困るよ」

(長年の本命……)

碓氷と、心も繋がりたいと思い始めていた美桜は、ショックを受けた。

彼との行為には愛などなかった。求められていたのは、後腐れない関係——。

(そうだよね……。本当に処女って……思考が重いんだわ)

美桜は自嘲すると、部屋に戻ってスーツに着替え、静かに部屋から出ていった。

『思い出をありがとうございました』——そうメモを残して。

碓氷の望み通り、一夜の関係だと割り切ってみせたのだ。

「……お前が安易に処女に手を出した結果、どれだけフォローが大変だったと思ってる？もう絶対、処女に手を出すなよ。……俺？　俺は本命しか抱かないから、いいんだよ。むしろ美桜には遊びだと思われたくない。桜子として遊び慣れしているのかと敷居を高く感じていたが、嬉しい誤算だった。これからは美桜の心を奪いにいく。……はは、わかってるよ、俺が腰抜けだったってこと。長年の本命である美桜が相手では……ね」

……そんな碓氷の言葉を耳にすることなく。

無断で明け方に帰った美桜を、心配したり怒ったりする家族はいなかった。

出張から戻った父を加え、いつも通りの朝だった。

ワンピースやアクセサリーは、ホテルの部屋に置いてきた。

碓氷のすべてを消すために、家のシャワーを浴びる。

……別に碓氷が好きだったわけではない。

好きという気持ちもよくわからない。

ただ碓氷に抱かれて、女に生まれて幸せだと思っただけ。

碓氷になら何度も抱かれたいと思い、あの声や表情、熱や匂い……すべてを愛おしく思っただけだ。

——俺には長年の本命がいるんだ。演技と愛情を取り違えられたら困るよ。

棘を呑み込んだかのようだ。喉元から胸、胃腸まで痛くて苦しくて、美桜はタイルに蹲《うずくま》り、頭からシャワーの飛沫《しぶき》を浴びながら、嗚咽《おえつ》を漏らした。

そう、男と女の寝物語に真実などない。

昨日の幸せは、現実にはありえない……シンデレラの魔法。

午前零時をすぎたシンデレラは、一切の幸せを夢にして日常に戻る。

ただそれだけだ——。

第二章　シンデレラの魔法が解けた朝は

美桜の毎朝の仕事は、秘書室の掃除をして、朝の飲み物を準備することから始まる。

コーヒーの香《かぐわ》しい匂いを嗅ぎながら、ノート型パソコンで社内システムを開き、国内外から送られてくるたくさんのメール内容を確認し、至急の案件かどうか振り分ける。

その判断はまだ新人にはむずかしいとのことで、画面上で至急かどうか振り分けたものは、情報を共有している碓氷が後でチェックすることになっている。

大至急の案件があれば先に芳人に口頭で伝えて、彼から指示をもらって対応する。場合によってはスケジュール調整が必要になるので、先方に連絡するなど慌ただしい。

始業三十分前に出勤する芳人に合わせて六階へ行き、専用の手動ミルで彼の好きなマンデリンのコーヒー豆を挽《ひ》く。芳人に淹《い》れ立てのコーヒーを差し出した後、大至急案件と本日のスケジュールを説明する――それがいつもの朝だ。

今日は特に調整や対応が必要ないため、そのまま今日から拠点となるプロジェクトルームに向かう旨を芳人に告げると、彼は複雑そうな顔でこう訊《き》いた。

「あのさ……浬と、なにかあった？」

開口一番そう言われたということは、自分に今までにない変化が出ていたのだろうか。

「いえ、なにもありません」

秘書室長と一夜の関係を持ってしまったなどと、芳人に言えるわけがない。

美桜は桜子の顔できっぱりと否定すると、同じフロアにある新しい部屋へ向かった。

「さすがは役員用の応接室。いいのかしら、こんな広いところを常時使わせてもらって」

ふかふかのワイン色の絨毯《じゅうたん》の上に、黒い革張りのソファやガラス製のテーブル。

奥には部屋の半分を占める、楕円《だえん》形の長テーブルと椅子が置かれてある。

一面に拡がる大きな窓の下には、迫り出た重厚な木製の棚が広がり、椅子を持ってくれば作業机にもなる。

壁際には、プリンタを兼ねた最新式の複合機やホワイトボードが置かれており、パーティションの陰には、簡易給湯室もあるようだ。

「これは……毎朝、埃《ほこり》がないように磨かねば！」

美桜は腕まくりをすると、水拭きと乾拭きを使い分けて掃除をしていった。

「リーダー、おはようございます」

一番先にやってきたメンバーは、榛木だった。

ノート型パソコンと、私物を持っている。

「おお、なんかここ、すげーですね。想像以上のＶＩＰ待遇」

「本当よね」

（ああ、なんだか……榛木くんと世間話できるようになってよかった。少しずつ打ち解けていければ、きっといいものを作れるはず……！）

「それはそうと、リーダーは副社長専属ですよね。ということは、副社長の恋人ですか？」

「……はい？　なんで専属なら恋人になるの？」

榛木はパソコンをセットしながら、こともなげに言う。

「だって秘書室って、重役の嫁候補が集まるじゃないですか。やけに綺麗《きれい》どころを集めた理由は、ある種、品定め……いや、見合いの場だと聞きましたよ、俺」

「……そうなんだ！　知らなかった。というか、なんでそんなことを知っているの？」

「そりゃあ俺は情報通ですから。副社長は有望株ですが、碓氷室長も狙われているんですよ。知ってます？　室長のお母さんは音羽の遠戚にあたる、あの大グループ碓氷重機の社長令嬢で、室長は孫なんです。だから室長にも熱視線が集まっているんですよ」

美桜の胸の奥が、もやもやとする。

「音羽系列にとって一番有益なご令嬢が小鳥遊さん……副リーダーみたいです。しかも……噂《うわさ》があるんです。室長と副リーダーはデキているって」

「……で、でも。燎子さんには、冷たいというか……」

するとと榛木はちっちっと舌を鳴らして、立てた人差し指を左右に振る。

「プライベートのことを仕事に持ち込む男じゃないでしょ、室長。副リーダーを秘書の仕事から下ろしたのは、結婚秒読みかも」

「え……」

美桜の心に靄《もや》がかかり、それはどす黒くなってくる。

電話で碓氷が話していた長年の本命とは、燎子のことなのだろうか。

「あ、あのね、榛木くん。本命がいるのに、他の女を……その、抱ける？」

「抱けるっすよ。心と身体は別もんですから」

榛木は平然と続けた。

「一夜の関係に女は愛を求めるから、厄介ですよね。はは、副リーダーなら肉食系っぽいから、一夜で終わらせない気がしますが」

「……でも。燎子さんは、室長の相手ではないような気が……」

「そうではないと言い切れるほど、副リーダーや室長のこと、ご存じなんですか？」

調子のいい榛木にしては、あまりにも冷たい返答だった。

「人に見せている部分が、本当の自分とは限らないですよ」

榛木の顔にはいつもの陽気さはなく、それ以上の踏み込みを拒絶した、冷ややかで陰鬱な翳《かげ》りに覆われていた。唐突に見せられた別人のような顔に、美桜は戸惑う。

（ふたりの仲は確定的だと言いたいだけで、こんな顔にはならないと思うわ。榛木くんが、表から見えないふたりに関して、思うところがあるのか。あるいは……）

榛木自身が、表面上ではわからないなにかを、隠し持っているのか。

美桜がわかるのは、榛木はただの陽キャではないだろうことと、彼との距離はなにひとつ縮まっていなかったという事実だけだ。

現実を思い知って愕然《がくぜん》としていると、榛木のスマホのバイブがぶるぶると震えた。

榛木はいつものように朗らかな笑いを見せて、部屋の外に出た。

半ば呆然《ぼうぜん》と彼の後ろ姿を見送った美桜は、ガンと肩をぶつけられ正気に戻る。

「すみません、前が見えなくて」

それは、両手で段ボール箱を抱えた薫だった。私物を詰め込んできたらしい。

「おはようございます、リーダー。私はどこの席に？」

「好きなところに……」

「リーダーはどこに？」

「空いたところでいいわ」

すると薫は眉間に皺《しわ》を寄せ、ずいと顔を美桜に近づけた。

「あの、リーダー。これからいやでもずっと顔を突き合わせるんです、そうやって最年少の私の顔色を窺《うかが》うようにして、気を遣うのやめてくださいませんか？　私、必要以上の気遣いなどできないタイプなので」

「……っ、ごめ……」

「別に仲良しこよしのサークルじゃないんだから、好きなように使ってください」

（薫ちゃんから向けられているのも、好意じゃない……）

たった一度、会議が成功したから、メンバーと仲良くなれると高を括っていた自分は、なんて愚かなのだろうか。気力がするすると抜けていくようだ。

「茅野くん、いるか⁉」

暗い気持ちになった時、ドアが開き、碓氷が入ってきた。

眼鏡もなく、髪もセットされていない。

美桜は深呼吸をしてから桜子の表情で碓氷に振り返り、頭を下げた。

「室長、おはようございます」

それはどこにも非がない優雅な挨拶で、碓氷は切れ長の目を剣呑《けんのん》に細めた。

「なにかあったのか？」

「なにもありませんが」

「ではなんで電話が繋《つな》がらない」

「あ……すみません、電源落としたままでした。なにか緊急の御用でもありましたか？」

碓氷の怒りに怯《ひる》みそうになりながらも、酔っ払い客を毅然《きぜん》と突っぱねるほどの気丈さを持つ桜子は、笑顔を微塵《みじん》も崩さない。

薫の興味深げな視線を浴び、居心地の悪さを覚えていると、今度は燎子がやってきた。

「おはようございます」

途端に美桜の顔が強張るが、それを無視して燎子が碓氷を見上げた。

「あの室長。少しよろしいでしょうか。実は父が……」

燎子は手にしていたパソコンを机に置き、碓氷と仲睦まじく話している。

（燎子さんのお父さんのことが普通に話に出てくる、そんな間柄なんだ……）

――副リーダーを秘書の仕事から下ろしたのは、結婚秒読みかも。

榛木の言葉が思い出され、美桜の心がずきっと痛む。

美桜は顔を歪《ゆが》めて、その横を通り過ぎた。

「ちょ、茅野くん、待て！」

……美桜と呼んだ碓氷は、もういない。

どこに逃げればいいのだろう。ここにも、逃げる場所はないというのに。

それから美桜は、ふたりきりになりたがる碓氷を徹底的に避けた。

顔を合わせるだけで傷が抉《えぐ》られる。美桜は呼吸することも苦しいくらい、傷心であることを隠すため、桜子の顔で壁を作って碓氷に応対する。

碓氷からプライベートな会話を持ちかけられても笑顔ですぐに切り上げ、そうした個人的な会話自体がなされないよう、常に誰かとともにいて仕事の話をし続けた。

メンバーたちもふたりの仲がなにかおかしいと気づいているようだ。特に榛木の視線が痛かったが、美桜の桜子としての鉄壁な顔は容易には崩れない。

それでも長く緊張状態が続けば、美桜の疲労感もかなりなものとなる。

碓氷が席を外した隙に芳人の元へいき、気分を変えるために、彼に買い物の用事をくれと泣きついたのだった。

「よかったわ、今日の副社長の打ち合わせ相手がスイーツを喜んでくれるお客様ばかりで。……はぁ、会社に戻らなきゃいけないのか……」

飛び出した外の世界は、澄み渡って広々とした空が続いているのに、開放感を味わうところか、なにかもの悲しい。いつも通りの風景に安堵《あんど》するどころか、別の世界に佇《たたず》んでいるような孤独感を感じてしまう。

「……泣くな！」

自分はここまで涙もろい女ではなかった。

それなのに、どうして碓氷との夜を思い出すと、泣きたくなるのだろう。

――心と身体は別もんですから。

灼熱《しゃくねつ》の陽光が美桜の体温を上げ、意識を朦朧《もうろう》とさせていく。

自分だって楽しんだのだから、それでいいじゃないか。

ただの火遊びだったと、割り切ればいいじゃないか。

しかし――忘れ去るには、あまりにも身体に、碓氷の痕跡が染み込みすぎた。

――別に仲良しこよしのサークルじゃないんだから。

ああ、声がぐるぐると回る。

――あの室長。少しよろしいでしょうか。実は父が……。

夏の到来を感じさせる、ぎらついた太陽が眩《まぶ》しくて、頭がぐらぐらする。

このまま強い日差しに溶かされて、自分なんて消えてしまえばいいのに――。

「――美桜ちゃん⁉」

美桜が目を覚ますと、石造りのベンチに横になっていた。

真上には、白い日傘を広げた、匂い立つような美しい和装の女性がいる。

「え……綾女ママ？」

どうやら幻影ではなく、本物のようだ。

綾女は日傘で陰を作りながら、美桜に膝枕をしていてくれたようだ。

慌てて上体を起こすと頭がぐらりとして、綾女は美桜の頭を再び自分の膝の上に置いた。

「驚いたわよ。偶然美桜ちゃんを見かけて、声をかけようとしたら目の前で倒れるから。親切な方が近くにあったこの公園のベンチに運んでくれたのよ。……まったく、頑張りすぎなのよ、美桜ちゃんは。そんなクマのできた青白い顔をして」

「……っ」

「頼りなさいと言ったの、忘れたの？　連絡もくれないし」

どうしてこの人は、こんなに優しいのだろう。

どうして、ここまで親身になってくれようとするのだろう。

「ママ……」

慣れた白檀《ビャクダン》の匂いが、ささくれだった美桜の心を癒やしていく。

「そんなにつらいの？　音羽と碓氷の坊ちゃんのところは」

「はは……ママは情報持ちだ」

「当然よ。もし美桜ちゃんが断れないのなら、私からでも……」

美桜は目の上に腕を被せて、頭を横に振った。

「やりたいと思います。わたしを信じて任せてくれた人を、失望させたくないから」

「……そう？」

「ママ。人を束ねるにはどうすればいいのでしょう。ママのように、みんなから慕われるにはどうすれば……」

するとと綾女は、口元に手をあてて上品に笑う。

「美桜ちゃん、慕われているかどうかなど、人を束ねるのには必要ないわ」

「え？」

「問題となるのは、人になにを求めるかではない。無償の愛をあなたが注げるか、よ？」

「……っ」

「あなたはまだ若く、社会経験も少ない。そんなあなたが最初から、星の数ほどある個性をひとつに束ねて統率できると自惚《うぬぼ》れちゃだめよ。巨大組織の上にいる音羽の坊ちゃんは、あなたに見返りを求めている？」

「いいえ」

芳人や碓氷から向けられたのは――信頼だ。それはわかる。

「真似から始めてみることも大切よ。誰だって最初は、なにを目標にすればいいのかわからないものなのだから」

メンバーを信頼してみよう。

どんな感情を向けられても、自分が相手を信じないと始まらない。

不安に心が揺れているから、どんな言葉も必要以上にきつく思えるのだ。

「ママ、ヒントをありがとうございます。わたし、やってみます！」

美桜はとびきりの笑顔で起き上がると、綾女に深々と頭を下げ、菓子折が入った紙袋を持って走り去った。

「ふふふ、美桜ちゃんったら」

顔を綻ばせる綾女は、手にぶら下げていた巾着からスマホを取り出し、電話をかける。

「……美桜は大丈夫のようですわ。根性があり聡《さと》い子ですから、ええ……ふふふ、お安い御用です」


美桜がメンバーのために買ったケーキを差し出すと、部屋は微妙な空気に覆われる。

不審者でも見ているかのような三人の眼差しを受けながら、美桜は朗らかに笑った。

「話題のケーキ屋さんなんですって。おやつタイムにしましょう。すみませんが、コーヒーと紅茶はセルフでお願いします！」

相手に見返りを求めない。

美味しそうだと思ったケーキを、メンバーにも食べてもらいたいから買っただけ。

（室長だって、彼が苦手なケーキを差し入れしてくれて、和やかな空気になったもの）

みんなの意思を尊重し、各自必要だと思った時に、それぞれ動いてもらおう。

便宜上、自分はチームリーダーをしているけれど、全員が対等だ。

そんなチームで、プロジェクトに取り組みたい――。

そんな美桜の意思が伝わったかどうかはわからないが、なにか空気が変わったように思える。それが証拠に、ケーキからちょっとした雑談が生まれているようだ。

それをにこやかに見ていた美桜は、広げっぱなしだった机の上を片付けていたが、いつも使っていたボールペンが見当たらない。するとメンバーたちがそれに気づき、一緒に探してくれた。結局ボールペンは見つからなかったが、そのショックが薄らぐほど、彼らが親身になってくれたことに感動し、美桜は彼らに礼を述べた。

「わたし、副社長に渡してくるわ。残りものっていうのは内緒で」

するとくすくすという笑い声も聞こえ、美桜は嬉《うれ》しくてたまらなかった。

(少しずつ変わっていけるといいな。わたしも、チームも)

「もし室長が見えられたら、このチーズと黒胡椒《こしょう》のマフィンを渡してね」

美桜は部屋から出た。戻ってきた時、空気が和んでいるといいなと思いながら。

副社長室で芳人にケーキとコーヒーを差し出すと、芳人はにやにやと笑った。

「なんだかご機嫌だね、茅野さん。買い物に行かせてくれと言った時は、夜にさすらうゾンビみたいだったのに」

「まあ、副社長はゾンビをご覧になったことがあるんですね」

「ははは、さすがは桜子、切り返してくるね」

芳人がケーキを食べる様は、実に品がある。たかがケーキなのに、無駄にキラキラとして眩しい姿を見せつけてくる。

美桜を揶揄《やゆ》する毒舌家ではあるが、基本女性に優しくフェミニストのため、モテるのはよくわかる。社内だろうと取引先だろうと、芳人が現れただけで女性が色めき立つ。

「副社長は、リアル王子様ですよね」

すると、げほげほと芳人が咽せる。

「いきなり、なに。僕を誘惑しているのか？」

「それは副社長の、完全なる勘違いです」

「ばっさりくるな。だったら、浬は？」

「あのひとは——魔法使いです」

それは好意的な表現ではなかった。

美桜が悲しげに目を伏せた時、芳人はため息をついて言った。

「なにがあったかわからないけど、きみに避けられて、あの仏頂面が死にそうなんだ」

「……別に、わたしは……」

「きちんと話し合え。浬はきみの話に耳を傾けられないほど、偏狭な男ではないぞ」

このまま顔を合わさずに、終われるはずがないのはわかっている。

碓氷は美桜がなぜメモを残して先に帰ったのか、なぜその後は一切の接触を拒んでいるのか、知りたがっているのだろう。

後腐れ無い関係を望んでいたのは、碓氷の方だ。

それに従い、悲しみを堪えて終わった関係にしているのに、碓氷がその理由を言葉で説明させようとしているのなら、あまりにも残酷で悪趣味だ。

特別な女面をしないでただの部下に戻るから、芳人が心配するほど追及しようとせず、時間が解決するのを待ってほしい。

碓氷が嫌う、重くて面倒な感情を口走らせないでほしい。

……それを、事情を知らない芳人に言っても、仕方がないことだけれど。

「桜子の仮面をかぶって、きみ自身と浬の感情から逃げるな。傲慢で乱暴な客に対して毅然と立ち向かった桜子という存在を、自分で穢《けが》すんじゃない」

芳人の言葉が美桜の胸に突き刺さった。

「……わかり、ました」

すると芳人はほっとしたような安堵の表情を作った。

正直、碓氷を避けるのはしんどい。

彼を視界に入れないようにしているのに、いざ視界に入らないと彼の姿を探してしまう。

結局ずっと碓氷を意識し続ける羽目になる上、仕事に集中できなくなってしまうからだ。

「実は僕、去年、新人時代のきみを店の裏側で見たことがあってね。覚えてない？　ふたり組の男に絡まれたのを助けたの」

「……え？　まさか、あの……？　す、すみません、あまり顔を見ていなくて」

「ははは、深々と頭下げていたからね。桜子というよりは、美桜ちゃんだった。でも浬は、そんなきみを見ていない。きみ自身を知る前に、桜子としての情報ばかりがあいつの耳に入ってきてね。そのために、きみを必要以上に神聖視している面がある」

「……っ」

「きみと一夜をともにできて、浬は浮かれているよ。明け方、電話で起こされたくらいだ」

（し、知っていたの⁉）

「でも……遊びだと！　長年の本命がいるって……。だから、重くて面倒と思われる前に、一夜の相手は消えようと……」

「本当にそんなことを、茅野さんに言ったのか？　——浬」

美桜ははっとして、芳人の視線の先にいた——碓氷を振り返って見た。

「言うわけないだろう、そんなこと」

「……だ、そうだ。ほら、行った行った」

芳人が片手をひらひらとさせて追い出すような仕草を見せると、碓氷は美桜の手首を強い力で摑んで、引き摺《ず》るようにして外に出た。

そしてひとけがない廊下の曲がり角付近で、美桜をどんと壁に押しつけた碓氷は、美桜の顔の両側に両手をついた。

「――避けるな」

美桜を見据える碓氷の表情は、ひどく傷ついていた。

「……なぁ、面倒とか遊びとか、それは一体なんだ？　……美桜」

そんな物言い、まるで――。

「名前で……呼ばないで！」

「……っ、魔法が解けたなんて、俺に思わせるなよ！」

碓氷の頭が美桜の肩に埋まり、片手で腰を引き寄せられた。

美桜は突き飛ばせなかった。

――魔法が解けたなんて、俺に思わせるなよ！

一夜で終わるものではなく、まだ魔法は続いている――？

それはあまりにも衝撃的すぎたのだ。

わずかな放心が、響いていた靴音に警戒を向けることができなかった。

「ん？　そこにいるのは浬か？　どうしたそんなところで」

横からこちらにやってくるのは社長で、美桜の姿は見えていないらしい。

碓氷はびくりと身体を震わせると、美桜を曲がり角の陰に移動させ、彼自身は美桜が見えないように、角ぎりぎりのところで社長に向き直った。

碓氷は密かに手を伸ばし、隣にいる美桜が逃げないように手を摑《つか》んでいる。

（……ふう。慌ててこそこそと隠れず、社長にきちんとご挨拶をすれば、堂々とこの場か

ら去ることができたのに。でも……もう少し、彼と話してみたい気もしたし）

複雑な思いでいる美桜の耳に、碓氷の声が聞こえた。

「いえ、なんでもありません。それより、社長自らこの階にいらっしゃるとは、どうされました？　呼んでいただければ、社長室に参りましたものを」

「お前が芳人のところにいると思ってな。たまにはいいだろう、私が降りてきても。とはいっても、無駄話をしにきたわけではない。ちょっと頼みたいことがあってな」

社長は、美桜の存在には気づいていないようだ。

「頼みたいこと、とは？」

「ふむ。急で悪いが今日これから、九州に出張に行ってくれ」

「これからですか？」

不服そうな碓氷の声をものともせず、社長は言った。

「ああ。有能なお前の恋人——燎子くんを連れて、ゆっくりしてこい」

魔法が続いていると思えたのは、ただの願望であったのだ。

碓氷には、燎子という恋人がいる。

突きつけられた現実に、泣き出したくなる。

それをぐっと堪える美桜に気づいているのか、彼女を摑む碓氷の手が動いて、美桜の手のひらに滑り落ち、指を絡ませて握ってくる。

すべては、社長から隠れて行われる秘めごと——。

一体、どういうつもりだろう。

どうしてこんな強く拘束し、そしてどうしてこんなに、優しく指で弄《まさぐ》るのだろう。

まるで、自分を信じろと言っているようじゃないか。

社長公認の恋人がいるくせに。

遊びたいなら、遊び慣れている他の女にすればいいのに。

美桜の目にじわりと涙が浮かんだ。

「立ち話もなんだから、芳人のところで出張の話を……」

「いえ……彼はこれから打ち合わせがあるので、私が社長室へ参ります」

芳人には打ち合わせの予定はない。美桜とのことが解決していないのに、再び副社長室に戻るのが気まずいのだろう。

「そうか。では来い」

社長が背を向けると同時に、碓氷は美桜に耳打ちをする。

「室長室にいて。ちゃんと話したいから」

「話すことなど……」

「ある。今、社長の言葉を否定できなかった理由を話す。だから、室長室で待っていて」

碓氷の目には強さがあったが、ちらちらと頼りなげなものも揺らめいている。

真実がすでにわかっている以上、すべては碓氷の言いわけだ。

そんなものを聞きたくないのに、彼の瞳の奥の懇願を無視できるほどの気力もなかった。

——今、社長の言葉を否定できなかった理由を話す。

もしもなにか理由があるというのなら——。

なにを聞いても無駄だという諦観と、なにか理由があるのかもしれないという一縷《いちる》の望みに縋《すが》る思いが鬩《せめ》ぎ合い、やがて美桜は頷《うなず》いて言った。

「……わかりました」

すると、碓氷は握ったままの手を持ち上げ、その甲に唇を落とす。

そしてため息をひとつこぼすと、名残惜しげにその手を離し、社長を追いかけた。

じんじんとした熱が手の甲に広がっている。

それはまるで、彼から愛撫《あいぶ》を受けた時の甘い痺《しび》れにも似て、美桜は悲しげな顔をすると無意識にその部分に口づけ……、そしてはっとしてそこを反対の手で擦った。


初めて入る室長室は、副社長室に見劣りがしないほど、高級そうな設備が整っている。

長細い部屋で、入り口から入って奥が執務机、手前側には応接セットと薄型テレビが壁にかかっている。

秘書室を一望できる窓はあるが、ブラインドがかかっていて外の景色はわからない。

カチカチという壁の時計の秒針の立てる音が、やけに大きく鳴り響く。

二十分経過しても碓氷は現れなかった。

あとどれほど待たされるのか見当がつかなかったため、美桜は燎子に連絡しておこうとスマホを取り出す。メンバーには事前に連絡先を聞いていた。

電話はワンコールで繋がり、燎子は美桜が戻るまでに、メンバーが課題としてやってきた案を、資料として参照できるよう具体的にまとめさせると申し出た。

それは、美桜がケーキ効果として期待し、ようやく引き出せた友好的な言葉だ。

それなのに今は、碓氷との仲ばかりが気になってしまい、折角の燎子の歩み寄りを、心から喜べない自分の心の狭さがほとほと嫌になる。

それから十分後、室長室に碓氷が入ってきた。

「遅くなってすまなかった」

碓氷は中から静かに鍵をかけ、美桜が座るソファにやってくると、隣に腰を沈めた。

ここは碓氷の定位置なのかもしれない。美桜は向かい側の窓際に移ろうとしたが、碓氷が美桜の手を引き、隣に座らせる。

「まず、先に。社長が言っていた言葉だ」

美桜の身体が強張った。

「俺は小鳥遊くんと付き合ってはいない。だが、俺に見合い話を勧めてくる社長に困って、彼女に恋人のふりをしてもらっているんだ。小鳥遊くんの有能さと家柄は、社長も推すところだから」

美桜は驚きに目を瞠《みは》った。あまりに想定外な言葉だったからだ。

「小鳥遊くんが偽装恋人に応じてくれたのは、彼女のお母さんが具合悪くてね。ひとり娘の行く末を案じているとのことで、お母さんを安心させるために、ある程度の家柄の婚約者が必要だったんだ。彼女のお父さん……ご当主と、芳人には事情を話してある」

「……っ」

「色々な噂があるのは知っている。それを利用して社長を欺《あざむ》き、わざと彼女だけを名前で呼んで、うるさい女たちへの盾にしていたのも事実。だけどギブアンドテイクで、お互いまったくその気はない。なにより小鳥遊くんも好きな男がいるらしいからな。あの気性だ、万にひとつの確率で俺がその気になっても手酷く突っぱねられる」

碓氷の目はまっすぐで、誤魔化している部分はなにもないように思えた。

「今後も恋仲になることはない。彼女のお母さんの容態も落ち着いてきたし、恋人のふりは近々解消しようと思っている。……きみの前で不誠実な男でいたくないから」

事情はわかったが、碓氷の本命の相手が燎子ではなかったというだけで、美桜の気持ちは晴れることはなかった。

そんな美桜を見た碓氷はわずかに唇を噛《か》みしめると、両手を伸ばして彼女の身体を持ち上げ、向かい合わせになるよう彼の膝の上に跨《また》がらせた。

「ちょ、室長！」

碓氷は驚く美桜をぎゅっと抱きしめると、その耳元に苦しそうな声で囁《ささや》く。

「勝手に思い出にするな……」

その切なる響きに、美桜の胸の奥がきゅんと音をたてた。

「部屋に戻ったらきみがいなくて、服やアクセサリー、そしてメモだけが残されていて。状況がわからなくて頭が真っ白になった。きみがいなくなり、狂いそうだった」

その言葉に引き摺られそうになるのを、美桜は必死に留めた。

「芳人に言っていたことはなんだ？　なぜ避ける？」

碓氷は射るような黒い瞳で、苛立ったように美桜を見据える。

それが美桜に火をつけた。

「電話で言っていたのを聞いたんです。処女が重いとか、演技しているとか」

思い当たるところがあったのか、碓氷はバツの悪そうな顔をして言う。

「あの電話の相手は芳人だ。そう言ったのはきみに対してじゃなくて、芳人が昔トラブった女のこと。芳人が引っかけてくるへんな女のひとりが、かなり重い処女だった。遊ぶための演技と愛情の区別がつかずにメンヘラ化して、後始末《フォロー》が大変だったんだ」

（え……副社長の話……？）

「その思い出話を聞いていたのなら、その後に、俺は芳人とは違って遊びで女を抱く男じゃないし、きみには遊びだと思われたくないと話していたことは……」

「き、聞いていないです。長年の本命がいると……演技と愛情を取り違えられたら困ると、そこらへんで去ったので。だから調子に乗るなと釘《くぎ》を刺されたのかと……」

「どうして、よりによってそこで聞くのをやめるかな。そこは芳人の話で……！」

碓氷は、美桜の肩に顔を埋めた。

「だったら、俺はきみに……後腐れ無い、身体だけの関係を求めていたと思ったのか？」

「はい。思いきり」

耳元で揺れる碓氷の髪の毛がくすぐったい。

「そんなわけないだろう。そんな男だったら、きみがいないことに、ここまで焦ったり絶望的になったりしない。俺はてっきりその逆で、俺が遊ばれたのかと思った。身体を与えたんだから、もうすべてなかったことにしろと。それで服を置いていったのかと」

（それこそ、ありえない……）

――きみ自身を知る前に、桜子としての情報ばかりがあいつの耳に入ってきてね。そのために、きみを必要以上に神聖視している面がある。

もしかして長年の本命とは、美桜が創り出した桜子なのだろうか。

しかし尋ねても、別人だと言われるのが怖くて、美桜はそれには蓋をした。

「……そんな女に思われただなんて、心外です。そんなはずありません」

美桜は碓氷の肩を掴み、眼鏡の奥で揺れている彼の目を見つめた。

いつもは不遜なのに、今は頼りなげだ。頭をよしよしと撫でてあげたい心地になる。

「いいですか、幻想を押しつけられるのは迷惑です。わたしは桜子でもありましたが、碓氷さんの前ではただの美桜です。わかります？」

桜子ではなく、自分を見てほしい――。

「だったら、きみのこと、また美桜って呼んでもいいか？」

拗《す》ねたような顔に、思わず美桜の笑みがこぼれる。

「さっき、もう呼んでいたじゃないですか」

「……っ、また浬って呼んでくれるか？」

黒水晶の瞳の奥に炎がちらつくのを見て、美桜の心も身体も熱く疼《うず》く。

……やっぱりこの男《ひと》がいい。

抱かれるのなら、この瞳を見つめて抱かれたい。

吸い込まれそうな、魅惑的なこの瞳に自分を映してほしい――。

「浬さんが桜子ではなく、美桜を見てくれるなら」

その返答に碓氷は嬉しそうに微笑むと、美桜の手を取り、指を絡ませて握る。

「美桜は俺に抱かれるの、もういやか？」

「……そういう聞き方、卑怯《ひきょう》です」

口を尖《とが》らせた美桜は、まっすぐに碓氷の目を見て答えた。

「わたしは……浬さん以外に、抱かれたくないです」

漆黒の瞳の奥で、炎が大きく揺らめいているのがわかった。

「だから。浬さんをその気にさせられる、レッスンをしてください……」

碓氷は耐えきれないというように眼鏡越しの目を細めると、荒々しく唇を奪った。

堰《せき》を切ったように、碓氷から激しい熱情が流れ込んでくる。

それは喜悦であり、欲情であり、それらともまた違うなにかのようでもあり。

そのすべてを甘受したいと美桜が唇を薄く開けると、ぬるりと舌が忍んでくる。縺《もつ》れるようにねっとりと絡み合う舌に、美桜の身体がふるりと震える。

(ああ、やっぱり……彼とのキスは蕩《とろ》けそうになる……)

陶酔感に浸りつつも、美桜はここが会社で勤務中であることを思い出した。

いつ誰が入ってくるかわからない。

「んん……会社……誰か……くるから、駄目……」

「鍵、かけてる……ん……っ」

ふたりのキスは止まることない。くちゅりくちゅりと、淫らな音をたてて舌を絡ませ、互いの舌を吸い合った。いやらしいキスなのに、美桜の心が満たされて幸せになる。

「あ……んぅ……んんっ」

いつしか美桜も碓氷の頭を強く抱きしめながら、キスを深めた。

(ああ、距離があるのが……もどかしい……)

キスに溺れていると、美桜の腰がぐいと引き寄せられ、碓氷に股間の膨らみを押しつけられる。ショーツ越しにそれを感じ取り、秘処がひくついた。

欲情を煽《あお》られて、美桜の腰が前後に揺れると、碓氷は腰を回しながら突き上げてきた。

(ああ、そこ……。ぐりぐりって……気持ちいい……)

唇を外して甘い息を繰り返し漏らしていると、碓氷が美桜の耳殻にぬるりとした舌を這《は》わせ、耳の穴に差し込む。思わず身を竦《すく》めた美桜に、碓氷は上擦った声で囁いた。

「これから……出張に行かないといけない。だから……欲のまま、ここできみを抱けない。次にきみを抱く時は……けじめをつけてからにしたいんだ」

「……けじめ？」

「ああ。きみに言いたいことがある。もう誤解されたくないんだ。どうしてきみを抱きたいのか、ちゃんと言う。もう二度と曖昧にしないから」

美桜の体温が上昇した。内容がわからないのに不可解にも心臓がドキドキする。

「美桜……、出張に小鳥遊くんは同行させない。土曜の朝にある最後の打ち合わせを終えたらすぐに帰ってくるから……その日は俺の家に来て。……帰すつもりはない」

その意味がわかった美桜は、はにかみながらこくりと頷いた。

「だから……今は約束の代わりに、これだけで我慢してくれ。俺も……我慢するから」

碓氷の指示で少し尻を浮かせると、ショーツごとストッキングがずり下ろされた。

美桜が驚いている間に、尻に回った碓氷の手が数度尻たぶを揉《も》んでから、その合間に指を滑らせていく。

「ひゃ、あ！」

指は花弁を割って、花園の表面をくちくちと音をたてて往復する。

「か、浬さん……、そこ、あぁ……」

気持ちがよくて、美桜はふるふると身を震わせながら、甘美な息を漏らした。

「美桜、熱くてとろとろだ。こんなに熱い蜜を溢《あふ》れさせておねだりしていたなんて……いけない秘書だな」

熱を帯びた黒水晶の瞳が、妖しげに揺れながら柔らかく細められる。

「だ、だって……」

花園の表面を優しく掻《か》き回され、美桜は腰を揺らしながら喘《あえ》いだ。

「あ、ぁあっ、浬、さ……」

「……いやらしい秘書は、ちゃんと教育し直さないといけないな」

厳しい口調なのに、唇に触れるだけの啄《ついば》むようなキスは止まらず、美桜を追い詰めようとしているみたいに、濡《ぬ》れた花園が強く擦られる。

額がくっつき合う。欲情を秘めた碓氷の熱い目で直視されると、感度が高まってしまうのか、美桜はキスの合間により乱れた喘ぎ声を漏らした。

すると碓氷は美桜に頰擦りをしながら、今まで掠《かす》めていた蜜口に、長い中指をくぷりと差し込んできた。

「あぁ……っ」

異物の侵入にぞくぞくする。美桜は碓氷に抱きつき、ぶるっと震えながら甘美の声を出した。それが一際大きく部屋に響くと、碓氷はふっと笑って囁いた。

「美桜、今の声で秘書室が騒いでいる」

「え?」

「あ……みんなの視線がこっちに向いている。美桜が尻を振って俺の愛撫に悦んでいるのが、ばれてしまったようだな。あ、数人がこっちに来た」

美桜は真っ青になって身体を離そうとしたが、碓氷が許さない。

「秘書課の連中に教えてやろうか。美桜はここで一人前の秘書になるために、秘密の特訓を受けている最中だと。我慢しないといけないのに、美桜は感じてしまっているのだと」

「ち、違……っ」

「なにが違う？　美桜……言ってごらん？　〝わたしはいやらしい秘書です〟〝室長の指に感じてしまって、蜜をこんなに垂らして悦んでいます〟って」

「い、いや……」

「いや？　見られているってわかったら、俺の指をきゅうきゅうと締めつけている。美桜は見られてするのが、好きなのか？　だったら、見せてやろうか」

碓氷の抽送が激しくなる。

「あぁ、駄目。浬さ……んんっ、そこ……駄目！」

「美桜。きみの表情もきみの身体も、気持ちいいと悦んでいるようにしか見えない。もっと抵抗しないと、誤解されてしまうぞ」

そんなのはいやだ。唇を引き結んで快感に耐えるが、碓氷の指で触れられていると思ったら、昂《たかぶ》りが止まらない。身体の芯まで蕩けてしまいそうになる。

しかも昨夜、美桜の身体の隅々まで暴いた碓氷の指は、美桜の気持ちいい場所を知り尽くしている。技巧的に動いて、美桜を追い詰めてくるのだ。

指の数はいつしか増え、淫靡《いんび》な水音をたてて、美桜の内壁を激しく擦り上げてくる。

「ああ、美桜が悦んで尻を振るから、あいつらが……食い入るようにこっちを見てる」

途端に緊張が身体に走り、羞恥の熱が全身に広がる。

（やめなきゃ、ああ、でも……）

「は、んっ、は……気持ち、いい……」

碓氷がもたらす快感の強さは、背徳感との葛藤を凌駕《りょうが》してしまった。

一度口に出すと、止まらない。

快楽のうねりが、強さを増して一気に迫り上がってくる。

「浬、さん……イッちゃう。どうしよう……みんなが見ているのに、室長室で……わたし！」

焦慮感は美桜を追い詰める材料にしかならない。

「みお、美桜……」

キスの合間に聞こえる切なげな声が、本当の情交で喘いでいる彼の声に聞こえてくる。

蜜口に出入りしているのが、碓氷の手なのか剛直なのかもうわからない。

どちらも碓氷なのだから、どちらでもいい。

（ああ、イク……！　浬さんと……また繋がって、イッちゃう……！）

「――っ！」

迫り上がってくるものがぱーんと弾けた瞬間、美桜はびくんびくんと痙攣《けいれん》する。

「気持ちよくイケたようだな」

その声で、美桜は放心状態から我に返る。

窓の視線から身を隠そうとしたが、碓氷は笑って許さなかった。

「……冗談だよ。ここの窓はブラインドを下げてはいるが、マジックミラーになっているし、防音設備が整っている。外からは見えないし、聞こえない」

すると美桜はぐすぐすと鼻を鳴らしながら、碓氷の胸をぽかぽかと拳で叩《たた》いて抗議する。

「誰が可愛いきみの姿を他人に見せるかよ。俺だけの特権だ」

意地悪な碓氷は艶然とした流し目を向けて、蜜が滴る己の手を舌で舐《な》め上げてみせる。

（えっろ……）

彼に開拓された身体からは、いつまでも熱が引いていきそうになかった。

碓氷は、上着のポケットからカードキーを取り出すと、美桜の手に握らせる。

「土曜日、俺の家に来ていて。住所はメールで知らせるから」

「……っ」

「言っておくが、俺の家に女を呼ぶのはきみが初めてだ。家捜ししてもいい」

「そんなこと……」

「しろって。少しは身体だけではなくて、俺自身に興味を持てよ」

碓氷は笑いながら美桜の顔中にキスを落として、抱きしめた。

「浮気しないで、いい子で待っててくれ」

まるで恋人に向けるセリフだ。

美桜はそれに抵抗を覚えず、むしろ嬉しくなり、緩む顔を碓氷から背けた。

「するわけないじゃないですか。他にそんな男性なんて……」

「ああ、俺だけだな」

碓氷は愛おしそうに美桜の頭を撫でる。

「これからもずっとだぞ」

熱を帯びたその声に、美桜の心も爆発しそうに脈打つのだった。

＊＊・＊＊・＊＊

碓氷は、言葉通り燎子を残して、ひとりで九州に出張に行った。

プロジェクトでは初回の会議で叩き台にした、〝永遠を信じさせるようなもの〟を突き詰めようとしていたが、それぞれが考案するものが商品としてイメージしづらく、思った以上に時間がかかってしまう。

スイーツが無駄になりそうな危険が何度かあったが、碓氷との誤解がとけた美桜には、いつも以上のパワーに満ちており、その日はなんとかうまくとりまとめた。

その後、芳人に命じられた秘書の仕事も精力的にこなし、プロジェクトルームに戻ったのは、午後七時を過ぎていた。当然ながらメンバーたちの姿はない。

「さあ、コーヒーを飲んで残業を……あれ？　わたし、マグカップを机に置いて、副社長室へ行ったはずだったけど、ないということは誰かが片付けてくれたのかしら」

しかし、みんなのカップが置かれている棚や洗い台には、美桜のものはなかった。

心当たりのある場所にもない。時間だけが無駄に流れるため、探すのは明日にしようと、自販機の缶コーヒーを買った。

芳人の仕事、プロジェクトの仕事……まとめないといけない資料は山ほどある。

碓氷に気を取られている暇はないと自分に言い聞かせながら、美桜は残業に没頭した。

久しぶりに日付が変わる前に帰宅できた美桜に、相変わらず家族は無関心だった。

豪勢な海外旅行に行く話をしているが、そこには美桜の名前は出てこない。元々自分は存在していないも同然なのだ。

美桜は慣れきった顔で返答のない挨拶をして、二階の奥にある自室に戻り、シャワーを浴びるついでに浴室を洗って部屋に戻ると、スマホがメールを受信していた。

『今、一日目の仕事が終わった。美桜はどうしている？』

昼間は室長室で不埒《ふらち》なことをしてしまったことを思い出しながらも、彼からメールを貰えたと思っただけで、心が躍ってしまう。

今帰宅したと入力すれば、美桜のスマホに電話がかかってくる。

『疲れているのにすまない。やっぱり声が聞きたくなって……』

機械を通した碓氷の声を聞くのはこれで二度目だが、鼓膜を甘く震わせる色っぽい声だ。

艶のあるバリトン――そこに彼の息づかいが混ざれば、それだけで情事を思い出してしまい、碓氷のすべての言葉が睦言に聞こえて身体が熱くなる。

こんな機械を通さずに、直接碓氷の声を聞きたいと強く思う。

時折欲情でぎらつく、あの熱を孕《はら》んだ黒水晶の瞳を見たい。

彼の均整の取れた身体でくるみこんで、直接耳に囁いてほしい。

「会いたい……」

美桜は碓氷が恋しくなって、思わず吐露してしまう。

「会って抱かれたいです、浬さん」

すると電話口から、乱れた息づかいが聞こえる。

『俺が我慢していたことを、きみは簡単に言えるんだな』

「我慢、していたんですか？」

『きみは……。室長室でどれほど我慢したと思っている』

「……っ」

『セックスだけが理由じゃない。きみに会えないのが正直つらい』

碓氷の声は切なそうに聞こえる。

『……美桜。恋しくて胸が張り裂けそうだ』

きゅんと胸が絞られ、途端に鼓動が忙しく鳴り響く。

『土曜日、この続きを言わせてくれ。きみに言いたくて仕方がない言葉がある』

〝きみに言いたくて仕方がない言葉がある〟――その言葉がトリガーとなり、美桜の中で湧き上がっていたある想いが、碓氷に伝えたくて仕方がなくなる。

それは今まで情欲に隠されていて、見過ごしてきた感情だ。

彼が欲しい。

身体だけではなく、碓氷浬という男を自分のものにしたい。

夜に限定することない、特別な関係になりたい。

そう、これは――恋。

ようやく行き着いた答えに、身体が歓喜に震えた。

――恋しくて胸が張り裂けそうだ。

自分こそ、会いたくてたまらない。

彼の熱に触れられないのが、涙が出そうになるほどに切ない。

この気持ちは、碓氷と同じなのだろうか。

――セックスだけが理由じゃない。きみに会えないのが正直つらい。

彼にとって、自分は……どんな存在なのだろうか。

そんなことを考えているうち、気づいた時には電話は切れていた。

碓氷から、彼の自宅の住所と、マンションに入るための番号が記されたメールがくる。

『早く会いたい』……最後の言葉にきゅんとなり、恋しくて胸が張り裂けそうになった。

＊＊・＊＊・＊＊

碓氷が出張して三日目。

彼の帰りを明日に控えた金曜日のプロジェクトルームでは、イメージの摺り合わせをするために、メンバーが各々家で描いてきた商品イメージのラフ画を見せ合っていた。

彼らのラフを見て、突然薫が眼鏡を光らせ、叫び出す。

「どうして、皆さん、幼稚園児なみの絵なんですか！」

彼女が描いたラフは、遠近感や陰影がしっかりと反映された、レベルの高いもの。

薫はバッグの中からスケッチブックを取り出すと、他メンバーのラフを描き直してみせた。その速さと見事さにメンバーたちは驚嘆した。一斉に褒め称えると、薫はわずかに紅潮した顔で、趣味で漫画を描いていることを照れ臭そうに教えてくれた。

彼女が自分のことを語るのは、初めてのことである。

薫は満場一致で、このプロジェクトの専属絵師となり、嬉しそうな表情を見せた。

全員でラフを眺めていたが、不意に燎子がどれもこれもぱっとしないとぼやいた。

「アクセサリーに華がないのよ。私が考えてきたものも、こうしてラフという形にして客観的に見ると、映えないというか……」

それは美桜も思ったことだ。高級ブランドの記念商品としては、あまりにも陳腐すぎる。

（もっとお姫様のものらしく、ゴージャスなものがいいわ……）

「副リーダーの言う通りっすね。これじゃあ、王子がシンデレラを見つけてくれなさそう。ガラスの靴ほどのインパクトもないし、印象に残らない」

榛木の言葉に薫も頷いている。そこで美桜が提言した。

「あのね、ティアラはどうかしら」

「ティアラ?」

唐突な美桜の提案に、三人は顔を見合わせた。

「ええ。首飾りや指輪より、ゴージャスで存在感がありそうで。お姫様の定番だし」

「でも髪飾りをつけてどこに出るんですか？　舞踏会が開かれていた昔ならともかく」

榛木の言葉に美桜がどもると、燎子が腕組みをしながら言った。

「別に髪飾りに限定せず、取り外したらブローチになったりペンダントになったりと、その場その場で形を変えるのもいいと思うけど。実際、アンティークにあるはずよ」

「変化する、ティアラ……か。なんか現代のシンデレラかもしれないっすね」

(さすがはアイデアの宝庫、燎子さん。それ、面白そうなんだけど……)

薫がティアラのイラストを描いていく。

フォーマルしか使い途がなくても、身近なものに変化するのなら面白くはないか。

実際シンデレラだって、魔法で変化を見せたのだ。

魔法が解けたら、普段使いもできるものになってもいいではないか。

「だとしたら、ダイヤでぎらぎらしていない方がいいかもしれないわね」

燎子の言葉に美桜は頷いて、首を傾げる。

「地味でも、ダイヤのように輝いて見える石ってなにかないかしら」

「ブラックダイヤはどうっすかね？　前に営業先の奥様から見せてもらったんですが、かなりの存在感でした」

榛木が言い、薫がティアラの飾りを一部分塗り潰して言った。

「別にシンデレラは純白である必要はないですよね。黒はミステリアスな感じがします」

碓氷は、シンデレラに他者を挑発させたいと言っていた。

だとしたら、ティアラのメインをこの妖艶な黒に任せてみてはどうだろう。

そう、碓氷の瞳のような石を――。


「茅野さん、連日餌付けして僕をぶくぶくにさせたいのか？」

美桜から差し出された、ふたつのシュークリームを見て、芳人が苦笑する。

「糖分は疲労回復させ、人間関係を円滑にします。プロジェクトが良い例です」

芳人は笑いながら、シュークリームをはむと囓《かじ》った。

なんだかんだ言いながら、芳人はスイーツ好きのようで、幸せそうだ。

（いまだ女遊びはしているようだけど、スイーツを食べることで、トラウマを克服できないものかしら……。あるいは、そういうものを作ってくれる特定の恋人を作るとか）

「きみは食べないのか？」

「食べ過ぎると、贅沢なお肉が……」

「はは。身体の線が出るあんなドレスを着ないのなら、いいじゃないか」

「そうかもしれませんけど、一応わたしも女でありまして……」

「個人的な興味なんだけれど、桜子のお気に入りのドレスってどんなものだったんだ？」

結構着飾っていたよね？」

ドレスもアクセサリーも用意できなかった美桜に、綾女が色々と用意をしてくれていた。

綾女なしでは、〝桜子〟はこの世には生まれていなかった。


「……どれも好きでした。強いていえば、ママから貰《もら》った……ナンバーワンになったお祝いの時に着た淡いピンク色のドレスと、一周年記念のお祝いの時に着た白いドレスですね。ピンク色のドレスは可愛いデザインだったし、白いドレスも清楚《せいそ》でありつつ、凜《りん》としているデザインで。わたしもこんなドレスのようになれたらと思って」

「実は僕、ナンバーワンになった祝いの席で、そのドレスを着たきみを見ているんだ」

「え、店にいらっしゃったんですか？　わたし……ご挨拶をした覚えは……」

「入店はしていない。ママに話したいことがあって立ち寄ったら、ちょうど客を出迎えに外に出たきみを見かけたんだ。初々しかったあの子がこんなに綺麗に成長してと、父親みたいに感無量になって、そのまま満足して帰ったんだ。いい客だろう？」


ウインクをして言う芳人に、美桜はくすくすと声をたてて笑った。

「ちなみに澪は、社長に命じられて海外出張中だったけどね。いつもあいつは、ここぞというタイミングを逃すよな」

芳人は意味深に笑った後、遠くを見つめて呟《つぶや》く。

「だけど大切な女性が生きているんだから、何度もチャンスは巡る。羨ましいよ……」

後悔と寂しさを滲《にじ》ませた芳人の顔を見て、美桜は直感した。

(女遊びをしないといけなくなったのは、大切な女性が亡くなったからでは?)

大切な女性なのに、忘れないといけない記憶とは、どんなものなのだろう。

色々考えていた美桜に気づいて、芳人はいつものように優しい微笑みを作る。

穏やかな表情は、空虚な心を隠すための仮面なのかもしれない。

芳人はにこやかに二個目のシュークリームをたいらげ、コーヒーを飲んでから言った。

「新作は進んでいる?」

「はい。いいものができ上がると思います」

「よし。だったら月曜日、僕と浬にプレゼンして。そこで意見を言うから」

「わかりました」

美桜は頷く。

「なにか気になることや、困ったことは起きていないかい?」

「……ええ」

「ん?　歯切れが悪いな。引っかかることがあるのならなんでも話して」

芳人は、時に恐ろしいほど勘が鋭い。

美桜はしばし躊躇《ためら》っていたが、やがてぼそりと言った。

「その……私事なんですが、昨日残業をしようと部屋に戻った時、机に置きっぱなしだったはずのマグカップが消えていまして。今朝みんなに聞いたら、誰もわたしのカップに触れていないと。それなのに役員用の給湯室のゴミ箱に、割れて粉々になったわたしのカップが捨てられていました」

「……被害はそれだけか？」

「あと……関連あるかはわかりませんが、室長が出張した日から、やけにわたしの私物がなくなって。ボールペンとか事務用品が数点、今日はポーチが……。机の中にしまっていても、離席するとなくなっているんです」

芳人は厳しい顔をして言った。

「チームメンバーの犯行だと思った方が自然だな」

「でも……全員一緒に探してくれたこともあるんです」

「だとしたら、メンバー全員が共謀しているのか、誰もいない時を見計らった単独犯が、知らないふりをしているかのどちらかだろう。僕が話そうか？」

状況的に、芳人の推論は正しいのかもしれない。しかしそれでも美桜は――。

「わたしは、メンバーを信用したい。ようやくひとつの案でまとまり、みんなが変化を見せて意見を出すようになってくれたんです。わたしはこんな嫌がらせには挫けませんし、犯人を明らかにすることで、チームを不和にしたくない。わたしがもっとしっかりとしたリーダーになり、メンバーたちから信頼されるように努力します。ですからどうか、このことは副社長の胸の内に秘めておいてください」

芳人はなにか言いたげだったが、美桜は芳人の予定を思い出し、慌てて腕時計を見た。

「副社長。お時間です。これから社長とお出かけでしたよね」

「ああ、それはさっき電話がかかってきて延期だ。明日、帝都ホテルのラウンジで食事をすることになってね」

「そうですか。いいですね、お父様とお食事なんて」

「よくないよ、面倒なだけだから」

笑った芳人は、ぼそりと言う。

「……浬がいなくなった途端、か。いやな予感がするな」

それは美桜が聞き取れないほど、小さな呟きだった。

＊＊・＊＊・＊＊

碓氷が戻る土曜日――。

「美桜、今日は予定があるか？」

朝食時に、父親の浩二が突然声をかけてきたため、美桜は飛び上がる。

「もし予定がないなら、少し買い物をしてからお昼を一緒に食べないか？」

自分に向けられる優しげな笑みを見たのは、何年ぶりだろう。

美桜はじわりと涙が滲みそうになり、それを隠すように笑って頷いた。

芙祐子たちがなにも言ってこないことに少し引っかかりを覚えたものの、込み上げる嬉しさがそれに勝ったのだ。

碓氷が何時に帰ってくるのかわからないが、カードキーは自分が持っている。浩二と昼食をとった足で、碓氷の家に早めに向かうことにした。


浩二はタクシーで、都心にある帝都ホテルに連れてきた。

（そういえば副社長は今日、社長とここでお食事する予定だったっけ）

帝都ホテルは最近改装したばかりで、五階までが商業施設になっている。

これだけの人だかりから、芳人を見つけることは至難の業だ。

美桜は浩二がここで、彼用になにか買いたいものがあるのだと思っていたが、浩二がまっすぐに向かったのは、若い女性向けのブティックだった。

浩二はにこやかに、美桜に言った。

「お前に似合う服を選ぼう。それが今日の買い物の目的だ」

夢でも見ているのだろうか。

（お父さんがプレゼントをしてくれるなんて、いつ以来だろう！）

「これなんかどうだ、美桜。うん、試着してくるといい」

それは、桜のような薄ピンクのシフォンの膝丈のワンピースだった。

促されるまま試着すると、美桜によく似合うと浩二や店員から絶賛された。

美桜も気に入ったそのワンピースのほか、ピンクサファイアのペンダントまでプレゼントされて、美桜はふわふわとした夢の中にいるような幸福感に酔った。

今日はなんという、最高の日なのだろう。

「なぁ、美桜。今日はちょっと父の頼みを聞いてくれないか」

それは、芙祐子たちとの団欒《だんらん》を兼ねての昼食のお誘いだった。

最初からその予定だったから、ふたりはなにも言ってこなかったのだろう。

場所はここのラウンジレストランで、芙祐子と春菜はすでに席で待っているらしい。

父にどんな心境の変化があって、こんな場を設けたのかはわからないが、優しい父が戻ってきたことは素直に嬉しいから、疑心暗鬼になるのはやめ、父の申し出を快諾した。

こんな素敵な服を自分だけプレゼントされたことで、ふたりの神経を逆撫でしないだろうかと思いながら。

一階にあるラウンジレストランは、音羽家の当主と次期当主が食事をする場所に選ぶだけあって、厳かで格調高い雰囲気がある。

（ラウンジレストランって、もっと気軽さがあるのかと思っていたけど、まるで高級クラブのよう。これは茅野家には場違いで、家族団欒できる雰囲気でもないわね）

すべてを水に流して、芙祐子と春菜と仲良くしたいわけではないし、向こうもそれは同じだろう。浩二の顔をたてるために、互いに家族ごっこをするだけだ。

浩二がウェイターに名前を告げると、奥の八人掛けのテーブルに案内された。

その途中、周囲を注視してみたが、芳人の姿は見つけられなかった。

「待たせたな。どうだ、美桜は可愛いだろう」

先に並んで座っていた芙祐子と春菜はじろりと美桜を見ると、不愉快そうな顔をした。

浩二は、美桜を挟んで芙祐子と春菜を並ばせ、自分は芙祐子の向かい側に座る。

八人席の奇妙な座り方に、美桜が怪訝《けげん》な顔をした時だった。

「お連れ様がお見えでございます」

ウェイターがふたりの男性を連れてきた。

浩二は立ち上がって頭を下げ、芙祐子と春菜が追従する。わからないままに美桜も同じくお辞儀をした。

「そんなにかしこまらんでくれ。まずは食事を楽しもうじゃないか」

にこやかな声を発したのは、でっぷりと太った貫禄《かんろく》ある男性。

高級そうな黒いスーツの衿《えり》に留めてあるのは、金色に輝く議員バッジだった。

「美桜、こちらは高橋先生だ。そしてこちらがご令息の……」

美桜は隣にいる若い男性を見て、声を上げそうになった。

そこにいたのは、美桜がホステスを辞めるに至った、酔っ払いのカバ男だったのだ。

そして向こうも、美桜の正体に気づいたようだった。

「なんだ、良樹《よしき》。茅野さんのお嬢さんを知っているのか」

高橋代議士が尋ねると、カバ男……良樹は顔を歪めた。

「知っているもなにも、こいつは……」

「酔っ払いに絡まれているところを助けていただいたんです」

ホステスをしていたことは知られたくないが、美桜はわざと桜子の顔で微笑む。

「その酔っ払いがわたしに暴力をふるおうとしたのを、助けてくださって。本当に勇敢な方で、命拾いしましたの」

美桜のささやかな意趣返し。良樹は苦虫を嚙み潰したような顔で、言葉を吞み込んだ。

「ねぇあなた。良樹さんと美桜さんは、ご縁があると思いませんこと？　私、ずっと心配していたのよ、美桜さんが春菜に遠慮して嫁ごうとしないから。美桜さんには一番に幸せになってほしいの。良樹さんと実にお似合いだわ」

突然、にこやかに芙祐子がそう言い出した。

気でもおかしくなったのかと美桜はぎょっとするが、春菜も母を援護する。

「羨ましいわ、美桜。こんな素敵な方とお知り合いとは。妹をよろしくお願いしますね」

……ようやく美桜も気づく。

「美桜さん、うちの息子と結婚を前提に付き合ってみないかね」

そう。これは、家族公認の——見合いなのだと。

「美桜。これは願ってもいない良縁ではないか。しかも良樹くんが美桜を助けてくれたなんて、まるで彼は美桜の王子様だな」

父は助けてくれない。

王子様に仕立て上げられた雑魚キャラ良樹も、複雑そうな面持ちのまま、抗する気もなさそうだ。

「美桜さんが私の義娘になってくれるのなら、私は全力でお父さんをバックアップしよう。『KAYANO』は大きくなるぞ」

「先生、何卒よろしくお願いします」

父が高橋と握手をしているのを見た美桜は、気が遠くなりそうだった。

浩二は、代議士の力をあてにして娘を売るために、今日は優しかったのだ。それに気づかず、浮かれていた少し前の自分を殴ってやりたい。

……とっくの昔から。

芙祐子たちのような金の亡者と化した父にとって、自分はもはや娘ではないのだ。

「美桜さん、嫁いできたら、新宿の我が家に住むといい。たくさん部屋があるぞ」

「それはいい。お城に行けるなんてシンデレラだな、美桜」

……家を出たくて仕方がなかった。自由が欲しかった。

だが、こんな結末のために、今まで我慢していたのではない。

いやだ。自分の人生を勝手に決められるのは。

いやだ。ようやく碓氷が好きだと自覚したばかりなのに。

「わたしは、そんなに……邪魔者なんですか？」

美桜は浩二に向ける眼差しに、強い悲しみと抗議を込めた。

「美桜、お父さんはお前の幸せを……」

美桜の怒りが弾けた。

「こんな時ばかりいい父親ぶらないで！」

初めての美桜の反抗に、浩二は驚いた顔をして固まっている。

「服を着せて優しく声をかければ、わたしは従順になると思っていたんですか。お父さんは再婚してから、わたしに向き合おうとせず、信じようともしなかった！　家政婦に落ちぶれたわたしに、救いの手を差し伸べてくれたことはありましたか？」

「み、美桜……っ、先生、ちょっと娘は動転していて……」

狼狽《ろうばい》する父の横で、義母が高橋におべっかを使っている。義姉は嗤笑《ししょう》するだけだ。

美桜は背を正し、凛とした声で言い放つ。

「申し訳ありませんが、この縁談、お断りさせていただきます」

……もう、いやだ。こんな家族とは縁を切りたい。

「わたし、好きなひとがいるんです」

すると高橋は鼻で笑い、虫けらでも見るような眼差しを寄越した。

「時間が経てば熱が冷めるよ、そういう若気の至りは」

「わたしの……生まれて初めての恋なんです」

「聞いていたのかね？　若気の至りは時間が経てば……」

「彼が好きなんです！　わたしはその恋を、終わらせたくない……！」

まだ碓氷に言っていないのだ。

……好きだと。

身体だけではない。初めての感情も捧《ささ》げたいのだと。

「わがままは、よしなさいっ！」

怒った浩二が、美桜の頬に平手打ちをした。

乾いた音がしたのは、頬からなのか、それとも美桜の心からなのか。

「誰がお前を育ててやったと思っている！　恋だの愛だの、たわけたことをぬかすな！」

初めて父から受けた暴力に、美桜の顔はショックに青ざめた。

「まあまあ、茅野さん。ここはちょっと時間をおかないか。美桜さんも時間が経てば、わかるだろう。縁談を断るとお父さんの会社だけではなく、ご家族ともに路頭に迷う生活になるかもしれないことをね」

それは高橋からの脅し文句だ。

「そうだ、三週間後……今月末の三十一日が良樹の誕生日だ。その日に、豪華な婚約披露パーティをしよう。それまでにけじめをつけて宴に臨んでくれ」

……話が通じない。美桜という存在を認めようとしない。

美桜に話す前から、彼らの間で美桜と良樹の結婚は、覆ることのない決定事項なのだ。

「良樹。お前はこれから、彼女とデートしてきなさい。どうだね、茅野さん。奥方と娘さんと、場所を変えて昼食でも」

「是非とも！」

父は美桜を置き去りにする。自分に背く娘には手を差し伸べずに。

「あのさ」

良樹が頭を掻きながら言った。

「諦めな。抵抗するだけ時間の無駄だって。こっちにだって面目があるんだよ、他に男がいるからと引き下がることなんて、絶対できないから」

「……っ」

「それに、愛人がいても俺、別にいいよ。俺も愛人を持つから。俺とあんたの間には、愛なんて生まれないし、そんなもの期待していない。俺も親父も」

慰めの言葉だったのか諦めを推奨する言葉だったのか美桜にはわからない。しかし美桜は、溢れる涙を拭い去ることができずに、両手で顔を覆うと嗚咽《おえつ》を漏らした。

碓氷に会いたい。

だけど会いたくない。

抗いようがない現実に、屈してしまうしか道はないのだろうか――。

＊＊・＊＊＊・＊＊

碓氷のマンションは、美桜が働いていた六本木の店にほど近い、麻布十番にあった。地下鉄の駅から徒歩圏内にあり、閑静で落ち着いた場所に聳《そび》え立つ、高層マンションだ。オフィスビルのようなガラス張りの外観で、車寄せもできる広いエントランスからは、ホテルのロビーみたいな広々とした待合所が見える。

部屋で待っていてくれと言われているが、勝手に入るのは気が引けてしまう。それに喧《けん》噪《そう》の中にいないと憂鬱になってしまいそうで、美桜はマンションの真向かいにある大手外資系コーヒーチェーン店にいるとメールをして、コーヒーを飲んで待つことにした。

――適当に時間潰して戻るから。俺と一緒にいたら、気分悪いだけだろう。

泥酔していない良樹は、意外にも優しさを見せた。彼もまた、父親の横暴ぶりに辟易《へきえき》している仲間かもしれないが、同情されたことには変わりがない。

――縁談を断るとお父さんの会社だけではなく、ご家族ともに路頭に迷う生活になるかもしれないね。

こんな目にあっても父が悲しむ姿は見たくないし、母のために作られた『ＫＡＹＡＮＯ』を消し去りたくない。だが、道具のように扱われたままで、望まぬ結婚などしたくないのだ。

対外的にも、この結婚を無効にするにはどうすればいいのだろう。

三時を過ぎた頃、碓氷から電話がかかってきた。

『どこに座ってる？』

電話から聞こえる声に心がときめき、店内に姿を現した碓氷の姿に身体が熱くなる。

こんなにも自分の心身は彼が好きだと訴えている。

久しぶりに会う碓氷に、昂りが止まらない。

「……ただいま」

眼鏡をとって向かい側に座る碓氷に、はにかみながら美桜も言う。

「お帰りなさい」

優しく微笑む碓氷が、鬱屈としていた美桜の心を癒やした。

「俺がいない間、良い子で留守番していたか？」

「はい」

「……なにもトラブルはなかったか？」

心なしか碓氷の目が鋭くなり、美桜はどきんとしたが、何事もなかったかのような笑顔を崩さず、力強く返事をした。

「はい。いつも通りです」

碓氷に結婚を回避する妙案を授けてもらいたかったが、実際顔を見合わせると、言い出せなかった。

重い女になりたくない。彼の前では笑顔でいたい……そう思ったのだ。

「コーヒー買ってきます。ブラックが良いですか？」

「いや、俺は……」

碓氷は笑いながらちょいちょいと指を揺らして美桜を呼び、怪訝そうに身を乗り出した美桜の耳に甘く囁く。

「コーヒーよりきみを味わいたい」

艶やかな声音に搦《から》めとられてしまい、胸の奥が痺れ、身体が火照る。

「俺の部屋に行こう」

碓氷は美桜の荷物を持ち、その腰にさりげなく手を回す。

恋人のように優しく扱われることに面映ゆい気分になりながらも、これで最後かもしれないと思うと胸が痛かった。

好きだと思うからつらいのであれば、好きだと言わない方がすんなりと終われるのかもしれない——。

いつしか美桜は、諦めの境地に入っていた。

碓氷と過ごす時間を幸せに思うからこそ、その時間はもう終わるような予感がしていた。

エントランスからマンションに入り、碓氷に返したカードを機械に通して、エレベーターに乗り、エレベーターの内部にもカードを通せば、二十三階のボタンが自動的につく。

エレベーターが上昇すると同時に、碓氷は美桜を抱きしめると、両手で美桜の顔を挟み込むようにして、荒々しく唇を重ねてくる。

濃厚に舌を絡ませていると目的階に着き、碓氷は名残惜しそうに唇を離した。

二十三階の廊下は、ふかふかの絨毯が敷かれており、ダークブラウンの壁とドアが続く。

その一番奥にあるドアに、碓氷はカードを差し込んでドアを開いた。

「なにもないところだけれど、どうぞ」

「お邪魔します」

モデルルームのように、高級家具が整然と並ぶ、広々としたリビングだ。

シンプルさが際立ち、あまり生活感が感じられないが、茅野家のように華美にぎらついたものがないため心が落ち着く。

背広を脱いだ碓氷は、結び目に手をかけてネクタイを外し、美桜が座る白いソファの端に放った。そして片手で髪を崩して美桜の横に座る。

「お茶を出す前に、どうしても気になるから教えてほしい。きみは、脅されているのか？」

碓氷の目は真剣だった。

「脅されて……ないですよ。大体誰にですか？」

「高橋良樹。俺が店で制した代議士の息子に」

美桜はびくりと身を震わせた。

なぜ、彼の名前が出てくるのだろう。美桜は疑問に思いながらも、スカートをぎゅっと手で握りしめながら、笑ってみせた。

「彼とはあれきり、会ってません」

「俺が信用できない？」

「信用していますが、なにを突然……」

するとは碓氷は、軽く失望したようなため息をついてから、背広の内ポケットから自分のスマホを取り出して、動画を再生した。

そこに映っていたのは、あの見合いの場——高橋代議士親子とのやりとりだった。

「な、なんで！」

「芳人から送られてきた。芳人が社長とあの場にいたそうだ。芳人がきみを助けようとしたが俺が止め、状況を把握できるように動画で撮ってくれと頼んだ」

（あの場にいたのか、副社長は。もう……誤魔化すことはできないわね）

「俺、何度もきみに話を振ったよな。だけどきみの口から、この話が出てこなかったのはなぜ？　俺には関係がないのだと、きみはそう思っているのか。それとも、俺とのことはなかったことにするつもりで、突然姿を消そうとか思っていたとか？」

彼の目はすべてを見透かしていた。

最初から隠し通せるはずはなかった。

「美桜。きみの口から聞きたい。きみはどんな状況に陥っているんだ」

「わたしは……」

「ん？」

彼は怒ってはいない。ただ優しく美桜を見つめて、勇気づけるように美桜の手を握る。

「この洋服、父が買ってくれたんです。父が優しくしてくれて、一緒に食事をしようというからレストランに行ったら、義母と義姉が席にいて。そこに高橋代議士と、あの息子が現れたんです。わたし、父に売られて……あの息子と結婚することになっていました」

　美桜は嗚咽が漏れそうになるのを必死に堪える。

「きみは、彼と結婚したいわけではないんだな？」

「違います！　好きな男性がいると抵抗したら……わがまま言うなと初めて父に頬を叩かれて。わたし、今までわがままなんて言ってこなかったのに。我慢してきたのに」

　美桜が悔し涙をぽろぽろと流すと、碓氷が指で拭う。

「今月末、婚約披露パーティを開くそうです。破談にしたら『ＫＡＹＡＮＯ』も、家族の生活もどうなるかわからないと代議士に脅されました。どうしていいかわからない。どうすればこの話を潰せるのか」

「あの馬鹿息子……良樹はどう言っている？」

「父親の言いなりです。形だけの結婚をして、ともに愛人を作ろうと。ふたりの間に愛などいらないと」

「美桜」

　碓氷は美桜の顔を上げさせると、濡れた瞳を覗《のぞ》き込むようにして言った。

「きみはさっき、好きな男性がいると抵抗したと言っていた。それは誰？」

（え、今……こんなタイミングで聞いてくる⁉　こ、心の準備が……）

「いや、こういう聞き方はよくないな。まずは俺からだ」

碓氷は少し長く息を吸って吐き出すと、緊張した面持ちで言った。

「美桜。俺は男として、きみが好きだ。昔からずっと」

碓氷の熱く真摯な目に吸い寄せられ、美桜の涙も引っ込んだ。

碓氷は背広の内ポケットからなにかを取り出すと、美桜の前にそれをぶら下げてみせた。

金の鎖の下で揺れるのは、小さな石《ストーン》がガラスの靴。

クリスタルを彩る、無色の宝石の装飾。

「な、なんで、なんでお母さんのペンダントが⁉」

美桜は震える手で、失ったはずの母の形見を手にした。

「十一年前――、ホテルの階段から落ちてきたきみが、残していったものだ」

熱を帯びた黒水晶の瞳が揺れている。

美桜は目をぱちくりとさせていたが、やがてひとつの可能性を弾き出した。

「まさか……、十四歳のわたしにキスをして下着を見た、あの不埒なヤンキー⁉」

「不埒なヤンキー……。きみの中の俺って……」

「だって、真っ赤な髪の色をしていて……」

「……あれは当時の俺の自己主張だったんだ。俺のファーストキスを奪っておいて、不埒なヤンキーと思われていたとは……」

「す、すみません。でも……ファーストキス……？」

すると碓氷は仄《ほの》かに赤く頬を染めて、ぶっきらぼうに言う。

「俺の唇だけではなく、心も奪っていなくなったんだよ、きみは。まあ頬の痛みもね。おかげで夢ではないのだと、実感できたけれど」

碓氷は照れ臭そうに笑う。

「きみがどこの誰なのか探し出すのに苦労した。あの日ホテルには、かなり大勢の客がいたから。このペンダントを見て、きみはシンデレラが好きなのだと思った。だとすれば、いつかはシンデレラがきみを引き寄せてくれるかもしれない――それが『Cendrillon』創立の本当の理由だ。まさかシンデレラ嫌いだったとは思わなかったが」

「そんな……」

「『souliers de verre《スーリエドゥベール》』のママとは古くからの付き合いでね。彼女に呼ばれて店に行った時、ホステスになりたての初々しいきみを見て、あの時の子だと直感して歓喜したよ。ママからきみが島村設計に勤めていることを聞き、俺個人できみの素性を調べたんだ」

匿名メールが届いたから、というのは嘘《うそ》だったらしい。

「俺は店でずっと、高嶺の桜へと開花したきみを見ていた客のひとり。店を辞めるきみを引き留める術はない。きみが他のところへ飛んで行く前に、どんなことをしてでも俺は……きみに俺の存在を刻み、手元に置きたかった」

碓氷の熱い目に、美桜は蕩けてしまいそうになる。

「お店で……話しかけてくれればよかったのに。席を移動している間でも……」

「それは……その、話したいのは山々だけれど、緊張するというか。最初はきみが店に慣れるまで親心で見守ろうとしていたら、あまりに経験豊富な高嶺《たかね》の花になりすぎて。……いいよ、腰抜けだと笑っても。ママにも芳人にも散々笑われてきたから」

碓氷は耳まで真っ赤な顔になり、美桜は目を瞠った。

「な、なんで赤くなるんですか。初っ端からキスをして、身体をねだったあなたが」

「男女の駆け引きを知り尽くす百戦錬磨の桜子の気を引くには、身体の関係しかないと思ったんだよ。俺、本気で惚れたのはきみが初めてだから、口説き方がわからなくて」

碓氷は言いにくそうに咳払《せきばら》いをして言葉を切る。

「身体だけでも早く奪いたくて、俺をその目に入れてもらいたくて、強引に抱いてしまったことは謝る。だけど俺は、美桜が好きだから抱いていた。素の美桜に触れるたび、愛おしくてたまらない。……溺れきっている、きみに」

碓氷に抱きしめられた美桜は、久しぶりの碓氷の匂いに酔いしれる。

「――愛しているんだ、美桜。昔から。俺だけのものになってほしい」

碓氷の熱が美桜を包み、美桜の心臓は壊れそうなほど早鐘を打った。

セフレではなかった。欲しかった碓氷の心は、ちゃんと自分に向けられていた。

それだけで美桜は、歓喜に咽び泣きそうな心地になる。

「わたしは……もう、浬さんのものです」

美桜は静かに、熱を帯びた顔を向けて碓氷に言った。

「わたしも好きです。好きになってしまったんです――」

そして目から涙がこぼれると、碓氷はたまらないという顔をして、美桜に口づけた。

何度も甘美なキスをしているが、心が通じると、こんなに浮き立つほどに幸せで、こんなにも気持ちよくてたまらなくなるものなのか。

美桜は、碓氷の熱情的なキスに声を漏らして、碓氷からの愛を甘受する。

想いが通い合う至福感は、さらに美桜の愛を高めた。心が破裂してしまいそうなほどに。

だからこそ――、これをいい思い出にしなければならない。

ここで踏みとどまらねばいけないのだ。

「素敵な思い出をありがとうございました」

美桜は切なく笑いながら、驚く碓氷の胸をトンと両手で突き放した。

「代議士の力で浬さんもどうなるかわかりません。どうしようもないんです」

「美桜……」

「政略結婚には愛は必要ない。恋愛感情を知らないまま朽ちることに比べれば、いい夢を見させていただきました。ありがとうございます」

「美桜！」

「素敵な女性を見つけてくださいね。では……」

涙をぼろぼろと流しながらも無理矢理笑い、碓氷に背を向けて出て行こうとした。

だが碓氷にぐいと腕を引かれて、その広い胸にぎゅっと包み込まれる。

「美桜、勝手に話を進めるな。どうしてそんな結論しか見い出せない？　……駄目だ。俺がそんなことは許さない」

「でも……方法がないんです。ありえない魔法がない限りは」

一生懸命知恵を振り絞っても、妙案がない。絶体絶命なのだ。

「だったら俺に頼めよ、俺になんとかしてほしいと泣きつけよ！」

「だから方法がないんですってば！」

美桜は泣きながらヒステリックに叫ぶ。

「きみは俺を信じていない。きみにとって俺は魔法使いどころか、きみが信用していないシンデレラの魔法そのものじゃないか」

「浬さんとおとぎ話の魔法は違うわ！」

「なにが違う。魔法が信じられなきゃ、俺まで信じられないか？」

「……っ」

「きみが欲しいのは、ありえない魔法なのか、俺なのか⁉」

「わたしが欲しいのは――」

美桜の目にぶわりと涙が溢れる。

「浬さんに決まっている。わたしは魔法なんていらない。欲しいのは、浬さんだけだもの……」

「じゃあ、俺を頼れ。物わかりのいい桜子ではなく」

夢を見てもいいのだろうか――。

「わたし、言われるがままに、結婚したくない！」

碓氷とともに在ることを。

「浬さんと一緒にいたい」

いつも我慢を強いられ、抑え付けられていた激情が奔流する。

「わたしだって、幸せになりたい。わたしだって夢を見たい」

美桜は自分を包み込む碓氷の腕を、ぎゅっと強く掴んで泣き叫んだ。

「わたしを助けて、浬さん――！」

美桜はようやく悟ったのだ。

――わたしは、自分の力で幸せを掴みますので。

この世にはいくら努力してもなんとかできないものもある。

それを知らずに、自分でなんとかできるといきがって生きていたとは、世間知らずにもほどがあるのだと。

誰より自分が、おとぎ話に夢を見ていた。

この不可抗力で作り出されたつらい環境から、いつか、誰か……救ってほしいと。

しかしいくら待っても、そんな奇跡は起きなかった。

誰からも見捨てられた現実を直視したくないから、これ以上己の心が傷つかないようにと強がり、おとぎ話を否定していただけのこと。

誰よりも自分が――幸せなシンデレラになりたかった。

魔法を信じたい。

碓氷を信じたい。

「わたしを助けて――!!」

シンデレラのように、手を差し伸べてほしい。

あなたなしで、この物語を終わらせたくない――。

美桜の唇を奪った碓氷は、キスの合間に囁いた。

「ああ、助けてやる。俺が絶対に」

そして自分の胸に、美桜の顔を押しつけると、低い声を出した。

「もう、お遊びはおしまいだ――」

碓氷の双眸《そうぼう》には、激怒にも似た……、好戦的な光が宿っていた。


モノトーンの色合いで整った、十二畳はあるだろう広い寝室――。

鏡になっているクローゼットの扉が、キングサイズのベッドに座る全裸の美桜と、背後から美桜の両胸を揉みしだく碓氷の姿を映し出していた。

「美桜、よく見ているんだ。俺によって自分がどうなっていくのか」

碓氷の手で卑猥《ひわい》に形を変える胸。

碓氷は美桜の耳を食み、両胸の先端にある蕾《つぼみ》を、指の腹でくりくりと捏《こ》ねた。

「は、ぁあ……」

碓氷のいやらしい手の動きに同調するように、紅に染まる身体を淫らに揺らす自分。

そんな自分を鏡の中からじっと見つめる碓氷の眼差しに、ぞくぞくが止まらない。

やがて碓氷の右手が蛇行するように下に滑り落ち、黒い茂みと戯れて奥へと進む。

鏡の中で碓氷が、そこを愛でるように掻き混ぜた。

「あぁ……んぅ……」

くちくと湿った音と美桜の甘い声が響く中、不意に美桜に触れていた指は、美桜の目線の高さにまで持ち上げられる。

「美桜、見てみろ。とろとろだ」

濡れた中指と人差し指が動くと、糸を引いて粘っているのがわかる。

そして碓氷はその指を、突き出した己の舌で丹念に舐め上げてから口に含んだ。

まるでその舌や唇で、秘処を直接舐められているかのような錯覚に陥る。

思わず足をもぞもぞと動かして、息を乱してしまった。

すると碓氷は鏡越しにうっとりと微笑みながら、美桜に言う。

「甘くておいしい。もっと……美桜の蜜が欲しい」

碓氷は美桜の背に枕をあてると美桜と向き合い、彼女の両足を持ち上げ気味にして左右に開いた。視界と鏡の双方から、はしたなく広げた足の間に顔を埋めていく碓氷が見える。

「か、浬さん、そこは……」

「室長室でも我慢したんだ。きみを……直接味わいたい」

碓氷の熱い唇が秘処に吸いつき、ちゅるちゅると音をたてて蜜を啜《すす》る。

「や、駄目、駄目ったら……！」

碓氷の肩を押そうと伸ばした手は、指を絡められて逆に握られた。

そしてより一層、蜜が吸い立てられる。

「浬、さん……あぁ……」

碓氷が這いつくばって、自分のあんな場所に唇を寄せ、蜜を吸っているのだ。

（あ……彼を傅《かしず》かせて、獣みたいなことを……）

羞恥心と背徳感と、仄かな優越感が入り混ざり、美桜の感度を高めていく。

「はぁ……おいしいな、美桜の蜜は。たまらない」

碓氷は挑発的な目で美桜を見ると、妖艶な笑みを浮かべる。

「そんなこと……言わない、で！」

それだけで美桜の体温は上昇して、昂ってしまう。

「甘美な蜜を垂らす美桜が悪い。ああ、この蜜は、俺のものだ」

そして美桜の花弁を吸い、突き出した舌で花弁の根元から念入りに舐め上げてから、蜜で濡れた花園にまんべんなく舌を這わせた。

くちくちと淫らな音をたてて蜜を掻き集めつつ、時折舌先で花園を強く擦っては、じゅるじゅると大きな音をたてて口全体で吸ってくる。

その刺激に、身体の芯まで蕩けそうだ。

（おかしくなる。気持ちよくて、わたし……）

「や、駄目。それ駄目、浬さん……！」

秘処が喜びにさざめき、蜜をこぼしているのがわかる。

「や、あぁ……気持ち、いい。浬さん、気持ちいい……！」

美桜は絶妙な舌技に翻弄されて、碓氷の手を強く握りしめて弾け飛んだ。

「あああっ、あああああっ」

鏡の中の恍惚《こうこつ》とした顔にまた欲情し、続けて絶頂を迎えると、碓氷は愛おしそうな眼差しで美桜を見て、顔中にキスの雨を降らせた。

「自分がどんな顔で俺を誘惑しているか、わかった？」

「わからない……っ」

「わかったんだろう？　いつもより濡らして」

碓氷は服を脱ぎ全裸になると、手にある避妊具の包みを歯で破いた。

真顔に戻ったワイルドなその仕草と、それを必要とするこれからの行為にドキドキしていると、支度を終えた碓氷に抱きしめられながら横臥《おうが》の姿勢になる。

少し汗ばんだ、熱い肌の密着が心地よい。

うっとりとしながら唇を重ね、舌を絡ませ合う。

喘ぎ声を漏らしていると、美桜の太股が撫で上げられ、碓氷の足が絡んでくる。

足を持ち上げられ、美桜の秘処に屹立《きつりつ》した碓氷の剛直が擦りつけられた。

（ああ、熱くて大きい……）

深いキスに息を乱しながら、無防備で敏感な部分でより互いを感じ取ろうと、ふたりで腰を揺らす。キスの合間に漏れる息が、段々と切羽詰まったものになっていき、碓氷が挿入の可否を問う前に美桜は頷いた。

ごりごりとした硬い先端が、美桜の蜜壷の深層に向けて、押し込まれていく。

「ああ……」

歓喜に満ちた声を上げたのは、どちらが先なのか。

そしてふたりは、とろりとした目で見つめ合うと、微笑んだ。

「は……痛く、ないか？」

「痛くない。お腹の中、熱くて気持ちいい……の」

「俺のいない間に、誰も迎えなかったんだな。すごくキツい……」

「わたしは……浬さんだけだもの……」

「俺もだ。……美桜、愛してる。十一年前からずっと」

その真剣な顔と目に宿る熱に、美桜は幸福に酔いしれる。

「なんだか、シンデレラのときめきがわかった気がする」

「シンデレラのときめき？」

「ええ。シンデレラが……亡きお母さんの思い出や実のお父さんを捨てて、ひととき会っただけの王子様の元へ走ったことが理解できなかった。王子様の権勢に目が眩んだからだ

としか思えなかった。でも今、シンデレラも恋をしたんだなって、素直に思えるの」

「……っ」

「すべてを捨てられるような恋。きっとそれがシンデレラにとって一番の魔法だったのね」

「じゃあ俺は、きみにとって王子様なのか？」

「ええ。幸せをくれる……元魔法使いの王子様よ」

「だったらちゃんと王子様をしてやらないとな。まぁ、その予定ではあったけど」

「え？」

聞き返すと、碓氷は少しつらそうな顔をして言った。

「悪い、もう限界。動くよ」

碓氷は切なげな顔で美桜の唇を奪うと、横臥の体勢で腰を動かした。

「ああ、ああああ」

体内が、再び迎え入れることができた剛直に喜び、うねっている気がする。

碓氷がいる。碓氷と繋がってひとつになっている。

「美桜……愛してる。遊びじゃない、本気の愛を……感じてくれ」

碓氷が愛おしくて仕方がない。

美桜は甘えっ子のように、抱きついてキスを求める。

「好き。わたし……浬さんが……好き。ありがとう、わたしに愛を教えてくれて」

「……っ」

「浬さんがいなかったら、わたしは死ぬまできっと、愛することも……愛されることも知らずに……ああ⁉　浬さん、大きくなりすぎ……！」

碓氷は苦々しい表情で美桜の片足を持ち上げ、ずんずんと力強い抽送を始めた。

「あまり、可愛いことしすぎるなよ。俺がもたない」

「我慢しなくて、いいわ。浬さんの……好きにしていいから、いっぱい、ちょうだ……ん、激しい、激しくて……ああ、奥まで……！」

「好きで好きで欲しくてたまらなかった相手に、そんなこと言われて、平静でいられるか」

ベッドが軋《きし》んで音をたてる。

美桜は揺さぶられながら、黒髪を乱して嬌声《きょうせい》を上げる。

「ん……はっ……美桜、きみは……俺のものだからな。誰にも渡さない！」

碓氷は美桜の耳に囁きながら、大きく奥を穿《うが》つ。

「うん、わたしは浬さんのもの。ああ、すご……い、奥が……あぁぁ、気持ちいい……！」

美桜は激しく喘いだ。

「美桜。俺がどれだけ好きなのか教えてやりたい。抱けば抱くほど、どれほど好きでたまらなくなっているのか」

黒い瞳の奥に宿る熱情の炎。

それをゆらゆらと揺らす碓氷から、真摯で強い愛を告げられる。

「愛してる。狂いそうなほどに」

「浬、さ……」

碓氷は背面座位にすると、鏡の前で繋がっているところを美桜に見せつけた。

「美桜、鏡見て」

碓氷の雄々しい剛直が、大きく広げられた足の間から出入りしている。

「恥ずかしい……」

痴態を見せる自分の姿から、目を離すことができない。

(あんなに大きな浬さんのが、全部入ってる……)

それで中を力強く擦られている美桜は、悩ましい女の顔でよがっていた。

鏡の中から、碓氷が言う。

「俺に愛される美桜は、一段と素直で、可愛くてたまらないだろう?」

ああ、自分は、こんなに乱れながら喜んでいる――。

「浬さんだから、わたし……淫らになれるの」

どうすれば、この気持ちを伝えられるのかわからない。

ただ――。

「浬さんじゃないと、こんなことしない。したくない……!」

途端苦しげに顔を歪めた碓氷が、抽送を速めた。

「やっ、あっ、あんっ、ああっ」

「俺だって……そうだ。美桜だから、美桜が好きだから」

「わたしも浬さんが好き、好きっ」

狂おしく身体を走り抜けるものが、快感なのか、想いなのか、その両方なのか——答えが出ないまま、美桜も碓氷も湧き上がる衝動を口走り、頂点に向けて駆け上がる。

「あああああ、浬さんっ」

「美桜、美桜っ、俺も……っ」

快感の奔流に美桜が弾け飛んだ直後、碓氷が苦しげに呻《うめ》いて、美桜を強く抱きしめる。

美桜の中でぶわりと大きく震えたそれは、薄い膜越しに熱い欲を吐いた。

それでもなお繋がったまま、ふたりは荒い呼吸を繰り返しつつ、うっとりと微笑みながら濃厚なキスに耽《ふけ》るのだった。

第三章　幸せの中に潜む影

週明け月曜日――。

プロジェクトルームに、数日ぶりに碓氷が現れた。それと同時に場に緊張が走るが、次いでにこやかに現れた芳人によって、張り詰めた空気は弛緩する。

（普通は肩書きが上の人の方を怖く思うけど、このふたりは逆の印象だから、面白いわ）

相変わらず榛木のスマホは震えるが、彼の意思で電源を切るようになった。

それだけで、榛木がプロジェクトに集中してくれるようになったのがわかり、美桜は嬉しかった。

美桜は、メンバーたちが見守る中、人生初のプレゼンテーションを行う。

金曜日、遅くまでみんなと資料を揃《そろ》え、どんな進め方がいいかと討論してあったので、美桜は落ち着いていた。

できることなら、メンバーたちが真剣にプロジェクトに向き合うきっかけとなり、初めて意見が一致したこの案で、よく考えたと芳人や碓氷に褒めてもらいたい――。

「ティアラの名前は『シンデレラの誘惑』。横幅十センチのプラチナ製。真ん中が高くなっているプリンセスティアラと呼ばれるタイプです。繊細でゴージャスなクジャクの羽をイメージし、正面に三つのダイヤをぶら下げます。うち正面が大きいものとなりますが、煌《きら》びやかなホワイトダイヤは日常使いでは目立つため、どれもブラックダイヤを用いました」

美桜はふたりに、先に配っていたデザイン資料を見るように促した。

それは薫がみんなの意見を取り入れ、何十枚と描き直して完成させた逸品だ。

「ブラックダイヤにしたのは、闇の中でも変わらぬシンデレラの意志と妖艶さを表現したかったからです」

美桜は、碓氷の黒い瞳を見つめて言う。

「ティアラは儀礼的な装飾としての意味合いが強いため、この『シンデレラの誘惑』は日常でも使えるアクセサリーに変化させたいと考えています。想定するのはブローチ、ペンダント。シーンに合わせて変化することでシンデレラの魔法を表現しました。そして魔法は解けないまま日常となる……という意味を込めています。コンセプトは『永遠』

永遠に続く、妖艶な魔法をあなたに。

プレゼンを終えて芳人を見ると、彼は渋い顔をしてなにかを考え込んでいる。

碓氷は細めた目に剣呑《けんのん》な光を宿し、やがて机の上を指でトントンと叩《たた》き始めた。

美桜はメンバーたちと顔を見合わせ、不安を隠せない。

いい案だという自信があったのだが、詳細を聞くなりふたりは硬い表情になったのだ。

碓氷の家で愛を確かめ合っていた週末、美桜は碓氷に笑顔で言っていた。

——浬さんにも、月曜日まで内緒です。絶対、賛成してくれると思います。

だが今目にしているのは、想定していた反応ではなかった。

素人の浅知恵だと思われているのだろうか。

やがて碓氷は指を止めると、冷徹な眼差しで美桜に質問する。

「真上から見た図は？　羽馬くん、ホワイトボードに描いてみろ」

すると芳人も目を開いて頷《うなず》いた。

「真上ですか？」

資料には正面図しか載せていない。

名指しされた薫は怯《おび》えた表情で、ホワイトボードに描いていく。

碓氷はボードの正面に立ってそれを眺めると、厳しい声で言った。

「ここまでカーブして前に迫り出た形ならば、ブローチやペンダントにすると、奇抜さを超えて違和感だけが際立つな」

それに呼応するように芳人が言う。

「同感だ。かといってできるだけ平面に近づけると、今度はティアラが薄っぺらな印象になる。欲張りすぎると中途半端になるな」

フレームの問題は燎子からもあがっていた。

しかしそれは後で微調整すればいいと、美桜は軽く考えていたのだ。

続けて碓氷は言う。

「それと最大の欠点。変化するのがブローチとペンダントというのが、つまらない」

美桜は唇を噛《か》んだ。

最大の利点をつまらないと言われてしまったのだ。

ブローチでもペンダントでもティアラでもいいデザインをと思って考えてきたというのに、無意味だと言われたようだった。

「しかし、室長。十センチ幅のアクセサリーなど、それら以外には……」

さすがに燎子も口を挟む。

「もうすでに、できないという前提なら企画をする意味がないぞ、小鳥遊くん」

「室長の言う通りだ。それとブラックダイヤを『シンデレラの誘惑』にしていたけれど、部分的な誘惑なら、王子はもっと光り輝く女性の方に目移りしてしまわないか？　コンセプトはいいと思うんだ。シンデレラのこともちゃんと考えているし。だけど詰めが甘い。もう一歩、踏み込んでほしいな」

副社長と室長の鋭い指摘に、美桜もメンバーも落胆モードだ。

代案を考えようとしても、頭が真っ白になりなにも思い浮かばない。

リーダーとしてなにか言わないといけないと思うが、言葉が出てこない。

しっかりしなくてはと思うほどに、身体から血の気が引きいやな汗が出てくる。

静まり返る室内で、碓氷のため息まじりの声が響く。

「ひとまず休憩にしよう。茅野くん、ちょっと」

碓氷が廊下に出るよう促すため、美桜は叱られるのだと緊張した面持ちでついていく。失望させてしまったことを謝ろうとした美桜だったが、壁に背を押しつけられ、唇を奪われた。

壁を挟んで向こう側にはみんながいる。誰が来るかわからないというのに、貪るようなキスは、冷えた美桜の身体に碓氷の熱を拡げる。

週末、あれだけ睦み合い、愛を確かめ合ってもまだ渇望は消えることはなく。

碓氷の激情に応えるように、美桜は甘い声を小さく漏らして夢中で舌を絡ませる。

すべてが蕩《とろ》けそうな甘美なキスに恍惚《こうこつ》となっていると、碓氷の指先が美桜の耳を舐《ねぶ》った。

不意打ちの愛撫《あいぶ》に悩ましい声がこぼれてしまい、美桜はハッとして唇を離すと、あたりを確認して胸を撫《な》で下ろす。

その様子にくすりと笑う碓氷は、顔を傾け小さな唇を一度啄《ついば》むが、それだけでは満足できなかったようで、それから二度触れるだけのキスをする。

そして彼女の濡《ぬ》れた唇を親指で拭いながら、熱を帯びた目を細めて微笑んだ。

「美桜、負けずに頑張れよ」

仕事では厳しい碓氷。

しかし恋人としては、どこまでも甘い。

大丈夫、この黒い瞳がそばにある限り、自分はまだ頑張れる。

「はい、室長には負けません」

「……それも悔しいな」

「え？」

「――家に戻ったら、覚悟してろ。そんなこと言えないくらい、ぐずぐずのぐだぐだに啼《な》かせてやるから」

碓氷は艶然と笑いながら美桜のブラウスの一番上のボタンを外すと、顔を埋めてブラウスから見えるぎりぎりのところに吸いついた。

ぴりっとした痛みに美桜が顔を顰《しか》める。

「いつでも俺を感じていろよ」

にやりと笑う碓氷を見て、美桜は真っ赤になりながらボタンをしめた。

「戻ります！」

碓氷の笑い声を背にする美桜の胸元に、じんじんと碓氷の熱が拡がる。

美桜は頬を叩き、蕩けそうになる自分に気合いを入れて、ドアを開けた。

中では、みんなが芳人を見つめており、榛木の驚く声が聞こえてきた。

「だったら、俺たちがアニメとか絵本とかで見ていた、魔法使いとカボチャの馬車が出てくる物語って、グリム童話ではないんですか！」

芳人が笑って頷いた。

「ああ。それはペローの『サンドリヨン』だ。グリム童話は灰かぶり姫という。ハシバミの木を小鳥が揺すって灰かぶり姫にドレスとガラスの靴を与え、魔法使いもカボチャの馬車も出てこない。だけどガラスの靴に合わない義姉たちの足を削ったり、小鳥が目を潰したりという残酷な描写があったから、子供向けの物語には向かなかったんだな」

「ハシバミの木っすか⁉　実は俺の苗字の〝榛〟……一字でハシバミとも読むんですよ。俺……リアルハシバミの木じゃないですか！」

榛木が叫ぶと、燎子と薫も続く。

「だったら私の小鳥遊は小鳥かしら？」

「え、羽馬は魔法の馬車ですか？　それとも田舎者ということでカボチャの方……」

「すごい偶然ですね。だったらリーダーは……？」

これは偶然なのだろうか。

芳人も碓氷もただ笑うばかりだ。

碓氷は、美桜のために『Cendrillon』を作ったと言った。

自分がシンデレラなら、さらにこの場には、王子様と魔法使いが揃っている。

ただの寄せ集めでも、物語を構成する重要な存在だとするのなら——。

「全部、ティアラにならないかしら」

みんなの視線が一斉に美桜に向く。

「ブローチとペンダントに限定しないで、指輪もイヤリングもブレスレットも。ここにすべてのキャラが揃ったように、全部詰め込むの。すべてで誘惑するの」

「しかしリーダー、ティアラでイヤリングなんてできるわけがないですよ。小さくしたところで、ふたつあるんだし」

「できるわ榛木くん。ティアラの形を継承するんじゃない。すべてのアクセサリーで、ティアラを作るのよ」

　すると薫がはっとしてホワイトボードに大きく、ティアラの絵を描き始めて、言った。

「変化に違和感を持たせないためには、ティアラのフレームがネックになります。フレームをすべてのアクセサリーに共通で使おうと思うから、無理が出る。だけど、取り外し式であれば……」

　美桜は薫が描いたティアラに幾つか、丸をつけていく。

「たとえば正面の部分はペンダント、両側の部分はイヤリング。ブレスレットを鎖にすれば、ティアラの下の装飾でも使える。単品でもティアラとしても使えるデザインは――」

　メンバーがホワイトボードに集まり、議論を交わす。

　背後で、碓氷と芳人が満足げに微笑んでいることに気づかずに。

「よし、それでいこう」

　芳人と碓氷がそう言ったのは、それから一時間後のことだった。

　メンバーは全員で喜びの声を上げた。

　社長から呼び出されて芳人と碓氷は出て行き、プロジェクトルームには燃え尽きたような、それでいて達成感に満ちたメンバーが残る。

「いやあ、シンデレラの執念で逆転もぎとりましたね、リーダー！」

美桜がコーヒーメーカーにコーヒーの粉を追加していると、榛木が朗らかな声で話しかけてきた。

「さすがは、恋するリアルシンデレラ。あの手厳しい室長に、あの場で考えた代替案を認めさせるラブラブパワーはすごいっすね！」

美桜は驚きのあまり、蓋をしたばかりのコーヒーの保存缶を床に落としてしまう。

「ラ、ラブラブパワー……？」

動揺に裏返る美桜の声を、榛木は至って冷静に受け止めた。

「そうっす。今日は朝から室長とラブラブじゃないですか。先週までなかった幸せなラブオーラを、まさかそれで隠していたつもりだったとか？」

いつも通りに振る舞い、仕事に集中していたつもりだっただけに、美桜は焦った。

──週明け、小鳥遊くんとのことは片付ける。俺の恋人はきみだと社内周知させたい。

誠実さと独占欲を滲《にじ》ませる碓氷に待ったをかけたのは、美桜だった。

本社に来たばかりの新人が、燎子を差し置いて碓氷の恋人になったと知られたら、事実がどう歪曲《わいきょく》して噂《うわさ》が大きくなるかわからない。下手をすれば燎子だけではなく、美桜を専属秘書にした芳人まで巻き込み、いらぬ迷惑をかけるかもしれない。

そうしたいざこざを回避するため、少なくともプロジェクトが落ち着くまでの間、ふたりの仲は秘密にして、状況を見ながら公にしようと説得したのだ。

心配をかけた芳人にだけ、ふたりで報告した。

（プレゼンでも浬さんから厳しくされていたし、休憩中のキスだって、誰も外に出てこなかったから、わからないはずなのに。……まあいいわ、気づいているのが榛木くんだけなら、ここは笑い飛ばして誤魔化そう）

「ねぇ、カオリンもわかったでしょ？」

突如、榛木に話を振られた薫は、動じることなく平然と答えた。

「ええ。室長と目が合うと、ふたりとも蕩けた顔をしてるし、リーダーやけに腰が重そうだし。これだからリア充は」

（薫ちゃんまでわかったの⁉　ということは、燎子さんも口にしなかっただけで……）

「え……茅野さん、室長とそういう仲なの⁉」

ところが燎子だけはわからなかったようだ。

「意外ですね、副リーダーが気づかないなんて」

薫と榛木が不思議そうな顔をする中、燎子は驚愕《きょうがく》に目を見開き、眉間に皺《しわ》を刻んだ。

「室長があなたを好き？　嘘《うそ》でしょう⁉」

美桜は……いやな胸騒ぎを覚えた。

「うわ、やば……修羅場？」

「わくわくしますね！」

まさか燎子は……、碓氷が好きなのではないか。

だが素直になれないから恋人のふりをしていただけで、実際のところは——。

「ちょっと席を外すわ！」

　燎子は走って出ていった。

　燎子に不安を植えつけられた直後に置き去りにされ、美桜が呆然《ぼうぜん》と突っ立っていると、薫が椅子を持ってきた。

「リーダー、私がコーヒーを淹《い》れます。座ってお待ちください」

　促されるがままおとなしく座った美桜の耳に、やがて薫の呟《つぶや》きが聞こえた。

「あれ、リーダーの新しいマグカップ、棚にないと思ったら……ゴミ箱に落ちてる。なんでこんなところに……」

（え……？　ゴミ箱？）

　美桜は朝から、プレゼンの準備で忙しかったため、まだ飲み物を用意していなかった。

（いつからゴミ箱に捨てられていたのかわからないけど、やっぱり偶然ではないんだわ）

「ステンレス製だから割れてはいないけど……外の給湯室でよく洗ってきます」

　パタパタと部屋から薫が出ていくと、榛木が重々しい口調で美桜に話しかけてきた。

「リーダー。……副リーダーに、気をつけてください」

　榛木は神妙な面持ちで語り始めた。

「……実は先週、副社長室にいるリーダーを残して、みんなで仕事を上がらせてもらった時、俺、忘れ物に気づいて戻ってきまして。そこで偶然見たんです。副リーダーがフロアの給湯室で……リーダーのマグカップを床に落として割っていたのを」

「えええ⁉」

（燎子さん……だったの⁉）

「最初は、副リーダーが誤って割ってしまったと思ったんですが、次の日、リーダーがカップの行方を尋ねても、副リーダーは知らんぷりで。割ったのがわざとなら、もしかしてリーダーの小物がなくなったのも副リーダーの仕業かもと」

「……燎子さんが盗ったのを見ていたの？」

「いいえ。だけどみんなで何度か探した時、副リーダーのバッグに、それらしきものが見えていたんです。さすがに仲間のことを疑って告げ口するのもどうかと思って黙っていましたが。いまだ嫌がらせが続いているなら、俺、もう見て見ぬ振りができないっす……」

　榛木は、目をそらしながら申し訳なさそうに語る。

「先ほどの副リーダーの様子なら、室長絡みの嫉妬から、嫌がらせはより悪質なものへと、さらに激化するかもしれません。警戒していた方がいいです」

　美桜は言葉を呑み込んだ。

＊＊・＊＊・＊＊

　碓氷が出張から戻って以降、美桜は実家に帰っていない。

　当分の間、仮住まいとして家なりホテルなり手配しようとしていたが、反撃の策を考えている碓氷の強い引き留めがあり、家事をする代わりに居候させてもらうことになった。

美桜のスマホには、朝帰りしても無関心だった家族からの不在着信の履歴がびっしりだ。

月曜日の今日も無視をし続けているが、それで問題を解決できるとは思わない。

しかし彼らに屈せず、碓氷との恋を守り抜きたいという意思表明はしたかったのだ。

「随分と遅くなってしまったな。今夜は食事して帰ろうか」

ともに残業していた碓氷と、同じ場所へ一緒に帰るというのは面映ゆい。

（この幸せだけが、ずっと続けばいいのに……）

入ったのは、クラシックが流れる、落ち着いた雰囲気のイタリア料理店だ。

ダウンライトの優しい光を浴びた碓氷と、赤ワインが注がれたばかりのグラスで乾杯して、豊潤なワインの味を楽しむ。

「美桜。……プレゼンが終わった後から元気がないようだが、なにかあったか？」

隠していたのに、碓氷は美桜の心の揺れに気づいていたらしい。

「まさか、俺が出張中にあったという嫌がらせが再開したとか？」

「どうしてそれを……」

「芳人から聞いた。きみが犯人を明らかにするのを望んでいないことも」

そして漆黒の瞳は、まっすぐに美桜を捕らえる。

「そんな顔をしているのは犯人の目星がついたからでは？　誰だ、俺が直接言ってやる」

どうして碓氷は、こんなにも鋭いのだろう。

（燎子さんの浬さんに対する恋心ゆえの嫌がらせなら、彼が気にするかもしれない。それに燎子さんも、好きな人から直接なにか言われたら惨めになってしまうはずだわ。燎子さんだとは知られないようにしよう……）

「いえ、副社長にも言いましたが、この件はわたしの頼りなさが原因かと。だからまずはわたしに頑張らせてください」

「しかし……」

「それよりも、浬さん。その……メンバーにばれました。わたしと浬さんが……」

するとと碓氷は艶然と笑った。

「やっとか。もっと色々な奴に、ばれればいいのに。そうしたら、きみに色目を使う奴もいなくなって、平和になる」

「わたしにそんな気になる人はいませんって。浬さんじゃあるまいし」

「きみが気づかないだけだ。芳人と外出したり、芳人の用で色々な部署に顔を出したりするたびに、騒がれているんだぞ。今日だって、きみの色気を隠したくて仕方がなかった。きみを抱いていいのは、俺だけなのに」

むくれる碓氷は可愛らしく思えるが、彼が感じていた内容については素直に賛同できない。贔屓目《ひいきめ》とは恐ろしいと美桜は思う。

「俺との関係、いつまで隠すつもりだ？　俺はいつ、社長の前や社内で公然と美桜の恋人として振る舞っていいんだ？　……待てよ、小鳥遊くんも知ったのなら、先に彼女と偽恋人役を解消する打ち合わせを……」

「……燎子さん、傷つくと思います。今日知ってしまって……取り乱していたし」

内緒にしようとしていたのに、美桜は思わず口を滑らせてしまった。

「取り乱す？　なぜ？」

しまったと思っても、もう遅い。

どう誤魔化そうかと焦っていると、スマホが震えてメールの着信を告げた。

「あ、綾女ママだわ。わたしのことを心配して、こうして電話やメールをくれるんです」

話題を変えるのに、いいタイミングだ。それもあって美桜は顔を綻ばせた。

「……きみは、実家を出るために足りない分の金を貸してくれと、ママに泣きつかないんだな。そんなにママがきみを気にしてくれているのなら、頼めば貸してくれそうだが」

「ママは、わたし以上の過酷な状況にあっても、自力でなんとかしようと奮闘する女の子たちを雇い、仕事を通して自立を支援してきました。わたしが働けない状態ならまだしも、わたしが努力を怠り、誰かに泣きついて楽にお金を稼ごうとしたら、ママはわたしを見限るでしょう。優しいだけではないママの性格は、きっと涅さんもご存じのはず」

「まあな。魔法に頼らないストイックな精神は、ママもきみも共通か。だったら仮に、俺が魔法のようにぽんと金を出して、きみに貸したとする。きみは努力を怠らずに、今度は俺に返済し続ければいいのでは？」

「わたしは、幸せを摑《つか》むために必要な費用を稼いできました。その費用を肩代わりして救ってもらったら、わたしの努力の目的は幸せになることではなく、恩人に借金を返済することへとすり替わり、完済と同時に満たされた気分になって人生が終わりそうです」

複雑そうな顔で返答する美桜に、碓氷は笑った。

「なるほど、きみはそう捉えるのか。やはりきみに永遠の幸せを感じさせてやれるのは、魔法使いではなく王子様の役目のようだな」

碓氷が言い終わった直後に、料理が運ばれてきた。

食事は海鮮を豊富に使った豪華なものだったが、燎子のことが頭から離れない美桜には、味がわからなかった。

絶対割り勘はいやだと碓氷に押し切られた美桜は、碓氷が会計をしている間、受信した綾女からのメールに返信をしていた。

仕事はどうなのか、ちゃんとご飯は食べているのか――まるで実の母親のようだ。

美桜は綾女のくれたヒントのおかげで、仕事がうまくいっていることや、碓氷や芳人の力を借りてなんとかやっていることを伝えると、綾女からメールがまたくる。

『素敵な恋を、育てなさいね』

どうしてメールの文面だけで、恋をしているのだとわかったのだろう。

いつでも綾女の洞察力には恐れ入る。

「お待たせ」

碓氷が会計をすませ、スマートに美桜の腰に手を置いて、微笑んだ。

大切に扱われているだけでこんなにも嬉しいのに、燎子のことが脳裏に過り、胸が痛い。

五月中旬の都会の夜風は、仄《ほの》かに湿り気を帯び、息苦しかった。

穏やかな気持ちでいたのに、ぎらついたネオンが美桜の心を妙に騒ぎ立てる。

「美桜」

魅惑的な黒い瞳がこちらを優しく見つめている。

視線が絡むと、碓氷の瞳がゆらりと揺れた。

顎を持ち上げられ、碓氷の顔が傾いた瞬間――唇が重なる。

このまま時間が止まってほしいと願いながら、美桜は静かに目を閉じた。

もう、碓氷しか感じたくない。

「デートしながら帰ろうと思ったけれど、タクシーで帰ろう。……すぐに、抱きたい」

碓氷の熱情を向けられ、美桜ははにかんだようにして頷く。

「わたしも。……帰りましょう」

帰る家をなくした美桜にとって、碓氷の家が戻るべき場所だった。

タクシーに乗り込む碓氷と美桜を、ふたりの目が見ていたことに気づかないままに――。

＊＊・＊＊・＊＊

音羽コーポレーションに芙祐子と春菜が乗り込んできたのは、その翌日だった。

芳人と副社長室で話している時に、燎子が美桜を呼びにきた。

「茅野さん、大変よ。あなたのお母様とお姉様が、凄まじい剣幕でやってきたと、秘書室から電話があったわ。今、室長室で室長が対応しているから、行ってあげて」

美桜が電話に出ないことに痺《しび》れを切らして、前職の島村設計に連絡をしたに違いない。そこで美桜に本社への転属辞令が出たことを知り、美桜の新たな勤務先に怒鳴りこんできたのだ。人の迷惑を顧みず、反抗的な義娘を従わせるためだけに。

美桜が秘書室に駆け込むと、同僚たちが不安げな顔をちらちらとマジックミラーになっている室長室に向けている。

どれだけ大騒ぎをして、恥を晒したのだろう。考えただけで頭が痛い。

美桜は室長室をノックしてドアを開ける。その途端、耳をつんざくほどの怒声に目から星が飛びそうな衝撃を受けた。

「たかが秘書の分際で偉そうに！　この私に説教をする気なの⁉」

傲慢な芙祐子の罵倒に、その義娘だと名乗らないといけない美桜は、泣きたくなった。

「いいこと。美桜は高橋代議士の息子と結婚するの。高橋代議士は政界のボスよ。それに比べてあなたはなに？　音羽一族の遠戚にしかすぎない、碓氷重機社長の孫。ここでは秘書しか務められない能なしじゃない。高橋代議士の息子は、無能なあなたとは違う……」

「室長は無能なんかじゃない！」

美桜は後ろから大声を張り上げた。

それで美桜に気づいたらしい芙祐子は、金切り声を一段と高くする。

「美桜、この親不孝者が！　誰のおかげで今まで何不自由なく暮らしてこられたと思っているの！　恩を仇《あだ》で返すってこのことね」

悪意が込められた眼差しを受け、美桜は気分が悪くなる。

さらにそれを悪化させるのは、春菜の碓氷に向ける目だ。母に追従して碓氷を罵倒することはないものの、その目は碓氷に狙いを定め、媚《こ》びている。

（いやよ。浬さんを餌にさせない！）

何不自由なく暮らせた？　恩？

恩を感じるとすれば、酒浸りの日々を送っていた父を立ち直らせてくれたことだけだ。

「この男は無能だから、役員になれずに秘書をしているのよ。お前は騙《だま》されているの、茅野家の財産を狙ってお前に近づいたに違いないわ！　それ以外、お前のどこに魅力があるというの」

自分はいくら罵られてもいい。だけど碓氷だけはいやだ。

「秘書の仕事を……彼を。わたしが好きなひとを、馬鹿にしないでください」

美桜は拳にした手に力を込める。

「いい加減に目を覚まして、家の役に立つことを考えなさい！　このわがまま娘が！」

「あなたの理不尽な命令に従うのが孝行だというのなら、そんなものまっぴらご免です！」

毅然《きぜん》と言い返した美桜に面食らいながらも、芙祐子は引かない。

「お前は遊ばれているの。この男は小鳥遊グループの社長令嬢と恋仲だそうじゃない！」

（いつ、どこからそんな情報を仕入れてきたのよ……！）

その時、カツカツと靴音がした。

振り返れば、開け放したままだったドアを閉め、燎子が中に入ってきた。

「私、小鳥遊グループ総帥、小鳥遊信二《しんじ》のひとり娘、燎子と申します」

どうして入室してきたのだろう。

まさか、碓氷は自分のものだと主張する気なのでは――。

「戯言《ざれごと》をぬかす美桜さんのお母様と、おそらく同意見だと思われるお姉様。耳の穴かっぽじってよーく聞いてくださいませ」

そして燎子は、黒い笑みを芙祐子に向けた。

「私と室長が恋人なのは、あくまでふり。これっぽっちも恋愛感情なんてないことを知らずに、知った口を利かないでいただけますかしら。大体、なんの愛想もないこんな仏頂面、まったく私のタイプじゃないんですが！」

それは、聞いている者が啞然《あぜん》とするほどの潔い否定だった。

「それと聞き捨てならないので言っておきますが、この私と釣り合う相手として選ばれた室長が無能だというのは、私に対しても失礼ではありませんこと？」

芙祐子はなにも言えないでいる。

「現在、室長に美桜さんという最愛の恋人ができましたので、私との偽りの関係は終了。

これ以上私の面目を潰し、室長と私が恋仲だから美桜さんに諦めろなどとほざくようでしたら、小鳥遊グループの威信にかけて、さらに碓氷グループ、音羽コンツェルンとタッグを組み、名誉毀損の報復に参ります。よろしいですか⁉」

エキゾチック美人は、目をくわっと見開いただけでも迫力があり、ふたりは一様に恐怖に引き攣《つ》った顔を真っ青にして、こくこく頷いた。

「誤解が解けたのでしたら私は退場させていただきます。それでは皆様、ごきげんよう」

去り際までも颯爽《さっそう》としており、美桜は燎子に拍手を送りたい気分になった。

碓氷は声を押し殺して笑っていたが、やがて声をたてて笑い出す。

「失礼。私が言うべきセリフを彼女に言わせてしまったので、不甲斐《ふがい》ない自分に笑えてきましてね」

しかしその目は笑っていなかった。

「先に述べました通り、私は美桜さんと結婚前提で付き合っています」

美桜は慌てて碓氷を見たが、彼の顔は真剣だった。

「そこまで高橋代議士のご令息が偉いというのなら、私も美桜さんと月末に開催されるという婚約披露パーティに出ます。そこで皆さんに判断してもらいましょう。彼と私、どちらが美桜さんに相応しいか」

すると芙祐子は高笑いを始め、春菜も鼻で笑った。

それは、碓氷の負けを信じて疑わない表情だ。

「代議士の取り巻きたちが集まるパーティよ。たかが秘書如きの力など及ばないわ！」

「では彼らに、代議士より私の方がいいと思わせてみせます。賭けてもいい」

　碓氷は動じることなく、逆に芙祐子を挑発する。すると芙祐子は食いついた。

「いいわ、賭けましょう。みんなが代議士側についた場合、美桜の前から永遠に消えてもらう上で、私が……いやどうせなら、私と春菜が望むことをなんでもしてもらうわ。……そう、なんでもね。あなたに拒否権はない」

　美桜は、果てない芙祐子の欲を感じ、短い悲鳴を上げた。

「賭け以前に、あなたは間男として代議士に表舞台から消される。今から音羽家の当主や次期当主に泣きついておくことね。まあ音羽側にしても、政治家と敵対してまで、たかが縁戚の秘書を守ろうとはしないでしょうけど」

「わかりました。では対等な条件として、もし私の方にみんながついた場合、美桜さんを解放していただき、私が美桜さんを貰《もら》います。その上で、芙祐子さんと春菜さん双方に、私の望みを聞いていただきましょうか。……ええ、どんなことでもね」

　超然と笑う碓氷が、絶大なる自信を漲《みなぎ》らせて受けて立つと、芙祐子は忌ま忌ましげに顔を歪ませる。

「わかったわ。そこまで言うのなら、念書を書いてちょうだい。あなたが当日、聞いていなかったとシラを切ることだって考えられる」

「奇遇ですね、私も同じことをお願いしようと思っておりました。ではこちらも同じく、あなたから念書をいただきましょう」

にやりと笑った碓氷は立ち上がり、自分の机から便箋と万年筆を取り出して、芙祐子の目の前で念書を書き始めた。

「浬さん、やめてください。お義母さんもやめて！」

美桜は見ていられなくなり、碓氷の腕を掴みながら叫ぶ。

「やめてもいいわ。お前が高橋代議士の息子と結婚すると約束するのなら」

「……っ」

「美桜、これは俺の沽券《こけん》に関わることだ。きみは口を出すな」

「でも！」

「大丈夫、きみは良い子で見ていろ」

代議士の取り巻きたちが、代議士の息子の婚約披露の場において、碓氷の方が美桜の相手に相応しいと言うわけがない。代議士にノーと言えるわけがない。

それが弱肉強食、大人の力の関係だ。

この約束事は間違いなく、碓氷の足を引っ張ることになる。碓氷が破滅してしまう。

「やっぱり駄目。浬さん、私が……！」

すると碓氷は、美桜の手を下に強く引いて身を屈めさせると、ふたりが見ている前で美桜の唇を奪った。しかも腰が砕けそうなほど、濃厚なキスをしたのだ。

（な、に……？）

容赦ないキスに思考力も身体も蕩けてしまった美桜は、へたりと床に座り込んで呆けた。

唇を離した碓氷は素早く念書を書き終え、署名をして押印した。そして芙祐子に便箋と万年筆を渡して芙祐子にも念書を書かせると、同じように署名と拇印《ぼいん》を押させる。

（あれ、わたし……ここに座って一体なにを……）

美桜がようやく正気に戻り始めた頃、碓氷は室内にある複合機でコピーをとり、用意した封筒に原本を入れて芙祐子に渡していた。

「私は負けません。私にこれを書かせたツケは、必ずとってもらいます」

「おほほほ、せいぜい粋がっているといいわ」

芙祐子はゆったりと、悪魔のような笑みを浮かべて言った。

「……過信しないことね、自分の思い通りにことが進められると。……色々とね」

その含んだ物言いに、美桜は、妙な胸騒ぎを感じた。

「なんなのあれ‼」

芙祐子たちが帰ると、室長室の外で燎子が金切り声を上げた。

「あんなのが母親なの⁉」

「は、はい。血は繋《つな》がっていませんが……」

すると燎子は不愉快そうに顔を歪め、大きな息を吐き出した。

「あの……燎子さん、加勢ありがとうございました」

美桜は頭を下げた。

「その、室長をお好きなのに、あんな言い方をさせてしまったことは……」

燎子はしゅんとして謝る美桜の口を手で押さえ、そのままずるずると引き摺《ず》るようにして、給湯室に連れていく。

「なにを誤解しているの？」

「誤解もなにも、燎子さんが気を遣ってくれたのが、胸に突き刺さるというか……」

「だから、私は室長を好きではないから！　ただのギブアンドテイクの関係なのよ。私が好きなのは──副社長なんだもの！」

「へ……」

燎子は両手で顔を覆い隠す。

しばらくして手が外れると、その顔は恋する乙女のように真っ赤で、目が潤んでいた。

「私、あなたと副社長の仲を疑って、つんけんしてしまったの。室長とはただふりをしていただけ。今まで彼の好意に甘えていたけど、母を騙しているのも気が引けてきてね。ちょうどあなたと室長が恋仲だと聞いて、これは私が障害にならないようにと、まず母親に本当のことを話したわ。それで室長を誘って、音羽社長のところへ行こうとしていた矢先よ、あのモンスターが暴れたのは」

燎子は……碓氷が好きだったのではなかったのか。

だったら、燎子に心苦しさを感じることはないのか。

「よかったぁぁぁぁぁ」

美桜はその場で屈み込んで泣いてしまった。

「ちょっと、なに⁉」

「わたし、燎子さんと同じ男性を好きになってしまったと思って。わたしひとりこんなに幸せになっていいのかって、いつも考えていて」

「……なに惚気てるのよ、まったく。ほら、立つ！」

燎子は笑った。

「恋敵ではないなら、私……結構あなたのこと好きよ。副社長が特別視しているだけあって仕事はできるし、一度聞けばメモしなくても覚えられるっていうのが腹立つくらい」

それは桜子として働いている時に培ったのだ。

ホステスは、客が口にするすべての情報を覚えておかなくてはいけないから。

「根性もあるし、真面目だし。私も協力してあげる。あの継母むかつくから。だから……」

燎子は手を差し出した。

「よろしくね、美桜」

美桜は涙をぼたぼた落としながら何度も頷き、両手で燎子の手を強く握る。

嬉しくて、言葉が出なかったのだ。

燎子に勇気づけられた美桜は、碓氷と話そうと室長室に戻る。

碓氷はドアのところに立って美桜を待っており、美桜を中に入れると鍵をかけた。

「浬さん、どうしてあんな……。しかも念書まで！　がめつい義母がそれを盾にどんな無茶なことを要求してくることか。考えただけでも恐ろしい……」

「はは。きみは俺と会えなくなるという条件よりも、俺が彼女たちにされることの方を心配しているのか。だが安心しろ。俺は絶対に負けない。だから念書を交わしたんだ」

「え……？」

碓氷は、目に愉快そうな光を浮かべて言う。

「昨日、タクシーに乗る時、あのふたりに見られていることに気づいた。だからいずれこうなることは予想していたよ。まあ、聞きしに勝る毒親だったが、面白いくらいにこちらの思い通りに動いてくれて、笑いたいのを堪えるのに必死だった」

「浬さんにとって不利な展開が、思い通り……？」

「そう。きみはなにも心配せずに俺を信じ、俺の勝利を見守っていてくれ。わかった？」

正直不安は残るが、碓氷がここまで言うのなら、策があるのだろう。

こくりと美桜が頷くと、碓氷は美桜を身体全体で包み込み、熱と化した揺るぎない愛を伝える。

「美桜、余計なことは考えず、『シンデレラの誘惑』の製品化に全力を注げ。今大切なのは、あんな継母のことではないだろう？」

「……はい」

「日本中を誘惑してやれ。だけど……心だけはやるなよ」

笑う碓氷が愛おしくて、美桜はすりと碓氷の胸に頬擦りをして、頷いた。

……湧き上がる不安を、見ないふりをして。

『『KAYANO』が発表しますのは、『シンデレラの誘惑』。ブラックダイヤを用いたティアラは、取り外せばペンダント、イヤリング、ブレスレットとして単品で使用できるアクセサリーになります。フォーマルから日常まで、シンデレラの魔法が消えることはなく、すべての魅力で王子を誘惑していると……』

芙祐子の声が世に響いたのは、それから数日後のことだった――。

＊＊・＊＊・＊＊

「参ったな、なにからなにまで、うちで考えたものじゃないか」

重苦しい空気に包まれたプロジェクトルームに、芳人の苛立った声が響く。

「同じものは発表できない。『Cendrillon』は『KAYANO』に負けた」

美桜は悲痛な顔で歯軋《はぎし》りをしていた。

（みんなで必死に考えてここまでたどり着いたのに……）

シンデレラは嫌いだった。それでも……どうすればシンデレラが愛されるか、よく考えて形にしてきたというのに――。

　碓氷が重々しく口を開いた。

「問題はそれだけではない。大きさもデザインも同じ、コンセプトも商品名も同じ。偶然とは考えられない。そうするとここのメンバーが情報を漏らしたとしか考えられないな」

　美桜は頭を殴られたようなショックを受ける。

　考えたくはなかったが、考えなければならない案件である。

「この中に、『KAYANO』のスパイがいる」

　場に緊張が走る。

　芙祐子たちがわざわざ乗り込んできて、情報を盗んでいった……そう考えたくても、ふたりはプロジェクトルームには立ち寄っていないのだ。

　だとすれば、それ以外のルートで、芙祐子に情報が流れたということになる。

　――過信しないことね、自分の思い通りにことが進められると。

　だからこそのあの台詞なのだ。

(それに浬さんと燎子さんが恋仲だという噂を耳にしたのも早すぎる。情報の提供者がいるんだわ、この中に)

「スパイ、ね。……どう思う？　茅野さん。『KAYANO』の社長令嬢として」

　突然の芳人の質問には、棘《とげ》があった。

「社長令嬢？」

燎子が驚き、薫が眼鏡のフレームをかけ直しながら美桜を見る。

「リーダーの苗字は、確かにブランド名と同じですが、ご令嬢が『Cendrillon』に？」

芳人に反論したのは燎子だった。

「副社長、美桜……茅野さんを疑っているんですか⁉　私、彼女のお母様が乗り込んできた現場に立ち会いました。あの場にいたら、ふたりが結託しているとは考えられない！」

燎子が毅然として、美桜の身の潔白を断言した。

「そんなもの、口裏を合わせればどうとでも言える。茅野さんが母親と上手くいっているのかどうかを、証明していたわけではないだろう？」

（なぜ突然、副社長はそんなことを……）

碓氷はなにも言わない。

「それに茅野さんはシンデレラが嫌いらしい。イコール『Cendrillon』となるのなら、敵対していると告白していたともとれないか？」

理解者だったはずの芳人に掌を返されたように疑われ、美桜は悲鳴のような声を出した。

「副社長。わたしは、個人的に嫌いなだけで、スパイなどしていません！」

「そうですよ、副社長。リーダーのはずがない」

薫が、美桜を庇《かば》うように美桜の前に立つ。

「リーダーは、本当に一生懸命でした。正直私、餌付けされた感はありますけど、それでも……特別手当につられて乗った、まったくやる気がないプロジェクトだったのに、私だって頑張ろうと思えました。オタクの仲間以外、誰も認めてくれなかったイラストだって、リーダー、とっても喜んでくれて色々と描かせてくれて。それが演技のはずがない！」

「薫ちゃん……」

「副社長、リーダーを疑わないでください。シンデレラが嫌いだとしても、それでも私たちが触発されるほど、精一杯頑張っていたじゃないですか」

美桜は泣き出しそうになる。

「羽馬さんの言う通りです。茅野さんはなくてはならないプロジェクトのチームリーダーであり、かけがえのない仲間……友達です。理不尽な疑いをかけるなら……」

燎子が敵意を見せると、芳人は笑い出した。

「失礼。茅野さんを突いたらわかりやすい反応だなと思ったからさ。なあ、室長」

女性陣は目をぱちくりとさせる。

「ああ、まったくだ。俺も副社長も、茅野くんを疑うはずがない」

「だったらなぜ……」

碓氷はにやりとして言った。

「単純な消去法をとらせてもらうために、だ。どう思う？　――榛木」

碓氷が促した先には、榛木が顔を真っ青にしてがたがたと震えていた。

「榛木くん？　朝から顔色悪かったけれど、具合悪いなら病院に……」

美桜の言葉に、榛木はその場で土下座を始めた。

「すみません……っ、俺が……。俺が……っ、『ＫＡＹＡＮＯ』の副社長……芙祐子夫人に、情報を流しました――っ!!」

　仲間からの告白に、美桜は頭を鈍器で殴られたかのような衝撃を受ける。

「お、俺の親の会社が『ＫＡＹＡＮＯ』の下請けで。仕事のトラブルで、ヤクザが絡んだ借金を背負い、一家心中しかないというほど追い詰められていたのを、奥方が救ってくれたんです。奥方は俺がここに勤めていることを知っていて、俺にスパイになることを命じました。『Cendrillon』十周年に出すだろう新作の情報を流し、進捗状況を報告しろと」

　――人に見せている部分が、本当の自分とは限らないですよ。

　榛木が以前、美桜にそう冷ややかに言ったのは、その時話題にしていた碓氷と燎子のことではなく、二面性を持ってみんなを裏切っている彼自身のことだったのだ。

「それからまもなく、俺はメンバーに選ばれて。みんなで真剣に考えた情報を漏らすことに罪悪感はあったけど、それ以上に俺たち家族を救ってくれた奥方に感謝していました。どうせ後で新作についての詳細は公表されるし、非公開にしなければならない特殊な技術を用いたものでもないから問題ないだろうと、奥方に従って……」

　榛木は髪を掻《か》き毟《むし》りながら、後悔を滲ませた声を響かせた。

「まさか、『ＫＡＹＡＮＯ』が同じものを発表するとは思わなくて。俺、なんていうことを……！」

　美桜はなにも言えなかった。

確かに芙祐子なら、『KAYANO』のブランド力を高めるためにはどんな汚い手段でも使うだろう。

榛木がライバル会社に勤めているのを知り、彼をスパイとして使うために、芙祐子が裏で榛木一家を追い詰めていたとしても驚きはしない。むしろ、その可能性を強く感じる。

それでも、まさかこんなに身近で裏切られているとは思わなかったのだ。

――リーダー。……副リーダーに、気をつけてください。

「ねえ、榛木くん。わたしのマグカップを割ったり、ゴミ箱に捨てたり、色々なものを盗んだのは……あなただったの？」

榛木は罪悪感を強く滲ませた顔を歪ませると、力なく頷く。

「俺です。奥方が会社に来て騒ぐまで、リーダーが奥方の娘さんで確執があるとも知らず、奥方に……チームを不和にさせろと言われて従いました。情報を流したことが万が一ばれても、副リーダーに疑いがかかるよう、室長との仲を利用すればいいと……」

途端、燎子がつかつかと靴音をたてて榛木に近づき、その胸ぐらを摑んで言う。

「……ふざけないで!!」

燎子は榛木の頬を平手打ちした。

「裏でこそこそ動いて、仲間を売るような男は大っ嫌い！　目障りだわ、消えて！」

榛木は燎子に突き飛ばされて尻餅をつき、項垂れた。

美桜は榛木の元に行くと、そのまま屈み込んで、榛木と同じ高さで視線を合わせた。

「榛木くん」

榛木はびくっと肩を揺らす。

「やったことはいけないことよ。なによりメンバーの信頼を裏切った。副社長にも室長にも恥をかかせたのよ」

「……っ」

「だけど、そんなにつらそうな顔をしているってことは、苦しかったんでしょう？」

榛木は両目から涙をこぼして、こくりと頷いた。

「このチーム、好きになってくれていた？」

またこくりと。そして榛木は震える手でズボンを摑むと、その場で正座をする。

「わたしの義母がごめんね」

「リーダーが謝ることはなにも……っ」

「ううん、榛木くんは黙っていてくれたけど、義母は情報を流させ、チームを不和にさせ……その後もどんどん要求をエスカレートさせて、あなたを困らせていたでしょう？」

榛木は唇を戦慄かせてから、ぼそりと答えた。

「……それ以上は、俺も勘弁してくれと言って拒み、なんとか逃げていましたから」

「そっか。榛木くんなりに、あの義母に抵抗してくれたんだね。その根性があるなら大丈夫。これからは罪滅ぼしのためにも、きりきり働いてもらわないとね」

驚く榛木の前で美桜は立ち上がると、みんなを見渡して言う。

「わたしたちのティアラはなくなり、ぼろぼろのシンデレラに戻った。だから再び、王子様に見つけてもらえる方法を必死で考えたいと思うんだけれど、協力してくれるかな」

「まさか美桜、榛木をまた参加させるつもり？」

驚く燎子に、美桜は頷いてみせた。

「ええ。シンデレラプロジェクトは、誰が欠けても成り立たない。ティアラを考え出せたわたしたちなら、もっといいものを考え出せるはず！」

「茅野くんの言う通りだ」

賛同したのは碓氷だ。

「いいか、『ＫＡＹＡＮＯ』が現物を披露するのは、来月一日のようだ」

すなわちそれは、高橋代議士の息子との婚約披露パーティの翌日だ。

ファミリーとなった代議士の力も借りて、宣伝しようと企んでいるのだろう。

最初から結婚もなにもかもが、芙祐子の欲を満たすための企ての一端だった。

……榛木の存在も。

「『ＫＡＹＡＮＯ』は俺たちの翼をもいだ気になっているだろう。油断している隙に、秘やかに速やかに、ティアラ以上のものを製品化する。試作品でもいい、形にして発表し、ティアラの話題を無効化させる」

「室長の言う通りだ。リミットは約二週間。できるか？」

芳人も堅い顔をして、メンバーたちに尋ねる。

みんなが返事をする前に榛木が駆けてきて、頭を下げながら全員に言った。

「お願いします。俺も……やらせてください。もう二度とこんなことしません。なんでもやります。だから、俺も……入れてください。汚名挽回《ばんかい》、させてください‼」

すると、薫が冷ややかに言う。

「榛木さん。……間違っています」

その理由を燎子が告げた。

「汚名返上、名誉挽回でしょう？　馬鹿じゃないの、これだったら毎日、四字熟語の書き取りやらせなきゃ駄目かしら」

〝毎日〟と口にした燎子は、本当に渋々とだったが榛木を受け入れたようだ。

「あんた営業のホープだったんでしょう？　だったら、今までのようにちんたらやらず、死ぬ気で働いてもらうからね。あんたにチャンスを与えた優しい私たちを、これ以上失望させるなら、今度は平手打ちどころの話じゃないわよ！」

「はい、望むところです！　よろしくお願いします！」

美桜は笑いながら、みんなに言う。

「わたし、再団結の誓いのスイーツ、買ってきますね。なにがいいですか？」

買い物に行こうとした美桜を、碓氷が追いかけてくる。

「俺も一緒に行く」

「大丈夫ですよ、ひとりで買ってこられます」

「しかし……」

碓氷は見抜いていた。

美桜の笑みが強張っていることを。

「……ひとりでお買い物、行かせてください」

美桜の顔に浮かぶのは、罪悪感が入り交じる痛恨の笑み。

「すみません、お願いします……」

……そしてひとり、雑踏にまみれた美桜は、晴れやかな空を仰ぎ、涙をこぼした。

喧噪《けんそう》が美桜の嗚咽《おえつ》を掻き消す。

初めての企画。初めて形になったものだった。

まったく熱意がなかったメンバーたちとようやく心をひとつにして、自分に誇れる商品ができたはずだったのに。

リーダーなのに、ティアラを守れなかった。

継母に奪われてしまった。

それが、ただひたすら悔しかった——。

＊＊・＊＊＊・＊＊

碓氷はプロジェクトルームで美桜の帰りを待ちながら、メンバーたちと話し合っていたが、先に退室していた芳人から内線で呼ばれ、副社長室へ向かった。

「呼び出して悪いな、浬。さきほど黒宮《くろみや》主任が帰り、調査の報告書を置いていった」

黒い革張りの応接ソファに座った芳人は、碓氷に封筒を手渡す。

封筒の下方には、『SSIシークレットサービス』と、社名とロゴが印字されている。

碓氷は向かい側のソファに座り、中から取り出した書類に目を走らせた。

「今回も仕事が早いな。あの桜庭《さくらば》一族の長女が作ったSSIは、一流調査員を揃えているだけあって、いつも迅速にどんな権力者であろうとその闇を調べ上げてくる。……なるほど、茅野社長……いや芙祐子夫人か、高橋代議士に賄賂を贈り、代議士が多く手がけている都市開発事業の恩恵に与《あずか》ろうとしているわけか。そのための投資や浪費で、現在『KAYANO』の経営状態はかなり悪い。予想通りだな」

「ああ。もし代議士の機嫌を損なうことがあれば、それまでの投資は無駄になり、『KAYANO』の倒産が現実的になる」

「それを回避するために、代議士とのパイプを作る美桜の結婚は不可欠ということか。春菜が嫁候補にならないのは、相手が自分の好みかどうかだけが理由ではなさそうだな」

厳しい面持ちで読みふける碓氷に、芳人は頷いて語る。

「良樹は喜中組に、春菜は喜中組系半グレ集団と懇意にしているらしい。その報告書によれば、良樹は虎の威を借る恐喝行為が多いが、春菜は半グレのリーダーを飼い犬にして、恐喝以上のかなりあくどいことをしている」

報告書を見ていると、程度は違うが、どちらも親のために動いている気がする。

代議士にしろ芙祐子にしろ、それに気づかないはずはないだろう。

スキャンダルを嫌う狡猾《こうかつ》な親たちは、自分のために子供の手を汚しているのだ。

だがそんな健気な子供たち同士を結婚させると、ふたりが利用した反社会的勢力を増長させてしまうかもしれない。親まで脅される危険を舐めようと、クリーンな美桜を結婚させたいのだろう。代議士は春菜まで庇う気はなく、息子を守るために春菜から離したとも言える。そして息子になにかあった場合、春菜が身代わりとして切り捨てられるはずだ。

――わたしをたすけて、浬さん――!

美桜の悲痛な叫びを思い出し、碓氷の胸は痛んだ。

親の保身のために、彼女の幸せを犠牲にしてはいけない。

絶対に助ける。彼女を幸せにするのは、自分だ。

そんな決意を新たにして、碓氷がページを捲《めく》っていくと、春菜が懇意にしていたという半グレのリーダー『鈴木一郎』の、写真付の情報が目に留まる。

無精髭《ぶしょうひげ》を生やした強面のごつい体格の男だ。

舌を蛇のように縦に裂き、首にあるタトゥにちなみ『双頭の蛇《ダブルスネーク》』と自ら名乗っているとの情報に、碓氷は表情を曇らせた。

名前も顔も違うが、蛇のような裂かれた舌《スプリットタン》を持ち、家で蛇を多頭飼いするほど蛇好きだった、ある高校生を思い出したからだ。

それは五年前、芳人の大切な女性——桃華《ももか》を死に追い詰めた人物でもある。

「……半グレのリーダーのこと？」

芳人は穏やかな表情のままで、固まっている碓氷に笑いかけた。

「僕は大丈夫だ。たとえそのリーダーが蛇好きで、蛇にちなんだことをしていても、あの『蛇塚雄太《へびづかゆうた》』だとは思っていないから。第一蛇塚は、陰気で弱々しい痩せ型だったし、きちんと更生してみせると泣きじゃくって僕に誓ったんだ。半グレになっているはずがない」

しかし、そう断言する芳人の手は、小刻みに震えている。

「それに五年も経っているんだ。もう僕も忘れかけているし」

ではなぜ、桃華によく似た女を抱き続けることで、精神の安定を図っているのか。

碓氷はそれを問わず、芳人が望む答えを口にした。

「そうだよな。この世には蛇好きな男なんてたくさんいる。五年も消息不明だった男が、そう簡単に見つかるはずがない。これは別人だ」

芳人は笑みを消した顔でこくりと頷いた。まるでそう言い聞かせているかのように。

「なんだかいやなものを思い出させてしまったな。美桜が戻ってきたら、うまいケーキでも食べて癒やされろ」

すると芳人の顔に、再び笑みが浮かび、碓氷は安堵《あんど》する。

五年前のことを思い出して、また芳人が笑えなくなったのではと、焦ったのだ。

大丈夫だ。あの時とは違い、芳人の時間はきちんと流れている。

「ああ、そうするよ。しかし茅野さん、随分と戻りが遅いな。どこまで行ったんだろう」

碓氷は腕時計を見た。もう一時間は経っている。

彼女がひとりで泣きたいのだと察して、望む通りにさせた。

しかし本当は、彼女がつらい時にそばにいたかった。

美桜に必要とされる、彼女だけの王子様になりたいのに――。

そんな時、碓氷のスマホに電話がかかってきた。

「美桜からではない。見知らぬ電話番号だ」

「そのスマホ、浬のプライベート用だよな。番号を知っているのは、僕と社長、茅野さんとチームメンバーだけ。メンバーならここに呼びにくるはずだ。……間違い電話か？」

「……わからないが、ちょっと出てみる」

『もしもし、碓氷さん？　私がわかるかしら』

電話の主は、若い女だ。

これは間違い電話ではない。

「名乗らない方とはお話ししないことにしているので。それでは」

『待ちなさい。私は茅野春菜、美桜の義姉よ』

碓氷は、芳人にも聞こえるようにスピーカー通話に切り替える。

『さきほどはどうも。あなたに提案があってお電話させてもらったの。ああ、あなたの電話番号は、なにかで役立つかもしれないと大分前に聞いていたの。そちらのスパイさんにね』

「用件があるのならさっさと言え。こっちはそちらみたいに暇じゃない」

意味ありげなスパイという単語を無視して、碓氷は単刀直入に言う。

いささかむっとしたような気配を電話口から感じたが、やがてねっとりとしたような声音がして、碓氷は嫌悪の表情を浮かべた。

『私とそちらの副社長さんとの結婚を取り持ってくれたら、美桜の見合い、私が潰してあげる。音羽コンツェルンは魅力的だし、副社長さんってイケメンなんでしょう？』

自分と美桜との愛を守るために、芳人を売れと、電話の主は笑う。

芳人を見ると、激しい拒絶感に顔が引き攣っている。

「悪いが、俺にはあまりの厚顔無恥さに虫唾《むしず》が走る女を紹介する勇気がないもので、他をあたれ。話がそれだけなら……」

『あなたでもいいのよ？　あなた碓氷グループの息子でしょう？　あんなブスより、私の方が碓氷さんを満足させてあげられるわよ？　どう？　まずは身体の相性、確かめてみない？』

それはまるで、質の悪い商売女のような誘いで、碓氷は拒否感に鳥肌が立つ。

「美桜を自分より醜いと本気で思うなら、病院に行け」

『なんですって⁉』

「シンデレラに出てくる性悪な義姉そのものだな。だから王子が現れない。王子だって選ぶ権利があるんだからな」

『失礼な……っ』

「忠告しておこう。美桜はお前たちの道具にはさせない。もしもこれ以上美桜を悲しませる真似をしたら、容赦しないぞ」

碓氷の威嚇に呑み込まれたように沈黙が流れたが、やがて春菜は笑った。

『馬鹿みたい。美桜がシンデレラ？　あの子が神聖視されるに値しないあばずれだってこと、証明してあげる』

その声音は、非情な硬質さをまとっていた。

『あなたの大事なシンデレラが穢《けが》れても同じことが言えるかしら。楽しみだわ』

そして電話は一方的に切れた。

無性に胸騒ぎを覚えた碓氷は、美桜に電話をする。

だが何度かけ直しても、呼び出し音が続くだけだ。

「もしや、美桜の身になにか……」

碓氷の手が震えた。

＊＊・＊＊・＊＊

目を開くと、美桜は薄暗いところにいた。

ぼんやりとした視界をクリアにしようと目を凝らすと、天井の高い鉄筋が見え、大きなプロペラが回っている。

山積みの段ボール箱や木箱が目に入り、ここはどこかの倉庫だと美桜は直感した。

問題は、なぜ自分がこんなところで、地面に転がっているのかだ。

後ろ手に縛られ、足もロープのようなもので拘束されている。

美桜は記憶を必死に辿《たど》る。

最後の記憶——そうだ、街の中で泣いている時、綾女から電話があったのだ。

いや、こちらからかけたのか。

綾女はすぐ近くの銀行にいたようで、美桜の涙声にすぐに気づくと、その場所からでも見える天球儀のような金色のオブジェの前で待つように指示した。

オブジェの前についた時、美桜は背後から名前を呼ばれて振り返った。

次の瞬間、腹に痛みを感じ、そこから先の記憶がない。

「拉致、されたの……？」

なぜ？　これからどうなるの？

美桜が恐怖に怯えた目を揺らすと、周囲から足音が集まるのを感じる。

「よう、目が覚めたのか」

屈み込んで美桜の顔を覗《のぞ》き込んだのは、短髪で無精髭を生やした強面の男だった。

筋骨隆々としたごつい身体をしており、首には双頭の蛇のタトゥが見える。

（あんな街中で簡単に拉致するなんて、きっとそういうことに手慣れた輩なんだわ）

「わたしを……どうする気⁉」

「痛い思いをするか、楽しい思いをするかは、お前の態度次第だな」

男はポケットから、折りたたみ式のアーミーナイフを取り出すと、その冷たい刃先で美桜の頬をぺちぺちと叩く。

感情を窺《うかが》うことのできない、やけに大きな黒眼が不気味さを強め、恐怖に背筋が凍りつきそうだ。

「なあ、ミオちゃん」

（わたしのことを知った上での拉致⁉）

この場にいるのは、ひとりだけではない。

美桜の視界に入った数だけで、五人。

こちらを見てにたにた笑う、チンピラ風情の男たちだ。

「とんでもねぇブスだと聞いていたけれど、こんな上玉なんて嬉《うれ》しい誤算だ。しかも、ぷるぷると震えながらも睨みつけてくる気の強さが、無性にそそられる」

にぃと笑う口からちろちろと見える舌の先端は、蛇のようにふたつに裂けていた。

美桜は身の毛がよだつような悍《おぞ》ましさを感じ、気が遠くなりかけたが、自らを鼓舞してなんとか平静を保った。

しかしそれからすぐ美桜が悲鳴を上げたのは、突如飛びついてきた男に首筋を咬《か》まれたからだった。

蛇の如き奇行に怯えた美桜に、首から離れた男は舌舐めずりをしてみせた。

「咬みたくなったのは、モモカ先生以来だ。聖女のようなモモカ先生が、恐怖に壊れていくのを思い出すたび、血が滾《たぎ》って興奮が止まらず……真っ当な生き方ができなくなっちまった。ミオちゃんは壊れず、楽しませてくれよ」

モモカ先生というのが誰だかわからないが、男が過去にこうした恐怖を与えたことで、心を壊された女性なのかもしれない。

(負けるものか。ここから逃げるんだ！)

しかし手足が縛られていては、逃げることは叶《かな》わない。

どうすればいい？　どうすれば逃げられる？

(チャンスを待とう。必ず逃げるチャンスは、巡ってくるはず！)

ナイフの刃先がブラウスを裂いた。

「おお、胸も大きいな。こりゃあ、金も貰えていい女も抱けて最高だ」

「お金って、誰から……!?」

しかし男は美桜の問いかけには答えず、美桜の下着姿に色めき立つ子分たちに言った。

「まずはリーダーの俺……ダブルスネーク様からだ。その後、お前らにも食わせてやる。こいつの足の拘束を解くから、お前ら……この女の足を持って、大きく広げろ」

生臭いオスの息を吐く蛇男が、美桜の足の縛めを取り、鼻息荒い子分たちが美桜の足に手を伸ばす。

(——今だ!)

美桜は、蛇男の股間を思いきり蹴り飛ばした。

絶叫が響く中、美桜はすぐさま立ち上がると、驚く男たちと距離を作る。

「わたしに近寄らないで!」

ギンと睨み付けるその目は迫力に満ち、男たちは射竦《いすく》められる。

いやだ、碓氷以外に触られるのは。

考えろ。

考えるんだ。

格闘の経験がない素人女が、荒くれどものいるこの場から逃れる方法を。

「この女、舐めた真似を……。取り押さえろ!」

髪を摑まれ、手を摑まれ、再び組み敷かれた美桜は叫ぶ。

「あんたたちに穢されるくらいなら——」

死を賭した、美桜の凜然《りんぜん》とした美貌が際立った。

それはまるで、刹那に咲き誇ろうとする桜にも似て。

美桜の気迫に男たちがたじろいだ時、サイレンの音が聞こえてきた。

(この音は……)

「パトカーだ! 警察《サツ》が来た!」

焦ったような声が響いた直後、重い音をたてて、鉄の扉が開く。

車のヘッドライトを背に、警官と機動隊が中に雪崩《なだれ》込んでくる。

その中で、美桜の名前を呼んで駆け寄ってきた者がいた……。

「──美桜！」

それは──碓氷だった。

碓氷は、美桜を組み敷いたままで狼狽《ろうばい》する男たちを見ると険しい顔になった。いつもの冷静さをかなぐり捨てて、男たちの頬を殴り、長い足で蹴散らす。

碓氷の動きは訓練された者のように実に鮮やかだった。

だが今の碓氷は、己の破壊力と相手の限度を客観視できていない。

「浬さん、それ以上は駄目！」

相手の男がぐったりしているのを見て、美桜は上体を起こしながら制した。

「わたしは……大丈夫。なにもされてません」

微笑みながら優しく告げると、碓氷は男を放り捨て美桜を抱きしめた。

「美桜……、美桜……！」

大きな身体が、頼りなげに震えていた。

彼に抱きついた美桜は、自分は助かったのだとようやく安心して、涙をこぼした。

碓氷に上着を着せられていた時、美桜は名を呼ばれて顔を向けた。

「──美桜ちゃん！」

それは、和装姿の綾女だった。

いつも綺麗《きれい》にまとめている髪を振り乱し、泣きながら走ってくる。

碓氷は気を利かせて、男たちを制圧した警察と話をし始めたようだ。

「あなたが男に運ばれていくところを目撃したの。だから涅くんと芳人くんに助けを」

（涅くんと芳人くんって……ママは知り合いだったの？）

「ああ、無事でよかった。菫《すみれ》の忘れ形見まで失ってしまうと思ったら……」

白檀《ビャクダン》の香りに包まれながら、美桜はびくんと身を震わせる。

綾女が口にした菫とは、美桜の亡き母の名前だったからだ。

「え、ママ……お母さんのことを知って……？」

怒号や悲鳴。

警察が、暴れる男たちを取り押さえているようだ。

「私は、あなたの母親のたったひとりの姉。私は、あなたと血の繋がった伯母よ」

「え……!?」

綾女は首からなにかを取り外すと、手のひらに載せて美桜に見せる。

それは――碓氷から返してもらったものと同じ、ガラスの靴のペンダントだった。

だが、それはあくまでクリスタルだけで、煌びやかな装飾はついていない。

「これはね、私と菫の母……あなたのおばあさんがくれたもの。いつまでも仲良くねって。可愛くて大切な妹だったのに、私は……」

綾女の目から涙がぽろぽろとこぼれ落ちる。

「私の家はちょっとした資産家だった。ある日妹が、結婚したいとあなたのお父さんを連れてきたの。シンデレラを夢見る世間知らずの妹が、庶民の靴職人の男の妻になんてなったら、絶対苦労するのが目に見えている。私は両親とともに、猛反対したわ。するとあの子は諦めるどころか、認めないなら駆け落ちすると言ってきた。私たち家族は怒りのあまり、絶縁宣言をしてしまったの。あの時のショックを受けた菫の顔が、忘れられない」

綾女の赤い唇が震えた。

「そしてあの子は……いなくなった。本当に駆け落ちしたの、あなたのお父さんと」

「……っ」

「親は激怒のあまり菫の捜索をしなかった。だけど私は、連れ戻そうとずっと捜していたの。菫などいなかったことにする親に反発して私も家を飛び出して、情報が集まる夜の店に行き着いた。私たちには親から生前分与された財産があったから、それで店を持ち、コネを使って菫を探したけれど、まったく行方がわからなくて。そんな時、古くからの小さな友人だった湮くんと芳人くんと会い、雑談で湮くんの初恋の女性の話を聞いた。落としていったというペンダントを見せてもらって」

綾女は、手にあるガラスの靴をぎゅっと握りしめた。

「これらは対になっているの。装飾は後で菫がつけたのだろうけれど、これは特注品で非売品。だから湮くんの好きな少女は、きっと菫のことを知っていると思ったわ。そして偶然、面接に来たあなたに会った。菫そっくりだったから一目でわかった」

「ママ……」

「妹のためと言いながら、私もすべての世界が変わるくらいの恋愛をしたかったの。だから妹が羨ましく、そして妬ましくて。あなたから菫が死んだと聞いて、死ぬほど悔やんだわ。自分勝手な黒い感情で、理解を求めていた菫を無情に切り捨て、死にまで追い詰めたのは私だと。それを謝りたくても菫はこの世にいない」

綾女は最初から、ワケアリの美桜に手を差し伸べてくれた。美桜が自分の境遇を語るたび、泣き出しそうな顔で聞いていた。

「菫に代わってあなたを助けたいと思った。菫が注げなかった愛情を注ぎたいと思った。最初は贖罪《しょくざい》からだったけれど、あなたは私の姪《めい》であり……娘と言ってもいい存在。他人の力に頼らず、菫のように自分の力で未来を摑もうとするあなたを応援し、心から幸せを願うようになった」

美桜は泣きじゃくりながら言った。

「ママ、わたしを守ってくれて。ありがとう……、わたしをいつも心配してくれて。わたしも、お母さんという親しみを込めて、ママと呼ばせてもらっていました」

「美桜ちゃん……」

「もう、ママは苦しまないで。どんな過程を辿ったにしろ、自分の意志を貫いた。お母さんは幸せだったと思います」

綾女は静かに嗚咽を漏らす。

美桜が生きた年数以上、彼女は罪を抱えて生きてきたのだろう。

そしてその罪を形にしたような自分は、彼女にとって苦痛の種だったはずなのに。

「ママは、自腹を切ってドレスも宝石も用意して、わたしに桜子という魔法をかけてくれた。外見だけではなく、内面を磨く方法も色々と教えてくれた。本当に感謝しています」

泣きながら笑う美桜に、綾女もまた泣きながら笑う。

「でも残念ながら、魔法使いはひとりではないわ」

「……え？」

「美桜ちゃんがナンバーワンになったお祝いをした時のピンク色のドレス、浬くんからと芳人くんには言われたけれど、あれは王子様《くん》が美桜ちゃんに持つイメージではないわ。恐らく、裏方に徹するもうひとりの魔法使い……」

「ママ！」

綾女の声を遮ったのは、鋭い男の声。

綾女が微笑んで見上げた先には、芳人が立っていた。

心配して、碓氷とともに駆けつけてきてくれたらしい。

腹の底をひた隠しにしている穏やかないつもの様子とは違い、なにかの激情を抑圧しようとする意思で、茶色い瞳が揺れていた。

――ナンバーワンになった祝いの席で、そのドレスを着たきみを見ているんだ。

綾女に用があったのに、ドレス姿の美桜を眺めて帰ったという、芳人。

美桜はまず、芳人にまで迷惑をかけたことを詫《わ》びてから、ドレスのことを聞いてみた。

「あの時の淡いピンク色のドレス……副社長が贈ってくださったんですか?」

するとそれを聞いていたらしい碓氷が、驚きの声を上げた。

「淡い……ピンク色のドレス? 芳人、出張で店に行けない俺に代わり、白色のドレスを贈るよう頼んだよな。それがピンク色って……まさか、桃華が式で着ようとしていた……」

(モモカ……って)

——呟みたくなったのは、モモカ先生以来だ。

「お前、桃華の面影を美桜に……」

碓氷が芳人に詰め寄ると、芳人は強張った顔で笑う。

「ち、違うよ。僕は、桃華のことはもう吹っ切って……」

「あの、そのモモカさんって……先生をされていました?」

同一人物なのか気になり、美桜が尋ねてみると、碓氷も芳人も表情を変えた。

どうやら正解らしい。

「拉致された時、蛇みたいに裂けた舌を持つ、蛇のタトゥをしたリーダー格の男に、ええと……ダブルスネークと名乗っていましたけど、首を蛇のように咬みつかれて。その時、咬みたくなったのは、モモカ先生以来だと言われて……」

ふたりは美桜の首を傾けさせ、ひりひりしている部分を見ると顔色を変えた。

「美桜、他にそいつはなにか言っていなかったか？」

激しく動揺する芳人の背を摩りながら、碓氷は険しい顔で尋ねた。

「『聖女のようなモモカ先生が、恐怖に壊れていくのを思い出すたび、血が滾って興奮が止まらず……真っ当な生き方ができなくなっちまった』って……」

途端芳人が唸《うな》り声を上げて、パトカーに連行されようとしていた男たちを追いかけた。

「——蛇塚、待て!!」

激しい憎悪を迸《ほとばし》らせる芳人に、美桜は思わずぶるりと身を震わせた。

＊＊・＊＊・＊＊

「桃華というのは、俺と芳人の中学生の頃からの同級生でね。大学の時に付き合い始め、大学を卒業したら結婚する気でいたほど溺愛していた。だが桃華は教師になる夢を持った、ただの一般人。結婚を反対する親に、俺も一緒になって頼み込んだ。あらゆる手を使い、ようやく条件付きで結婚を許された時、あいつと夜通し祝杯をあげたよ」

碓氷のマンションの寝室の窓からは、丸みを帯びた月が見える。

碓氷の強い希望で、咬まれた痕を病院で処置をしてもらったら、遅くなったのだ。

歯形は深くはないものの、痛々しい内出血が残ってしまった。

碓氷は美桜とともにベッドに横たわると、桃華という女性のことを語り始めた。

「大学四年時、桃華が教育実習で受け持った高校生徒の中に蛇塚雄太がいた。奴は極度の蛇好きで、その姿も蛇みたいにひょろひょろして不気味だといじめられていた。家庭環境も複雑だったようで、いつもひとりでいた蛇塚に、桃華が手を差し伸べたんだ。爬虫類《はちゅうるい》が大嫌いな桃華なりに、蛇塚の気持ちを理解しようと寄り添った結果、初めて異性から優しくされた蛇塚は桃華に恋して……桃華と両想いなのだと誤解してしまった」

桃華に結婚予定の恋人がいると知ると、思春期の慕情は歪み病んでしまったらしい。

蛇塚は桃華を待ち伏せしてスタンガンで気絶させ、蛇塚がひとりで住むマンションの最上階に連れていき、たくさんの蛇を放し飼いしている部屋で桃華を監禁したという。

爬虫類が嫌いな彼女にとって、それは地獄だっただろう。

「桃華が行方不明になって一週間、芳人も俺も必死に探した。そして警察の手を借りて、蛇塚の部屋に突入した時、異臭が放たれる中で桃華は廃人のようになっていた」

蛇塚は女性経験がないためか、挿入前に暴発を繰り返し、桃華を抱けなかったらしい。その代わりに、愛する蛇とともに桃華の身体に咬みついたり、舐め回したりしていたそうだ。彼女の身体には、蛇塚や蛇の体液と咬み痕が無数についていたという。

「桃華は、助けにきた芳人に気づくと、こう言った」

――芳人くん。すべては……生徒を止められなかった私が悪いの。彼のせいじゃない。

――私……芳人くんのお嫁さんにはなれない。こんな穢れた身体では。

「そして……ごめんと泣きながら笑った彼女は、窓から飛び降りた。芳人の目の前で」

美桜は言葉を失った。

「芳人は半狂乱になって、蛇塚を殺そうとした。それを俺が止めた。こんなことは桃華が望んでいない。最後まで生徒を庇おうとした桃華の遺志を汲《く》み取れと。必死に」

美桜をぎゅっと抱きしめる碓氷の身体が震えていた。

「あいつは理性の限界ぎりぎりのところで、泣きじゃくって謝る蛇塚を許した。『先生の死によって罪を自覚した、必ず更生する』という蛇塚の言葉を信じて」

「……っ」

「法は未成年を裁けない。しかし、更生したいという意思があればやり直しはできる。桃華は命がけで蛇塚を助けたのだ――そう思いこもうとしても、大切な女が目の前で死んだんだ。割り切れるものではない。芳人の精神を蝕《むしば》む幻の蛇が、あいつの中の桃華を食らおうとするたび変調をきたした。それを回避できるのは、桃華に似た女を仮初めに愛することと。桃華は生きていると全力で自分自身を騙すこと」

それが女遊びをする理由なのだと、碓氷は語った。

「桃華だと思って一途に愛するから、相手の女はその気になる。だが芳人は一夜の関係を持った相手は二度と抱かない。あいつなりに桃華を日常に引き摺らないようにしていた」

碓氷は美桜の頬を撫でる。

「芳人は俺の恋を叶えることで、自分も前に進めそうだからと協力を申し出てくれた。感情を失った昔に比べれば落ち着いていたし、俺はそれに甘え過ぎて気づかなかった。芳人はいつからかきみを通して桃華の影を見ていた。どれだけ切なかっただろう」

美桜がナンバーワンになった祝いの席で着たドレスの特徴は、桃華が結婚式のお色直しで着たいと言っていたものらしかった。

芳人にとってあのドレスの色は、桜色ではなく桃色だったのだろう。

「一周年記念のドレスは俺が贈ったものだ。タイプが違っただろう？」

「浬さんが⁉　ありがとう……。確かにタイプは違っていたわ。桃華さんは、すごく可愛らしい方だったのね」

「そうらしいな。芳人や蛇塚にとっては。俺は……そう感じたことはなかったけど」

――蛇塚、待て‼

美桜は芳人が、ダブルスネークと名乗った男――蛇塚の元へ走ったことを思い出す。

蛇塚は芳人の姿を見る前に、逃走してしまっていた。

芳人はやり場のない怒りに、その場で大きく咆哮《ほうこう》した後、しばし動かなかった。

心配した碓氷が駆けつけると、芳人は怒りの表情を見せるどころか笑った。

――逃げられてしまったよ。やられたな。

「それまで消息不明だった蛇塚が突然現れ、桃華の影を持つきみを穢そうとし、桃華の死と芳人の苦しみを無意味にした。いつも通り振る舞える精神状況ではないはずだ。無理をしているあいつの心身が壊れないか心配だ」

「浬さん……」

「芳人には幸せになってほしい。そう思うのに……あいつが初めて、桃華のドレスを贈ってもいいと思えたきみを、芳人に渡したくないんだ。あいつがいつか、きみを桃華の代わりとしてではなく、きみ自身を愛し始めたらと思うと不安でたまらなくなる」

美桜は、碓氷の背中に手を回して言った。

「ありえません。副社長は浬さんを裏切らないし、わたしも裏切らない。たとえ浬さんがわたしをもういらないと、副社長に渡しても」

「いらないなんて、思うものか！」

「ならば大丈夫。それにきっと、蛇塚を捜すという目的ができた今は、副社長は壊れない。むしろ目的を叶えた後のフォローが必要になるかと。崩れそうになる副社長を、時に厳しく叱咤《しった》しながら支えてくれる人が必要だわ」

「そう……かもしれないな。そう考えれば、俺は無力だ。力になりたいのに」

碓氷はやるせないため息をついた。

芳人には碓氷の心がわかっているはずだ。だから彼は心配かけまいと笑う。

（わたしも気をつけていよう。副社長が壊れないように……）

「……きみはしばらく会社を休め。芳人も言っていただろう」

蛇塚たちを金で雇った黒幕と思われる人物は、春菜だろうことはすでに聞いている。

半グレなどという危険な連中を手懐け、今までも犯罪まがいのことを命じていたらしいことも聞き、そこまで春菜の性根が腐っていたことに美桜は驚き、憤った。

春菜から事前に電話をもらい、挑発を受けたという碓氷は、美桜以上に激怒しており、春菜への報復を考えているようだ。

「本当にわたしは大丈夫です。正直、拉致された件よりも、ママの素性とか、その後に知ったことの方が衝撃的すぎて、フラッシュバックする余裕もないし。それに休んでいられる状況では……」

「ではここで、新案を練っていてくれ。メンバーには俺から伝えておくし、家にある俺のパソコンから、オンライン会議ができるように準備をしておくから」

「でも……。秘書の仕事もあるし……」

「俺に任せろ。元々、きみをしばらくプロジェクトに専念させるつもりだった。それともこう言った方がいいか。……その首の傷を目にすると、俺も芳人も仕事どころの話ではなくなってしまうから、その目障りなものが薄れるまで在宅勤務。上司命令だ」

そう言われてしまったら、従うほかない。

「良い子だ。……今日は疲れただろう。ゆっくりおやすみ」

「え……寝る?」

「……きみがつらい目にあったのに、セックスを強要するような野蛮な男に思うか?」

碓氷が苦笑する。

「いえ、でも……」

互いの足が絡み合い、碓氷の変化も感じ取れるのだ。

「最初の頃、俺は強引にきみを奪おうとして、きみを傷つけた。それを反省しているんだ。きみを心ごと大切にしたい」

微笑む碓氷に、美桜の心がきゅんとする。

「でも長い間の禁欲はつらいから、早くその忌ま忌ましい傷……治してくれよ」

碓氷は笑った後、唇に触れるだけのキスをする。

そして真摯な表情で告げた。

「もしきみが、穢されていたとしても、俺の愛は変わらない。それくらい、きみが好きだ」

「浬さん……」

「だから、この先なにがあっても、必ず生きていてくれ。俺と生きるために」

彼は気づいていたのだろうか。

蛇塚に穢されそうになった時に、舌を噛み切ろうとしていたことを。

「……わかりました。約束します」

美桜が小指を差し出すと、碓氷は自分のそれを絡める。

そしてふたりで笑い合うと、互いを抱きしめるようにして眠りについた。

第四章　プロジェクト再始動──シンデレラの恋人

病院で貰《もら》った薬がよく効き、痛々しかった美桜の首の傷は三日目で薄らいできた。

休みを貰っている間、仕事や家事の合間に、蛇塚の異様な目や舌の記憶が脳裏を過り、鳥肌が立つことはあった。だが、タイミングよく碓氷やメンバーから心配の電話がかかってくるし、仕事を含めて色々考えていると、すぐに嫌な記憶は薄れた。

そんな程度で済むほど打たれ強くなったのは、義母たちにも感謝すべきかもしれない。

碓氷が心配しているような大きなフラッシュバックもないため、もう出勤したいと碓氷に懇願し、四日目となる今日、美桜はスカーフを巻いて出社した。

まずは、碓氷とともに副社長室へ行き、芳人に休みをくれた礼を述べた。

芳人は変わらずにこやかだったが、顔色が悪く、頬が少し瘦けたような気がする。

裏で高橋代議士の力が働いたようで、被害届は不受理になった。美桜が襲われたことはなかったことにされたため、蛇塚探索のために警察や検察など公の機関は動かない。

蛇塚の居所は春菜が知っているかもしれないのに、高橋代議士の手により、たくさんのSPがつけられて近寄ることもできない状態らしい。

──蛇塚は僕が捜し出す。どんな闇底に逃げ込もうと、どこまでも追いかける。

芳人はそう笑ったが、その目は笑っていなかった。

そんな芳人も碓氷も、頻繁に社長に呼び出されて忙しそうだ。

迷惑をかけているのではないかと不安になるが、ふたりは別件だと笑うのみだった。

（せめてプロジェクトだけでも、ふたりに迷惑をかけないように進めないと！）

メンバーたちは、美桜の復帰を喜んでくれた。

碓氷はメンバーたちに、美桜は春菜によって怪我をさせられたと話していたようだ。

打倒『ＫＡＹＡＮＯ』を合い言葉に盛り上がっていると、碓氷と芳人がやってきた。

「茅野さんも報告は受けていると思うけど、メンバー間でも新案がまとまらなくてね。茅野さんはどんな新案がいいと思う？」

芳人に尋ねられ、美桜は、碓氷にも話していなかった構想を発表した。

「──靴？」

芳人と碓氷、榛木と燎子と薫の五人が訝《いぶか》しげに美桜を見る。

「ええ。ティアラに代わる新作として、ガラスの靴を提案します」

「靴、か……」

メンバーの反応は、いまいちだった。しかしそれも、美桜の想定内だ。

「なにがひっかかるのか、率直な意見を教えて」

美桜の問いかけに、まず燎子が答えた。

「透明で硬いガラスの靴を履くのは現実的ではないし、履きたいと思う人がいるかしら」

燎子が意見を述べた後、大きく頷《うなず》いた薫も感想を口にした。

「痛そう。イベントに履いていったら、地獄をみますね。榛木さんはどうですか？」

「インパクトがないというか、地味に思えます。ティアラは魔法が解けた後のことも考えられていましたが、ガラスの靴にそういう仕掛けはむずかしい。透き通っているし」

メンバーには不人気だったが、芳人と碓氷は、実に興味深げな顔をしている。後で見解を述べるからと、美桜の意見を先に聞きたがった。

そこで美桜は、メンバーの三人に語りかけるようにして言った。

「前に副社長が、シンデレラはペロー版のサンドリヨンと、グリム童話の灰かぶり姫があると仰ったでしょう？　わたしもそれを調べてみたの。するとガラスの靴だけが、どちらも零時を過ぎてもガラスの靴のまま。古ぼけた靴やスリッパとかに戻らない」

「確かにそうっすよね。魔法が解けたのなら、ガラスの靴も消えてよかったのに、魔法がかかったままだったから、王子様が見つけられた」

「ええ。シンデレラが幸せになれるキーは、靴なんじゃないかって思ったの。私の父が元々靴職人で、靴はそのひとの人間性が出るものだと教えられたわ。だから絶対に、靴を蔑ろにするなと。……そう考えた時、『Cendrillon』にはブランドを代表するような靴がないことに気づいた」

「理屈はわかったわ、美桜。だけどビジュアル的な、商品としての価値を考えた時……」

「だから、古典的なガラスの靴ではない、現代のガラスの靴を考えない？」

三人は美桜をじっと見つめた。

「サンドリヨンでは魔法使いがガラスの馬車を用意してくれたから、シンデレラは馬車に乗ってお城に行くことができた。だけど、グリム童話には馬車は出てこない。ということは歩いていったのよ、シンデレラは。シンデレラの家がお城からどれくらいの距離にあるかわからないけれど、硬い靴を履いて。しかもガラスではなく金や銀の靴の説もある」

「それは拷問ですね。お城に着くまでに足がすごいことになっているんじゃないですか？」

「ええ、わたしも薫ちゃんに同感。お城に着いてからだって、どちらの童話でも舞踏会で踊ったり階段を駆け下りたり。しかも舞踏会は数日続いたとか。それでなくても日頃働いて傷だらけだったシンデレラの足には残酷過ぎる。舞踏会に出たことで、シンデレラの足、どんな状態になっていたのかな。足が腫れ上がって痛くて、王子様と出会えた喜びに浸れる状況ではないと思うの」

「つまり、美桜が考えているのは、足に優しい靴だということ？」

「ええ。足を傷つけるものではなく、守る靴を作りたい。足に喜びを与え、履く女性を幸せにしてくれるような。薫ちゃんのようにイベント会場で駆け回っても大丈夫で、見つけた王子様《グッズ》を必ずゲットできるような」

「なるほど。それは大変重要です。となれば、靴の重さも考えないといけませんね」

薫が眼鏡のレンズを光らせて言うと、美桜は頷いた。

「ええ。シンデレラの足を守るとなれば、形もヒールの高さも考えないといけない」

「でもガラスか……。そこがつらいのよね。だったらガラス製の飾りにするか……」

「副リーダー、そうしたらガラスの靴ではないですよ。ガラスの靴というからには、靴の形状をしていないと。……榛木さん、おとなしいですけれど、なにか意見は……」

榛木は腕組みをして首を捻り、なにやら考え込んでいた。眉間に皺《しわ》を寄せ、難しそうな顔をした後、美桜に言う。

「リーダー、電話してきていいですか？　知り合いに聞いてみたいことがあって」

「わかったわ」

榛木が部屋から出ていった。

「もしかして、また情報を漏らしたり……」

燎子の心配を、芳人が笑う。

「あの後の彼を見ている限り、それはないだろう。今、彼を二重スパイにして、『KAYANO』には適当な情報を流している。首尾は上々だから、向こうも油断して動いていない」

笑う芳人と目が合った。すると次の瞬間、すっと視線を外されてしまう。

桃華の面影を重ねる美桜が蛇塚に拉致されたことで、桃華のことを過去として消化しきれず、今も芳人の心は乱れているのだろう。

表面上は大丈夫そうに見えても、やはりところどころに歪《ゆが》みは出ている。

（桃華さんは、副社長に苦痛を与えるために亡くなったわけじゃないでしょうに）

蛇塚に拉致された時に、舌を嚙《か》み切ろうとした美桜には、桃華の気持ちはわかる。だが、残された芳人を見ていると、そうしなくてよかったと心から思う。

美桜だって、大切な人に先立たれる苦しみは味わってきたのだから。

そんなことを思っていると、しばらくして榛木が戻ってくる。

「今、ソウちゃんに電話してきたんです。東亜大でガラス繊維の研究をしていると聞いていたのを思い出して」

「ガラス繊維？」

ソウちゃんとは誰だと思いながらも、聞き慣れない単語の響きに、美桜は心を奪われた。

「ガラスから作られた糸や綿のことです。ガラスの特性……耐熱・耐久性や、不燃性と、繊維が持っている柔軟性のいいとこ取りだそうで。ソウちゃんが前に、延々と説明していたのを思い出して。その時は俺、半分居眠りしちゃいましたが」

「ガラス繊維……硬質な素材ではないのね。それはいいわ」

燎子もまた〝ソウちゃん〟の存在を無視しながら賛同し、美桜も薫も頷く。

「ただ、人間が履く物に応用するには色々と問題があるみたいで……」

そこで碓氷が口を挟んできた。

「……割り込んで申し訳ないが、ソウちゃんって……まさか、吉澤宗一《よしざわそういち》先生のことか？　東亜大の教授で、高分子学の研究をされている」

碓氷の問いに榛木がそうだと頷くと、碓氷は芳人と顔を見合わせた。

「ええ、そのソウちゃんですが。それがどうかしたんすか？」

「日本ではトップクラスの研究者だ。昔『Cendrillon』で素材のアドバイスを貰いに訪ねたことがあるが、門前払いを食らってな。かなり気難しい方だったが、なぜきみと……」

「なぜと言われても……。前に酒の話で意気投合したんすよ。ソウちゃんに美味しい日本酒を奢《おご》る約束をして、何度か女子大生との合コンをセッティングしてもらいましたし」

碓氷は芳人とともに、呆気《あっけ》にとられている。

「ソウちゃん、そんなにすごいじいちゃんなのか。俺の友達には、もっと派手派手しい肩書きを持つじいちゃん、ばあちゃんもいるけれど。たとえば……」

現代の不動産王もいれば、世界でも有名な自動車メーカーの会長や、大組織の名誉理事長までいる。そうそうたる顔ぶれに、碓氷と芳人の顔が青ざめていく。

「きみは、一体どこでそんな伝説級の方々と知り合えるんだ？　俺や副社長ですら、会ったことがないのに」

「ん……。友達の友達だったから、一度話して俺も友達、みたいな？　表の顔がどうだか知りませんけど、みんな似たり寄ったりですよ。そこいらによくいる、自分や家族の自慢を繰り返し話し続ける、じいちゃんとばあちゃんです」

名だたる大御所を近所の老人のように扱う榛木を見て、碓氷も芳人も絶句する。

「いつも電話がかかってきて、茶を飲みにこいだの、週末囲碁の相手をしろだの、孫へのプレゼントを買うのに付き合えだの。仕事をしていても、営業の勉強という名目で武勇伝を延々と語られたり。こっちは暇人じゃないっちゅーのと思いつつ、自由気ままな年寄りの相手をしています。俺が営業成績で困れば、説教しながらも助けてくれることもありますし、……まあ、Ｗｉｎ‐Ｗｉｎの関係っすね」

美桜は、榛木のスマホがいつも震えていたことを思い出す。

（遊んでいるとしか思えなかったけど、天然の営業力、恐るべし）

これは将来大物になるかもしれない。いやもう、度胸はすでに大物だけれど。

「榛木くん。話を戻すけど、その教授が研究しているガラス繊維で、靴に応用できない問題を解決できたら、もしかして現代のシンデレラの靴ができるかもしれないのね？」

美桜の問いに、榛木は頷く。

「電話で聞いたところによると、研究中のガラス繊維の最大の難点は、丈夫だけれど伸縮しない、ということみたいで。それは靴にとってかなりのデメリットです」

「でも逆に言えば、そこがクリアできれば靴にすることができるということね？　見栄えの問題はさておき」

「それにどれくらいの時間がかかるのか、そこも問題ですよ、リーダー」

薫の指摘に美桜は頷いた。

試作品とはいえ、今月末日までには靴の形にしないといけないのだ。

リミットはあと十日あまり。

「俺が、ソウちゃんの尻を叩《たた》きます。甘いもの好きなので、リーダーにご馳走《ちそう》になったスイーツを毎日差し入れますよ。ソウちゃんが、泣いて喜びそうなものがあったので」

親睦のために買ってきたスイーツを、ここで役立てることができるのだろうか。

「後はそうした特殊なものでも加工できる技術を持つ、靴職人の確保ね。でも残念ながら、現在の『Cendrillon』には、こちらの要望に柔軟に応えてくれそうな職人はいない。そもそも靴部門をきちんと確立しておらず、靴だけは外注やコラボで間に合わせていたし」

『Cendrillon』の内情をよく知る燎子の指摘に、碓氷も芳人も苦笑しつつ頷いた。

燎子が榛木に靴職人の知り合いがいないか尋ねたが、いないと即答だった。

美桜は碓氷と芳人に言った。

「商品化するにあたり、問題点は多々あります。これらをすべてクリアするとして、ティアラに代わる『Cendrillon』の新作を靴で進めてもよろしいでしょうか」

他のメンバーたちも、じっとふたりを見つめた。

腕組みをする碓氷が、美桜を見つめ返して言った。

「——靴とは、正直盲点だった。確かに俺には、ティアラに代わる目玉商品が靴とは結びつかず、ドレスやアクセサリーなど派手なものに目が行きがちだった。それなら、豪華絢爛《ごうかけんらん》こそが美とする『KAYANO』のコンセプトとさしたる違いがない。だからこそ、『Cendrillon』で靴を打ち出す意味があるだろう。副社長はどうですか？」

「同感だ。ガラスの靴の弱点を、短期間で現代の技術でカバーできるのなら、僕からはやってみろと言いたい。そのための協力は惜しまない」

美桜はガッツポーズを作り、破顔して喜んだ。

そこに碓氷が言う。

「リーダーにひとつ質問する。きみはシンデレラの靴をどんなものにしたいと？」

「煌《きら》びやかなものではなく、わたしは……誰かを幸せにできる靴を提供したい」

履くことで笑顔になれるように。

王子様が来てくれると思わせるように。

亡き母が望んだ靴を——。

「ならば。『Cendrillon』は、『KAYANO』への意趣返しとして、『KAYANO』が忘れたコンセプトを取り入れよう」

「え？」

「——きみの亡くなったお母さんとのコラボだ」

美桜は感動に胸が詰まった。

できるのだろうか、そんなことが。

自分が母の想いを、シンデレラの靴という形にして世に残すことは。

「靴に名前をつけるとしたら？」

黒水晶の瞳が、優しく美桜を見つめている。

毎日働いて働いて、酷使され続けたシンデレラの可哀想な足。

それを包み込むような優しい靴ができるのだとすれば。

それはきっと――。

「『シンデレラの恋人』」

碓氷《あなた》のような靴だと思うから。

＊＊・＊＊・＊＊

ガラス繊維を使ったガラスの靴を制作するための問題点は、ふたつ。

伸縮性のないガラス繊維のデメリットをどう克服するか。

そして、特殊素材を扱うことができる職人を見つけられるか、だ。

さらに、十日以内に靴の形にしなければならない。

ガラス繊維の方については、誰もが専門分野外のため、ソウちゃん教授頼りになる。

気難しいとされる彼の懐柔役には、榛木を任命した。

榛木は責任ある仕事を任せてもらえたことが嬉《うれ》しくてたまらない様子で、必ずやり遂げてみせると断言した。

彼のスマホには、今まで美桜が買ってきたスイーツの感想と店舗情報が入力されていて、どの客や友達が喜びそうかの分析もされている。みんなが思っていた以上に、榛木は熱心な営業マンだったようで、早速、ソウちゃん好みのスイーツを買って会いにいった。

職人に関して、美桜はひとりの男を思い浮かべていた。

『KAYANO』とともに、変わっていく浩二に失望して辞めた、寡黙な靴職人。たしか名前は村上《むらかみ》だったと記憶している。

小さい頃、工場で可愛がってもらったが、辞めた後はどうしているかわからない。年齢は浩二と同じくらいだったはずだから、現在五十には届いていないはずだ。まだ現役で働いていてもいい年齢である。

（今、どこにいるのかしら……。手がかりがなにひとつない……）

美桜は頭を抱えて机に突っ伏してしまった。すると、燎子と靴のデザインを考えていた薫が、見兼ねて声をかけてくる。

「どうしました、リーダー？」

「靴職人で適任者がいるんだけれど、どうしても昔の記憶が曖昧過ぎて、探すこともできなくて。今も靴を作っているのかわからないし。ちょっと強面で丸眼鏡をかけ……あれ」

美桜は『souliers de verre《スーリエ ドゥ ベール》』で、どこかで見た顔だと思いながら結局は思い出せなかった、謎の男性のことを思い出した。

それは美桜がついた客ではなかったが、別のテーブルで、妙に居心地悪そうにしていたため、気になったのだ。彼は二度ほど、ふたりの男性とともに来店したはずだ。

（そうだわ、ママなら知っているかも。確かあの時、メインでテーブルについたのは……）

美桜は部屋から出て、綾女に電話をした。

「ママ、オープン前の忙しい時にすみません。至急お尋ねしたいことがありまして。去年の秋頃、二度ほど四番テーブルに三人連れで見えられた、初老のお客様のことです。確か、冬に辞めた麗子さんがメインでついていたかと」

『麗子ちゃんが接待した、三人……？』

「ええ。ひとりはとても恰幅《かっぷく》のいい白髪頭の元気な方、その隣にはひょろりとした青白い顔の方、そしてその隣に終始無言で居心地悪そうにしていた、丸眼鏡をかけた強面の……」

『もしかして、秋本様方のことかしら。美桜ちゃんが言った順に、秋本《あきもと》工務店の秋本社長と、白田《しろた》副社長と、村上専務さんだと思うわ』

（村上……多分、そうなんだわ！）

「実はその村上さんを探しているんです。あの専務さん、お母さんが生きていた頃、靴ブランドだった『ＫＡＹＡＮＯ』で、お父さんとともに靴を作っていた職人さんで。今、仕事で彼が必要で、どうしても作ってもらいたい靴があるんです」

『……わかったわ。取り持ってあげる。確かに専務さん、靴を作っていたから手先が器用だと聞いたことがあるわ』

「よろしくお願いします」

仕事の早い綾女のおかげで、『ＫＡＹＡＮＯ』の靴職人だった――村上陽二《ようじ》と連絡がついたのは、それから十五分後のことだった。早速工務店に会いにいこうと思ったが、外出中だということで、彼から電話がかかってきたのだ。

『ああ、茅野のお嬢さんか。覚えている』

そう懐かしむような声を出してくれたのに。

『靴はもう作っていないんだ。きみには悪いが、履く人に笑顔になってほしいと作った靴が、金儲《かねもう》けの道具になっていくのを見るのがつらくなってね。人を幸せにするどころか、人の欲にまみれた不憫《ふびん》な靴への懺悔《ざんげ》で、もう二度と作らないと決めたんだ』

「そこをなんとか、お願いしたいんです。今わたしたちは、昔の『KAYANO』のような靴を作りたくて。そのためには、確かな技術と信念を持った職人さんが必要なんです」

『……いいかい。技術は身に染みついているものだから失われることはないが、一度失った信念は簡単に蘇《よみがえ》るものではない。あの時の情熱を、作った靴を、私は忘れてしまった』

言いたいことはわかる。

『KAYANO』も、父も変わりすぎてしまったのだ。

靴も泣いていることだろう。靴を作り出した職人《おや》なら尚更、靴《こども》の嘆きに心が痛むはずだ。

それでも、引き下がるわけにはいかない。

彼が、『KAYANO』を憎々しく思っているということは、履いている人を幸せにしたいという信念が、まだ彼の中に息づいているということなのだから。

「ならば、当時を思い出せるものがあれば、作りたいと思っていただけますか？」

『そんなもの、あるわけはない』

「……あります。『KAYANO』の源流は、まだ」

『あるのだとして。それが私が靴を作る理由には……』

「させてみせます。わたしは父とは違う。今の『ＫＡＹＡＮＯ』に忸怩《じくじ》たる思いがあるからこそ原点に戻り、父に思い知らせてやりたいんです。父が愛していた靴を復元したい。そのためには、父の片腕だったあなたが必要です。他の職人さんでは駄目なんです」

わずかな沈黙の後、村上は重々しく告げた。

『……ならば、それを持ってきなさい。話はその時にしよう』

「ありがとうございます！」

なんとか情熱だけは伝わったようで、美桜はほっとした。

（第一関門はクリア。第二関門は——）

「実家に戻る？」

美桜の申し出に、給湯室に呼び出された碓氷が不機嫌そうな顔をする。

「忘れ物を取りに、という意味です。まぎらわしくてすみません」

「俺は、あの家に近づいてもらいたくない。俺が取りにいくのは駄目なのか？」

「ちょっとわかりにくいところにあるので。……取り戻したいのは、母が残したノートなんです。日記帳みたいなもので、そこには当時……母が靴のイメージを書いていて」

元々は母がイメージを描き、父がそれを靴にしていた。

初期の『ＫＡＹＡＮＯ』のデザイナーは、母だったのだ。

「それがあれば、村上さんも思い出してくれると思うんです。母の描いたイメージこそが、

『ＫＡＹＡＮＯ』の原点なので」

　家に戻れば、誰かと鉢合わせをするかもしれない。

　美桜の身体が、数日前の恐怖を思い出す。

　それでも——逃げるものか。

　そう思う美桜の目には、怯《おび》えはなかった。

＊＊・＊＊・＊＊

　茅野邸——。

　美桜が実家に戻る条件として、護衛役を申し出た碓氷と燎子がついてきた。

　燎子は幼い頃から、数種の護身術を学び、武道のどれもが黒帯の腕前だそうだ。

　玄関のドアは鍵がかかっており、中には誰もいないようだ。

「ＳＰなど見張りがいないということは、屋敷の中には蛇塚はいなさそうだな」

「ええ。あの義母と義姉が、犯罪まがいのことをしている半グレリーダーと同居するとは思えません。それに万が一誰かに目撃されれば、無関係だと言い逃れもできませんし」

　碓氷は頷いた。

「俺と芳人が信頼する調査機関もそう言っていた。そこには優秀な調査員が揃《そろ》っているから、まもなく蛇塚の居所はわかるだろう」

公的機関が屈した代議士の力をものともせず、具《つぶさ》に調査してくれるところがあるのはありがたい。

「美桜の実家がこれだけ広いなら、お手伝いさんや料理人はいるわよね。誰もいないのってておかしくない？」

「お金の無駄だと、そういう人は雇っていなくて。わたしがひとりでやっていたの」

　すると燎子は、驚きに目を見開いた。

「美桜は社長令嬢で、社長の実の娘でしょう？　そんな扱いされて、なんでぶちのめ……おほほ、失礼。怒らないの？」

「泣いて怒って叫んだところで、なにも変わらなかったから。下手に逆らえば、あることないことお父さんに言われるだけだし。……見て、わたしが家にいないと荒れ放題。さすがにリビングは父がくつろぐから片付けているようだけど、至るところに埃《ほこり》や髪の毛が。食事は……お父さんに作っていたのかしら。それともお父さんが作っていたのかな。昔……お母さんに作っていたみたいに」

「美桜……。よく我慢して頑張ってきたわね」

　燎子は目に涙を溜《た》めた美桜をぎゅっと抱きしめた。

「室長、そんなに睨《にら》みつけなくても、これくらいいいでしょう？　余裕ない殿方は、愛想尽かされますよ」

　碓氷が明らかに動揺したため、愛想尽かしませんと美桜は笑った。

そして、ふと思うのだ。

十日後、自分はこうしてまた、笑っていられるだろうか。

初めての友達、初めての恋人が、こうしてそばにいてくれるだろうか、と。

そんな不安を振り切るようにして、ふたりを二階に案内し、廊下の一番奥のドアノブを回してドアを開けた。

「――――っ⁉」

美桜は慌ててドアを閉めた。

そして動揺を鎮めるよう深呼吸をしてから、再びドアを開いた。

やはりそこにあったのは美桜の部屋ではなく、服やバッグだらけの衣装部屋だった。

「わたしの部屋がなくなってる！　そんな……わたしの持ち物はどこに⁉」

別の部屋を探してみるが、美桜の新たな部屋はおろか私物は見つからなかった。

「人のものを勝手に処分するなんて……！　大体あの部屋はお母さんの部屋で……お父さんが、わたしに使わせてくれるって……！」

美桜はハッとして最初の衣装部屋に戻った。

収納していたクローゼットが取り払われて、芙祐子と春菜のドレスがかかっている。

「やっぱりない！　お母さんの形見の品も！」

美桜は悲鳴交じりの声を出した。

「ゴミに出されたってこと⁉」

燎子の声を聞き、美桜は反射的に屋敷の裏手にあるゴミ捨て場まで走った。
(あの母子が、ゴミの分別なんてするはずがない！　だったら、もしかして……)
泣きながら駆け寄ったゴミ捨て場には——。
「よかったああああ！」
『収集できません』とシールが貼られたゴミの山があった。
可燃物と不燃物が混在しているため、ゴミ収集車も困って残していったのだろう。
美桜はゴミ袋を開ける。
そこに入っていたのは——美桜が大事にしていた、形見の靴や服だった。
切り裂かれ、痛ましい姿に成り果てていた。
美桜はそれらを抱きしめると、泣いた。
母が無残に葬られた気がして、悲しくて悲しくてたまらなかった。
そんな美桜を見ていた碓氷は、たまらずに顔を歪めると、ゴミごと美桜を抱きしめる。
後からやってきた燎子も事態を察して、絶句したまま固まっていた。
そして燎子は言う。
「あいつら、ぶん殴る」
令嬢らしからぬ物言いに、美桜は泣きながら笑ってしまった。
「傷害罪で訴えられます。お気持ちだけで十分……」
そんな時、ゴミ捨て場に輪ゴムが落ちているのに気づいた。

それは別に不思議なことでもない、ただのゴミのひとつ。

しかし美桜には、天啓のように閃《ひらめ》くものがあった。

「ゴム……」

――ガラス繊維の最大の難点は、丈夫だけれど伸縮しない、ということみたいで。

美桜はガラス繊維のことはわからないが、ガラス繊維と伸縮性のある強化ゴムのようなものを織り交ぜることはできないだろうか。

伸縮可能な靴。

どんな状態の足をも包括できる優しい靴。

「浬さん、燎子さん……ゴムです！　ゴムですよ！」

きょとんとするふたりに、美桜は破顔した。

＊＊・＊＊・＊＊

「ゴム……はいいとして、なんだ？　三人で抱えてきた、このゴミ袋の山は」

唖然《あぜん》としている芳人に、美桜はゴミを漁りながら言う。

「この中に、靴職人さんをゲットできる、魔法のノートがあるはずなんですが……」

碓氷も燎子もゴミを漁っているため、薫も真似をすると芳人も手探りを始めた。

さすがに副社長のすべきことではないと美桜は止めたのだが、面白そうだと言ってきかず、腕捲《うでまく》りをして本格的にゴミを漁り始めた。

だがそのゴミ袋の中身は、美桜が綺麗《きれい》にしていた母の遺品だけではなかったようだ。

「うわ、なんなのあの女。これ、一体なによ。どこを拭いたものなのよ！」

ティッシュにべっとりとついた、謎の茶色いもの。

燎子が顔を顰《しか》めると同時に、いつも表情を崩さない薫までもが、真っ赤に染まった己の両手を見て悲鳴を上げた。

「薫、それはただのケチャップよ」

「ひ……。なんだか、ホラーでカオスな世界……」

「ごめんね、薫ちゃん。軍手使って！」

しばらくすると榛木が戻ってきた。

美桜は茅野家から出るとすぐ榛木に電話をして、ガラス繊維の弱点を補うのにゴムを利用できないか、素人考えではあるが榛木に聞いてもらっていた。

「みんなでなにやってるんすか？」

「榛木、あんたの担当はこの袋。ノートを見つければあんたの勝ち。GO！」

ゴミ袋を押しつけられた榛木は、なんだかわからないまま中を漁りながら言った。

「あ、リーダー。ゴムの件ですが。ゴムはゴムでも室長がよく使うゴムではない方の……」

すると碓氷が咳払《せきばら》いをしたため、榛木は肩を竦めて言った。

「ソウちゃん、ゴムはエントロピーだのなんだの難しいことを言って、これだから素人はと馬鹿にしたから、だったらゴムの研究者を紹介するから、研究者なら研究者の意地にかけて新開発くらいしてみろと、ゴム会社で理事兼ゴム研究をしているシゲじぃを紹介したんですよ」

そこで、芳人が手を止め、引き攣《つ》った顔で榛木に尋ねた。

「ゴムのシゲじぃって、海東ゴム理研の小金井《こがねい》茂治《しげはる》理事のことでは……」

「よくご存じですね、副社長！　理事っていっても形ばかりで、いつも研究に没頭している暇人みたいなんですけど。実は釣り仲間なんすよ。で、シゲじぃはものすごくやる気で、切れないゴムを開発するんだとすぐやって来ました。こうなったらソウちゃんだって、やらないわけにはいかんでしょう。俺にはわからない単語でふたりが会話を始めたから帰ってきたんですが、あの調子ならなんとかぎりぎり開発できるんじゃないですかね？」

こともなげに榛木は言うが、碓氷も手を止めて苦笑している。

「あのふたりを引き合わせるなんて、すごいことをしたものだ。もし完成できたら、色々な業界で話題になるぞ」

「まあ水と油のような正反対な性格をしているふたりですが、基本、すごく探究心があるんですよね。だからなんだかんだいいながら、いいコンビになると思いますよ。明日もスイーツや弁当持ってせっつきに行ってきます。きっと飲まず食わずで研究している気がするんで。もう若くはないんだし、ミイラになっていたら困る……あったあああ！」

榛木が一冊のノートを取り上げて声高らかに叫ぶ。

しかし、薫もまたノートを手にしていた。

「茅野さん、当たりのノートは何冊あるんだい？」

「……多分、日記帳なので十冊は……」

美桜はパラパラとノートを見る。

染みがついてしまっているが、懐かしい母の字で想いが語られていて、ほっこりする。

「うわ、リーダー。きゃわいい。つるぺたちゃんですね」

榛木が手にしているのは、ノートに挟まっていた一枚の写真。

それは赤子の美桜が、全裸でおしめを替えられている最中のものだった。

よりによってなぜ母はそんな写真を挟み、榛木はそれを見つけてしまったのか。

「いやあああああああ‼」

美桜の悲鳴に、碓氷の怒りの拳骨を食らった榛木の悲鳴が重なるのだった。

＊＊・＊＊・＊＊

それから数日が過ぎた。

元靴職人の村上は、美桜が持参した亡き母のノートと、昔を語る美桜の懸命な想いに心を動かされたようで、少しずつ反応が変わってきていた。

さらに碓氷と芳人、そして綾女まで協力してくれて、毎日のように手土産を持って工務店の専務室に通い詰め、工務店に大きな仕事まで発注したため、村上は観念したようだ。

新素材のサンプルが完成したら、靴にできるかどうか試してみてから決める……というところまで話は進んだ。

――その熱心さ、昔の自分にあったものだからね。

村上はそう苦笑した。

父はどう思うだろうと、考える。

辞職を申し出た村上に、『KAYANO』への裏切りだと罵倒したと聞く。

再び形になった母の想いが詰まった靴で、なにかを感じてもらいたい――。

「わたし、営業とかやったことがなかったけれど、少しずつ相手が心を許してくれるようになったことがわかるのは、嬉しいものね」

プロジェクトルームで、メンバーたちとデザインの案を練っていた美桜は、蕾《つぼみ》が花開くかのようにふわりと笑った。

「わたし、今がすごく楽しくて。ティアラの時もそうだったけれど、メンバー全員で同じ方向を向いて知恵を振り絞って形になるって、とても素晴らしいと思うの。みんなと一緒に仕事ができて、わたし本当によかった。色々と大変なことはあるけれど、みんなと一緒なら乗り越えられると思う。絶対、完成させようね」

燎子と薫が目を潤ませて頷いている横で、榛木が赤い顔をして、もじもじして言う。

「最近、リーダー、すごく綺麗になりましたよね。こうキラキラしていて」

「え、本当？　毎日が充実しているからかな」

綺麗になったと、碓氷も少しでもそう思ってくれているといいなあと微笑むと、またそれが榛木の心を摑《つか》んだようだ。

鼻息を荒くした榛木が、がしっと美桜の手を摑んで言う。

「あんな怖い室長などやめて、俺はどうです？　どうせすぐ使い物にならなくなる年上男より、年下の方がいつまでも……」

「悪いが、使い物にならなくなる予定はこの先もない」

背後からの低い声に、さぁっと榛木の顔から血が引く。

「それと、美桜がお前や他の男のものになる予定はない。なぜなら、俺が離さないからだ。文句はあるか？」

「いいえ、ありません……」

「大体お前は……」

「うわ、室長言い切ったよ……。しかもなにげに呼び捨て」

薫がそう呟《つぶや》くと、燎子もひそひそと言う。

「最近、美桜に声をかける男が多くなったからね。肝心の美桜は、〝ありえない〟と取り合わない、まったくの鈍感ちゃんだからどんな男にもいつもニコニコしているし」

「大変ですよね、室長も。前、休憩室でリーダーにやたら声をかけていた男性社員を脅しているのを見ました」

「あちこち監視しないといけないから、最近余裕がなさそうだしね。でも美桜がそばにいると嬉しそうだし。まさかツンデレ属性だったとはね」

「どうして恋人だって公言しないんですかね？」

「さあ……。私とは違ってお似合いだから、隠すことないと思うのに」

ゴホンゴホンと碓氷が咳払いをする。

榛木に説教をしていても、地獄耳らしい。

そんな時、榛木の電話が震え、これ幸いと榛木は電話に出た。

「あ、ソウちゃん、ちょうどよかった。……え？　はあああ⁉　断ってくださいよ。ソウちゃんとシゲじぃの研究結果はうちが買い取るんです。駄目ですって、付き合いならこっちだって古いんですよ⁉　今、副社長連れていきますから、絶対帰さないでください！　音羽を相手にふざけたことを」

どこから情報が漏れるのか、新しい素材に目をつけた企業が、利権を巡って色々と裏で動き始めたようだ。昨日もその手の話を榛木が潰したばかりだった。

「では室長、皆さん。俺は戦いに行ってまいります。リーダー、アデュ～」

「美桜に投げキスなんてしないで、さっさと行け！」

碓氷が榛木の尻を蹴り飛ばした。

それを見て、美桜がくすくすと笑う。

最近、碓氷の顔に感情が出るようになったと思う。

とはいっても、怒ってばかりではあるけれど、少しずつ心の鎧《よろい》のようなものが剝がれている気がして美桜は嬉しかった。

もっともっと、素の彼を見たいから――。

ただ、唯一碓氷が素の顔を見せていたはずの芳人とは、なにかぎこちない空気が流れているように思える。

(きっと浬さんは副社長を気遣いすぎて、副社長は浬さんに心配かけまいと遠慮しすぎて、歯車が嚙み合わなくなってしまっているんだわ)

――時間を見て、芳人とはもっと腹を割って話さないといけないかもしれない。

碓氷も気にしているらしく、よくぼやくようになった。

笑い合って信頼しあえるふたりに、早く戻ってほしいと美桜も思う。

一時間ほどしてから榛木から電話があった。

『リーダー、やりました。副社長が貫禄《かんろく》で敵を撃破してサンプルGETです。ソウちゃんとシゲじぃ、約束より早くに形にしてくれました』

「本当!? だったら村上さんのところに寄りたいから、すぐそっちに行くわ」

碓氷も燎子も薫も、サンプル素材を見たいというため、全員で東亜大の研究所へ向かう。

燎子と薫は、吉澤教授《ソウちゃん》と小金井理事《シゲじぃ》に会うのは初めてだ。挨拶を済ませ、手にした素材に一同が驚く。

それは思った以上に軽く、そしてしなやかだったからだ。

「繊維が細いから、遠目ではラメが入ったように見えますね」

「これなら足の形も見えないし、足にフィットするわ」

薫も燎子も感嘆の声を上げた。

芳人も碓氷も大丈夫だろうということで、村上に電話をして大至急届けることにする。

次は村上の技術にかかっている。

長年のブランクがあるため、少しでも制作期間を延ばしたい。

今日届けて五日後にできあがるかは、村上の腕次第となる。

「うわ、渋滞だ……。これは何時に工務店に着くかわからんな」

碓氷が運転する車が、交通渋滞に巻き込まれてしまった。道を変えようにも動かない。

「あと少しで着くのに……。村上さん、外出しちゃうわ」

薫が窓から外を眺め、そして美桜に尋ねる。

「リーダー、村上さんがいる会社って、千駄ヶ谷でしたよね？」

「ええ。この道をまっすぐいけば、左手に出てくるけど」

「だったら私、走ります」

薫が眼鏡のレンズをきらりと光らせて言った。

「走るって、車ならすぐ着くけど、何分かかるか……」

「それでも車で行くよりは早い。……私、目的物《ブツ》を手に入れるために、ひとを避けながらイベント会場を走り回るので、機敏性と体力には自信あります。しかも今回はこんなに軽いサンプルだけですし」

「薫ちゃん……」

「ちょっとね、榛木さんが名誉挽回《めいよばんかい》をして、ハシバミの木としてスマホを震わせ、靴のための新素材を落としてくれているのに、私はただイラストを描いているだけ。それに引け目を感じて。馬車担当としては馬車らしく、ど根性で目的地まで走りたいです」

そして——薫は車を降りると走り出す。

鼻息荒く、まさに馬の形相だった。

「すごい、薫ちゃん。あれなら日本新記録出せそう……」

開けた窓から顔を出しながら、美桜がぼそりと呟くと、碓氷も助手席の芳人も、後部座席にともに座っている燎子も、声をたてて笑った。

かなり早い時間に到着した薫に、村上は上機嫌だった。

「走って届けてくれるとは。やっぱり靴は作らないとは言い切れなくなった。参ったな」

笑う村上に、美桜と燎子は、燃え尽きて煤《すす》になりかけている薫を揺さぶって喜んだ。

「この後の予定はキャンセルにした。これから早速作ってみようと思う。よかったら自宅に来るか？　実はガレージに靴の作業場がある。私の父親もまた靴職人で、昔は靴屋だった店を自宅に改装したんだ。もう靴は作らないと決めたのに、靴を作る場所は捨てることができなくてね。作業場は私にとって神聖な、人生そのものの場所だったから」

苦笑して語る村上の思いを聞きながら、美桜はメンバーたちと見学をすることにした。

一同は、薄暗いじめじめとした空間に、埃を被った機材が現れると思っていた。

しかし、年季の入った作業机や棚は勿論《もちろん》のこと、小さな道具のひとつひとつに至るまで、塵《ちり》ひとつない清潔な状態で保たれていたことに、誰もが驚いた。

そこに村上の捨てきれぬ靴への愛情を見いだした美桜は、同時に幼い時によく見ていた靴を作る父の姿を思い出して、切なくなる。

父にはもう、靴への愛情はないのだろうか。

誰よりも靴を大切にして、母を喜ばせる靴を作ることを生きがいにしていたのに。

美桜が感傷に浸っていると、一旦家屋に戻ったはずの村上が、手に数冊のノートを持って、再び現れた。

「美桜ちゃん。これ……、お母さんのノート、これは読んだ方がいいと思って。きみは全部読んでいないんだろう？」

「ええ……」

村上から手渡された四冊のノートを受け取り、美桜はそっと胸に抱く。

母が戻ってきたようで、心がじんわりと温かくなった。

それから数時間後——。

村上が披露した靴職人としての腕は、ブランクを感じさせない確かなものだった。

技術は申し分がなかったが、つま先の形やらヒールの高さや形状など色々もっと突き詰めなければならない現実的な問題があり、その都度一同は、討論を繰り返した。

やがて、腕時計を見た芳人が、申しわけなさそうにして言う。

「すまない、これからどうしても外せない打ち合わせがある。終わったら戻ってくるから、ちょっと抜けさせてもらっていいか」

そんな予定は美桜も聞いていなかったし、碓氷も同じらしい。

（こんな時に、女性の元に行くとは思えないわ。だったら……）

本当に仕事が入ったことですら、碓氷に気軽に言えなかったのだろう。

碓氷もそう考えたのか、強張った顔をして芳人についていこうとした。

「必要ない。室長はこっちを優先して統括して。僕の打ち合わせはここから近い三橋商事だ。タクシーで行くから」

「しかし……」

「ひとりで大丈夫だから！」

語気を強めた芳人の拒絶に、碓氷はわずかに傷ついた顔をして従った。

芳人は碓氷を背にして歩き出す。

美桜は碓氷に合図して、芳人の後を追いかけた。

「副社長、わたしがついて行きます」

「なにを言っているんだ、きみは責任者だろう？　僕のことはいいから……」

「でも、副社長……顔色が悪いのがとても気になって」

白皙《はくせき》だから、青白さが目立つのだ。

気づいたのは、少し前。討論の最中だった。

顔色の悪さとともに、いつになく芳人がぼうっとしていたことも気になっていた。

「体調不良を室長に気づかれたくなくて、別行動をしたのでは？」

「考えすぎだ。僕は大丈夫だから、きみは仕事……」

頑なに美桜を突き放そうとする芳人は、足元をふらつかせる。慌てて美桜が両手で支えると、その身体の熱さに思わず声を上げた。

「ちょっ、副社長……！　お熱があるんじゃ……」

「大丈夫、慣れているから」

「そんなのに慣れる人間はいません！」

——あいつは限界まで我慢するから、熱を出して突然倒れるんだ。

以前、芳人の女遊びのことを話していた時、碓氷はそう言っていた。

（副社長を倒れさせるわけにはいかない……）

「打ち合わせはキャンセルしましょう。三橋商事の電話番号は覚えていますので」

「いや、キャンセルはしない。大事な商談なんだ……」

芳人の強い意志とは裏腹に、息が荒い。

どうしてこんな状況になるまで気づかなかったのだろうと、美桜は唇を噛みしめる。

早く休んでほしいのに、彼は頑なに仕事をしようとする。ここで押し問答をしていても、芳人の身体がつらくなるだけだ。

（なにがそこまで、副社長を駆り立てるんだろう。ああ、もうこうなったら……）

美桜は手を上げてタクシーを捕まえると、後部座席に芳人を押し込み、自分も乗り込んだ。そして運転手に三橋商事の住所を告げ、車を走らせた。

「向こうには燎子さんや薫ちゃんも室長もいる。だけど副社長はひとりです。僭越《せんえつ》ながらわたしがサポートします。ちゃっちゃと打ち合わせを終わらせて、家で寝ましょう」

「しかし……」

「副社長。頑固な男は嫌われますよ。桃華さんもそう言うと思います」

桃華の名を出すと、芳人は押し黙る。

「到着まで寝ていてください。副社長の体調に気づかず、申し訳ありませんでした」

「きみが謝ることは……」

「室長も同じことを言ったはず。副社長のご無理はわたしたちの自責の念を強めるだけ。部下を気遣ってくださるのはありがたいですが、倒れられたらただのありがた迷惑です」

美桜はわざとストレートにそう言うと、こう続けた。

「『まったく、浬くんに心配かけさせまいと強がって壁を作るから、ふたりの仲が拗《こじ》れに拗れた挙げ句に、それを気に病んで体調を崩し、こんな新米秘書に手厳しいこと言われるのよ。浬くんとぎくしゃくしてつらいなら、ぐだぐだ悩まず浬くんを飲みに誘い、腹割って話して仲直りしなさいよ！』……と、桃華さんは言われるかと」

「それはきみの言葉だろう。桃華はそんなことは言わない」

美桜の思惑通り、ようやく芳人の口から桃華の名が出てきた。

桃華は禁忌の存在ではない。無理に忘れようとするから苦しいのだ。

碓氷のように芳人を思って桃華の話題を口にしないのもひとつの優しさであるが、それがトラウマをぶり返した芳人の体調不良に繋《つな》がるのなら、アプローチを変えた方がいい。

美桜は桃華ではないことを自覚させ、ストレスの元になっている芳人の中の桃華を、明るい思い出をもつ存在に昇華させてやること。

それは、桃華を知らない第三者の美桜だからできるはずだ。

「あら。わたしと桃華さんを同一視していることが気まずくて、わたしの目を直視できなくなった副社長のお言葉とも思えませんね。それではまるで、わたしと桃華さんが別な人間だと、はっきりおわかりになっているかのようですが」

「きみは……弱っている僕に、ダメージを与える気か」

「『大丈夫なんて言っていたくせに、やっぱり弱っているのを自覚していたのね。ダメージを受けたくないなら、まずは目を瞑《つぶ》って眠って少しでも元気になる！』……と桃華さんなら言われるかと。……あ、わたしの言葉ではありませんので、あしからず」

芳人は渋々目を瞑った。

「……副社長、桃華さんの言葉なら随分と素直ですね。あ、子守歌、いりますか？」

「いらない。大体桃華は、そんな風に叱りつける女じゃないし」

「ではどんな方だったのか、室長との仲直りの宴会の席ででも聞かせてください」

すると芳人が口元だけで弱々しく笑った。

かなり無理をして、つらかったのだろう。

「副社長、頑張りすぎです……」

すると芳人が小さな声で呟いた。

「……頑張らないと……価値がないから」

それがあまりに悲しみに満ちて、美桜は言葉が出てこなかった。


三橋商事での打ち合わせは二十分ほどで終わり、無事に契約も取れた。

美桜が気転を利かせて的確にサポートしたおかげで、芳人は終始笑顔を崩さず、体調不良を悟られずに済んだが、帰りのタクシーに乗り込むや否や、彼は倒れ込んでしまった。

芳人の熱はかなり上がっており、意識が朦朧《もうろう》として苦しそうだ。

美桜は慌てて碓氷に連絡し、彼の指示でかかりつけの病院に向かうことになった。

処置室の前で美桜が椅子に座っていると、息を切らした碓氷が現れた。

「芳人は⁉」

「今、そこの処置室で眠り、点滴を受けています。心労に過労、睡眠不足に栄養失調だと」

「全部じゃないか！　最悪状態だったことに、俺が気づけなかったとは……」

碓氷は片手で顔を覆った。その忸怩たる思いは美桜も同じだ。

プロジェクトのことは燎子に任せてきたと碓氷から聞き、美桜から経過報告も兼ねて燎子に連絡すると、今日はそのまま碓氷とともに副社長に付き添ってほしいと言われた。

愛する人が病院にいるのに、自分も行くと燎子が言わなかったのは、副リーダーとしての責任を自覚しているからだ。動揺しつつも、なにを優先すべきなのか冷静に判断できるところが、今まで芳人の専属秘書に選ばれていた理由だろう。

「浬さん、燎子さんにお願いされました。副社長が仕事をしようとしたら、ベッドに縛りつけてでも阻止してくれと。こちらのことは自分が責任を持ってまとめあげるから、わたしたちは副社長を元気にすることに専念してくれと。……燎子さんも、副社長に元気がないことは気づいていて、密かに心配していたようです」

美桜が碓氷にそう言うと、碓氷はため息をついた。

「これは、なんとしてでも芳人に元気になってもらわないといけないな。たとえ喧嘩《けんか》をしてでも、あいつのガス抜きをしないと」

「同感です。あの、こういうのはどうでしょう」

美桜が今後のことを碓氷と話し込んでいると、処置室のドアが開いて芳人が出てきた。

芳人は美桜だけではなく、碓氷もいることに気づくと、決まり悪そうに苦笑した。

「大したことないよ。熱も下がって、もう元気になったし」

顔の赤みはとれたものの、元気そうには見えない。

「……芳人。選ばせてやる。ここに入院し、質素この上ない病院食を食べ続けて回復を待つか。それともお前のマンションに俺たちを泊まらせ、美桜のうまーい手料理を食べて回復を待つか。ちなみに俺が回復したと判断するまで、仕事は厳禁だ。外出も許可しない」

（うん、副社長の一大事に、浬さんも調子を戻したわね。副社長、戸惑ってる）

「ちょ……勝手に決めるな。なんだよ、それは」

「副社長が社畜になったら、部下に示しがつかない。音羽コーポレーションはブラック企業だと噂《うわさ》されて、株価が下がったらどうするんだ」

「か、株価って……」

そこに美桜がこほんと咳払いをして言った。

「桃華さんもそう言うと思います。どちらかを選べと」

すると芳人は苦虫を噛み潰したような顔で、碓氷が提示した二択のひとつを選んだ。

「なぜだ。なぜ美桜が言うと、芳人は素直に従うんだ」

納得がいかないらしい碓氷に、美桜は平然と言った。

「浬さん。副社長が従っているのは、わたしではなく桃華さんです。こんな新米秘書が、副社長を従わせるなんて大それたこと、できるはずがないじゃないですか」

芳人は答えない。むくれているようだ。

――芳人は、病院嫌いなんだ。だから入院は絶対拒む。

そう事前に碓氷が美桜に言っていた通り、芳人はマンションに戻ることを選んだ。

芳人のマンションは、碓氷のマンションに負けない高層型の高級マンションだ。

碓氷によってパジャマに着替えさせられた芳人は、リビングのソファに座り、クッションを抱きしめている。

「そんなに食材を買ってきたところで、僕は食欲がないから食べない。帰れ」

「お前がむくれて駄々っ子になる時は、大抵、熱で頭がぼーっとしている時だ」

「僕は元気だ。病人扱いするな」

怠そうな顔で強がりを見せる。いつもより幼く見えるのは熱のせいなのだろう。

「ふふ、副社長。意地っ張りな人ほど、具合悪くても元気だと言い張り、空腹でも食欲がないと言い張るものです。……さあ、お食事ができました。お口に合うといいですが」

美桜はキッチンで手早く料理を作り終えると、碓氷とともに、芳人のいるリビングのテーブルに料理を運んだ。

とろろが添えられたウナギ丼に、ネギと豚しゃぶのスープ。ほうれん草のおひたしや、納豆とチーズの包み揚げなど、精がつきそうな料理がテーブルに並ぶ。

だが芳人の前にあるのは、土鍋で炊かれた粥《かゆ》だ。おかずは梅干し一個のみ。

匙《さじ》を握りしめた芳人が文句を言った。

「あのさ。なんで僕はお粥と梅干し一個なんだよ」

すると美桜は大仰なほど、驚いてみせた。

「え？　副社長は食欲がないと仰るから……」

「芳人。土鍋で炊いた粥の、なにが不服なんだ。まずは食ってから文句を言えよ」

芳人は碓氷にじとりとした目を向けた後、匙で粥を掬《すく》って口にする。

「おいしい、けど……ふたりが食べてるそれ、病み上がりの時に、すごく食べたくなるものばかりなんだけど！　浬は知っているよな⁉」

「そうだっけ？　食欲がないなら、残念だな。美桜の手料理は最高なのに。ああ美味い」

碓氷が絶賛して顔を綻ばせた途端、芳人が碓氷のウナギ丼を奪った。

「お前、俺のウナギ丼……」

「……お腹が減ったんだよ。僕もウナギが食べたいんだ！」

美桜は碓氷と顔を見合わせると笑い、別に用意していた芳人の分を持ってきた。

みんなでわいわいと賑《にぎ》やかに食べれば、きっと芳人の食欲も出るはずだ。そう考えた美桜は、事前に碓氷から芳人の好みを聞き、かつ栄養価の高そうなものを選んで作った。同時に、急な食事は胃腸に負担がかかるかもしれないと、消化のよい粥も用意していた。

芳人が意地を張り続けるから、碓氷の提案で意地悪をしたのだ。

これをきっかけに、芳人の顔にも笑みが戻り、刺々しさがなくなってくる。

「さあ、食事の後片付けが済んだから、これからは宴会の時間だ」

碓氷は、ウイスキーのボトルをテーブルの上に置く。

美桜は、氷を入れたアイスペールとグラスを二客運んでくると、トングでグラスに氷を入れ、慣れた手つきで碓氷から渡されたウイスキーを注ぐ。

「それ、僕の秘蔵の……。お前に内緒にしていたのに、どうして知ったんだよ。……って、まさか熱を出した僕に、アルコール度数が高いそれを飲めと？」

「お前、元気になったと豪語していただろう。だったら飲めるよな」

「……っ」

「返事がないということは認めるんだな？　まだ身体は回復してないと」

「それは……その……回復中です」

少しだけ素直になったのは食事効果なのか。

さすがに今の体調では、ウイスキーは無理だと判断できる冷静さは戻ったらしい。

「そうだと思ったよ。これは俺と美桜の分。お前の分は……」

碓氷は立ち上がると、キッチンの調理台に用意していた飲み物を取ってくる。

それはビールジョッキに並々と注がれた……青汁だった。

だが毒々しい緑色はしておらず、パステルカラーの色合いだ。

「甘い物好きなお前のために、粉末の青汁に牛乳を混ぜて蜂蜜を入れている。そしてお前の好きなベビーチーズ。どうだ、豪華なお子様セットだろう。これで腹割って話せるな」

「片方が素面なのに、腹割って話せると思うか？」

すると碓氷がグラスを手に取り、一気に呷《あお》る。空になると美桜がまたロックを作った。

そして今度は美桜もグラスを手にして、碓氷と一緒にロックを飲み干した。

「まあ、おいしいお酒」

「美桜、遠慮せずにおかわりしていいぞ。これがなくなっても、この家にはあと五本ほど、高級ウイスキーが隠されている」

「どうしてそんなことまで！　もっとありがたがって飲めよ、そんながぶがぶ飲むな！」

「よし、こんなところか。芳人、俺らは酔っ払いだ。酔っ払い相手にはなにを言ってもいい。どうせ明日になれば忘れているんだから」

笑う碓氷に、美桜も乗じた。

「そうですよ。わたしもお酒に弱いから、次の日には記憶が薄れてしまうんです」

「浬は酒豪だし、茅野さんは店でもけろっとして接待していたじゃないか！」

「演技ですよ。相手に合わせて、酔ったふりしたり平気なふりしたり。『それくらいできないと、ナンバーワンにはなれないわ。女はしたたかなのよ』と、桃華さんも言うかと」

「桃華を使うなよ！」

「ふふふ。わたしたちはお酒のせいで、副社長は熱のせいで。きっとこの宴の内容は明日になれば忘れてしまうでしょう。ですから、今夜限りの無礼講です」

すると碓氷も美桜同様に、笑って言った。

「芳人。昔語りでもして、馬鹿笑いをしよう。昔みたいに」

いやなことは無理に聞き出す必要はない。

大切なのは、いい思い出を芳人の中に蘇らせることだ。

碓氷は顔から笑みを消すと、真剣な面持ちで芳人に語りかけた。

「――腹を割って話そう。声を上げて泣いてもいい。苦しい時には我慢せず、俺を……俺たちを頼れ。俺たちの前では副社長の立場を忘れて、素の芳人に戻れ」

芳人の目が潤んだ。

「弱さを見せろ。俺がいいと言っているんだ。ここは音羽の本家ではない。だから安心して、心に溜めたものを吐き出せ。……そう、桃華も言っている」

美桜は目頭を熱くさせながら、碓氷の言葉に頷いた。

芳人はしばらく天井を見上げ、そして語り始めた。

胸に秘めてきた、想い人のことを。

いまだ消化しきれない恋のことを。

美桜が聞く分には、桃華は守って上げたい妹タイプの女の子だった。優しく可愛らしいイメージで、芳人から美桜に贈られたあの桃色のドレスそのものの印象を受けた。

教師になる夢を持ち、それに向かって頑張る姿は芳人には眩《まぶ》しかったのだという。

そんな中で痛ましい事件が起き、何年もかけて心の傷を癒やしてきたのに、今度は美桜の事件が起きてしまった。

「桃華の心を踏みにじった蛇塚が憎い。だけどそれ以上に……蛇塚を駆り立て、桃華の面影を宿す茅野さんを襲わせた春菜が憎い。しかし憎しみをぶつけたところで、桃華が喜ばないことはわかっている。だったらこの気持ちを……僕はどうすればいい」

芳人は涙を流した。

「憎しみを消さない限り、桃華を思い出にできない。思い出にできないと、また浬に迷惑をかけてしまう。これではいけないと思うのに、なにをしようにも桃華の残像がちらついて離れない。寝ようとすれば蛇が襲いかかってくる。桃華が生きていればという切望が、茅野さんに桃華を投影してしまう」

それが、美桜を直視できなくなった理由なのだろう。

「そんな戸惑いが、浬への罪悪感へとなり、浬にいつも通り接することができなくなった。よりによって浬の愛する女性を、桃華と重ね合わせて見ているなど。浬に内緒で桜子にドレスを贈ったことで、桃華に着せたかったという僕の心残りを解消し、ちゃんと前を向いていたはずなのに」

負の連鎖に陥り、苦しかったのだと芳人は語った。

立ち直れない自分が、情けなくて仕方がなかったのだと。

また碓氷の重荷となったら、今度こそ見放されてしまうという恐れもあったらしい。

碓氷がそんなことを思うはずがない。美桜よりも碓氷のことをよく知る芳人が、それがわからないのだから、相当苦痛と大混乱の最中にあったのだろう。

いつから、どこから歩き始めたのかわからない、苦痛という名のメビウスの輪。

起点も終点もわからず延々と彷徨《ほうこう》し続けるなら、無理にでも楔《くさび》を打ち込むしかない。

永遠の苦痛などない。歩いていたのは過去の思い出の中だったと、自分で気づいて脱出するために。

「……桃華さんを無理に思い出にしなくてもいいじゃないですか」

美桜は言った。

「桃華さんは、副社長の心の中にも、浬さんの心の中にも生きている。なにより副社長が忘れてしまったら、桃華さん……悲しみますよ。せっかく綺麗な思い出を残したのにって」

「そう、かな……」

「わたしが桃華さんなら、忘れないでいてほしい。そしてその上で、副社長に幸せになってほしい。そうすれば、自分も一緒に幸せになれる気がするので」

「……っ」

「こう生きなければならないという正解はないと思います。だからその道が苦しかったら、別の方法を探してみればいいじゃないですか。ねぇ、浬さん」

するど碓氷も頷いた。

「ああ。お前が別の道を見つけられないというのなら、俺たちが見つけてやる。お前が、一番お前らしく生きられる道をね。何度でも試せよ、まだ三十年も生きていないんだぞ」

「浬……」

「副社長。プロジェクトの司令塔が不調であれば、『KAYANO』にも義姉にも復讐《ふくしゅう》できません。抱えているモヤモヤをすべてプロジェクトにぶつけて、勝利の祝杯をあげましょう。その時は副社長も、この家で一番高価な秘蔵のお酒をたっぷり飲んで！」

「僕の酒で⁉　店に行こうよ、店に！」

「いいや、お前の酒でだ。早く回復しないと、俺と美桜がここの酒を減らしていくからな」

浬が笑って、わざとウイスキーを豪快に飲んでみせる。

「くっそー。こうなったら、意地でも元気にならないといけなくなったじゃないか。どれだけ苦労して、伝説級のウイスキーを集めたと思っているんだよ！」

「その甲斐《かい》あって、美味いぞ～」

碓氷が声を立てて笑うと美桜も笑う。

そして芳人もつられるようにして笑った。

その顔には、それまでのような憂いはなく、晴れ晴れとしていた。

＊＊・＊＊・＊＊

翌日の副社長室で、芳人は落ち着いた様子で、美桜と碓氷の目をしっかりと見据えて言った。

「室長、茅野さん。心配をかけてすまなかった。おかげさまで僕は見ての通り、元気になった。無理をしていないということは、きみたちにはわかるはずだ」

昨夜、誰がどこで寝るというのを揉《も》めているうちに、芳人の気力が尽きて寝てしまい、碓氷が芳人のベッドに本人を運んだ。

――芳人……はしゃぎすぎたから熱を出すかもしれない。俺は起きてここで様子を見ているから、きみはゲストルームにあるベッドで寝てくれ。

――見守り役はわたしがします。だから浬さんがベッドを……。

結局ふたりで芳人を見守ることにして、気づいたら碓氷と寄り添って眠り込んでしまった。身体には毛布がかけられていた。碓氷はかけた覚えがないと言うから、芳人だろう。

ぐっすり眠ったという芳人は血色もよく、朝から元気で朝食もしっかりとった。

平熱に戻っているし、仕事はセーブするという条件の下、三人で出社したのだ。

副社長室に立つ芳人は、昨夜とは別人のようで、心を見せようとしないいつもの副社長の姿に戻ってしまったことに、美桜は少し寂しく思った。

「それはなによりです」

そう答えた碓氷も、仕事用の眼鏡をかけ秘書室長として振る舞っている。

仕事にはプライベートを持ち込まない、きっとこれがふたりの平常なのだろう。

第三者には窺《うかが》い知れない、彼らの時間を共有させてもらえて、美桜は嬉しく思う。

「副社長、ご無理なく。なにかあれば、遠慮なくお申しつけください」

美桜の言葉に芳人は笑って答えた。

「ああ。今度からは……遠慮なく頼らせてもらうよ。また室長に、僕のウイスキーをがぶ飲みされたら、たまったものじゃないからね」

「私ががぶ飲み？　なんのことかわかりませんが。茅野くんは、意味がわかるか？」

「いえ……。今朝になったら不思議と……昨日の記憶がなくなっていて……」

碓氷と美桜の返答に、芳人は声をたてて笑った。

「だったら僕の勘違いだな。熱のせいでおかしな夢を見たんだ。おかしいけど……とてもいい夢だった気がするよ。食べ物も飲み物もおいしくてさ。桃華も出てきたんだ。怒られてばかりだったけれどね」

桃華の存在を自然に口にする芳人の顔には、昨日までの悲壮な翳《かげ》りはなかった。

「その夢のおかげで元気になれた気がする。憑《つ》き物が落ちた感じだ」

「それはよかったです」

なによりの言葉だと、美桜は碓氷とともに笑みを浮かべた。


午後八時——。

なんとか今日の業務を終え、碓氷と帰路につく。

「プロジェクト、燎子さんがきちんと意見をまとめ上げて、的確な指示を出してくれていたから、とてもやりやすかったわ。村上さんも試行錯誤しながらでも進めてくれているし。副社長も元気になられて本当によかった」

美桜は、ふふと笑って続けた。

メンバー……特に燎子は喜ぶ反面、すごく驚いたらしい。今まで芳人が熱を出したら数日は不調が続いていたのに、今回はたった一日で前以上に元気になったと。

どんな魔法をかけたのかと聞かれたが、美桜からすれば碓氷と芳人がぎくしゃくしていたことが異常事態であり、関係が修復されたのだから芳人が元気になるのは当然のこと。

「……美桜、ありがとうな」

碓氷が優しげに目を細めて、そう言った。

「きみだって色々なものを抱えているのに、きみが俺たちのために尽力してくれたこと、桃華を使って芳人の心を救おうとしてくれたこと。それによって芳人が前を向いたこと……感謝してもしきれない」

「そんな……。わたしはなにも……」

「俺が好きになった女性がきみでよかったと、改めて強く思った」

「……っ」

「きみが……たまらなく愛おしい」

碓氷は両手で美桜の顔を挟むと、ゆっくりと唇を重ねた。

触れるだけで唇を離した碓氷は、その目を欲情に濡《ぬ》らしていた。

「想いが溢《あふ》れすぎて我慢できそうもない。今夜……身体できみに愛を伝えていいか？」

美桜が蛇塚に襲われてから、碓氷に抱かれていない。

傷は完全に治ったが、忙しかったのもあって、美桜はすぐに寝ついてしまっていたのだ。

そんな美桜を労り、碓氷はずっと抱きしめるだけで我慢してくれていた。

「――抱きたい」

ストレートに求められ、美桜の中の女の部分が奮い立つ。

蛇塚のことなど消え去ってしまうほど、自分も碓氷に抱かれたいと強く願った。

＊＊・＊＊・＊＊

カーテンが引かれていない窓からの月明かりが、寝室を青白く照らし出す。

「あぁぁ、ああっ、浬、さ……」

ベッドの上で、美桜がシーツを摑む。

大きく開かれた美桜の足。

その間に顔を埋めながら、舌で濡れそぼった花園を散らす碓氷は、溢れる蜜に嬉しそうに唇で吸いつき、頭を揺らしていた。

「あああああ、浬、さんっ、それ駄目っ、それ……っ」

弾ける寸前まで昂《たか》ぶっていた身体は、びくんびくんと震え、美桜は碓氷の頭を抱きしめるようにして弾け飛んだ。

「何度目だ？　それでもまだこんなに蜜をこぼして……」

「知らないっ」

笑う碓氷は、足を絡み合わせるようにして身体を横たえると、狭い蜜壷に指を埋め込んだ。そしてゆっくりと抜き差しを繰り返す。

「は、んんっ。イッたばかりなのに……」

「何度でもイけよ、美桜。悩ましい女の顔を見せて」

至近距離で蜜に蕩《とろ》けたような眼差しが、切なげに乱れる美桜を愛おしげに見つめている。

やがて美桜が泣きそうな顔で喘《あえ》ぎ始めると、碓氷は熱を帯びた眼差しをわずかに細め、美桜の片手を摑む。

「美桜、俺のも触って」

吐息交じりの色気たっぷりなおねだりに、ぞくぞくしてしまう。美桜が手を伸ばして熱くて太い剛直を摑むと、美桜の手の中でそれは生き物のように脈打った。

「は、あ……。美桜に触られると、気持ちいい」

碓氷は抽送を続けながら、男の艶に満ちた目で快楽を訴える。

その色香にくらくらしながら、美桜が上下に扱くとそれは一層元気になった。

段々とぬめりが出て滑りやすくなると、碓氷の声が荒くなった。

「美桜が俺のを触ったら、中が熱くとろとろになって、奥へと誘って締めつけてくる」

「……っ」

「俺は？　美桜のここを愛している俺のは、どうなっている？」

啄《ついば》むようなキスがされた後、美桜が恥ずかしそうに言った。

「熱くて……びくびくしてる。こんなに大きいのが、いつも挿《はい》っているの？」

「ああ。美桜のここに、こうやって中を擦り上げて愛しているだろう？」

耳を舐《ねぶ》りながら囁《ささや》く碓氷は、三本にした指で狭い蜜壷を擦り上げる。

「ぁ、あんっ」

「ああ、可愛いな、きみは。ああ、きみの中に挿った気分になる」

碓氷は抽送を激しくさせながら、腰を動かした。碓氷の分身は美桜の手の中で一段と雄々しくなり、美桜はその軸を前後に強く扱いていく。

互いの敏感な部分を弄りながら、目の前で喘いで見せるふたり。

視線が絡むと、くねった舌を突き出して淫らに絡み合わせた。

碓氷の感じている顔を見ているだけで幸せになり、愛撫《あいぶ》に一層力がこもると、やがて碓氷は美桜の手を離して、直接剛直を花園に擦りつけてきた。

互いの腰に手を回し、自らも腰を押しつけて、より強く相手を感じようとする。

(あ……剝き出しの浬さんが、ああ、すごく気持ちいい……)

「美桜……。たまらない。こんなにとろとろで、熱くてああ……」

質量あるもので往復される。そのたびに美桜はうっとりとした声を上げて、碓氷と唇を重ねた。

もっともっと、身も心も溶け合いたい。

足りない部分を、碓氷でみっちりと埋めてほしい――。

やがて碓氷はやるせないため息をついて避妊具をつけると、蜜口から剛直をねじ込んでくる。

感嘆のような息を漏らしたのは、どちらが先か。

「は……。すごくうねって……ああ、熱い襞《ひだ》で……もっていかれ、そう……だ」

碓氷の開いた唇から甘美な声が漏れると、それだけで子宮が疼《うず》いてしまう。

「ああ……美桜が、歓迎してくれて……嬉しい」

噎《む》せ返るような色香をまといながら、碓氷は微笑む。

そして愛おしげに美桜を見つめながら、腰を打ちつけた。

（ああ、ぞくぞくする。気持ちいい……）

ごりごりとした先端が奥を突くたびに、美桜は身悶《みもだ》えしながら、碓氷に抱きついた。

「ああ、たまらないな。いいぞ、もっと俺に感じて」

碓氷は美桜の唇を奪い、ねっとりと舌を絡ませながら、腰の律動を激しくさせた。

肌を粟立《あわだ》たせる快感におかしくなりそうな気分で、美桜は啼《な》き続けた。

碓氷のすべてが愛おしい。

たとえ中から壊されても、獰猛《どうもう》に貫く彼を、離したくない。

「好き……。浬さん、すごく好き……」

全身で伝えるこの愛を、受け取ってほしい。

「美桜……俺だって。好きで……好きで……狂いそうだ」

腰を持ち上げられるようにして、さらに足が開かれる。

目の前で碓氷の濡れた剛直が、美桜の中に深く出入りしているのが見えた。

それは卑猥《ひわい》であるのに、どこまでも愛おしい。

「本当にきみは、見るのが好きなようだ。中がすごく悦んでる」

「好きなのは……浬さんだからで……」

すると碓氷はたまらないと呟いて、頰摺《ほおず》りをして呟いた。

「ああ、絶対手放すものか。こんな可愛い女……。愛しすぎる……」

頭を抱きしめられて交わす濃厚なキスは優しくて、愛されていると素直に感じた心までもが、きゅんきゅんと疼く。

抽送が激しくなり、美桜の快感も加速する。

快楽の波が大きくうねり、激しい官能の渦に美桜を引き込もうとし始める。

「ああ、浬さん、イく……イっちゃう！」

迫りくる大きな渦が、制御不可能な勢いで美桜を呑《の》み込んでいく。

美桜が碓氷の背中に回した手に、力を入れた。

「美桜、一緒に……っ」

「ああ、駄目っ、わたし、わたし……っ」

「美桜、俺も……、美桜、離さないい――っ」

視界にできた光点がちかちかと点滅し、世界が白ばみ始める。

碓氷の顔が霞《かすみ》がかって見えなくなる。

それが悲しくて、美桜は何度も碓氷の名前を呼んだ。

やがてくる絶頂に、同時に身体を震わせたふたりは、より強く下半身を押しつけ合い、

碓氷の放つ欲の残滓《ざんし》を、美桜は最奥で甘受しようとした。

しかし薄い膜がそれを阻み、美桜は熱の名残を感じるだけだった。

荒い息をしながら、碓氷は切なそうに言う。

「美桜、ずっと俺のそばにいてくれ。……いなくならないでくれ」

彼が重ねている気持ちは、芳人だろうか。それともシンデレラの王子様だろうか。

「わたしはいます。浬さんのそばにずっと」

碓氷は美桜を胸に抱くと、キスの雨を降らせるのだった。

第五章　戦え！　幸せを守るために

新素材を用いたガラスの靴は、なんとか形にできそうだと、村上から返答を貰《もら》った。

だが市販されている業務用の針では縫う際に折れてしまうらしく、特殊素材を扱える特別な針が必要らしい。

村上が知り合いに声をかけ、大至急で頑強な針を特注したが、その納品が二十九日中。

そこから村上が、四日後の『ＫＡＹＡＮＯ』の発表前に、『Cendrillon』の新作として発表できる形に仕上げなければならない。

――絶対、仕上げてやるから心配するな。

心強い言葉を信じ、メンバーたちはそれ以外のことを進めた。新作を披露する会場、招待する客……色々と決めることがあり、プロジェクトチームは今日も忙しい。

休憩中、榛木がテーブルの片隅を見て首を傾げる。

「あれ、リーダー。このノート、村上さんに渡したはずじゃ？」

「榛木くんはいなかったものね。村上さんからこれは読んだ方がいいと戻されたの。バタバタしていて読めなかったから、読むのを忘れないようにそこに置いてるのよ」

「ふぅん？　読んだ方がいいって、なにっすかね？　どれどれ……ん……え……お？」

榛木の言葉が次第に変化していったため、みんなが一同に読み耽《ふけ》る榛木を見つめる。

「リーダー、なんだかすごいです。『KAYANO』の奥方、リーダーのお母さんが生きていた頃から、会社のお金の使いこみをしていたようです」

「えええええ⁉」

美桜は慌てて、榛木が読んでいたノートをひったくって、読んだ。

そこには母の文字の他、経費ノートや様々な帳簿のコピーが貼《つづ》ってあった。

驚いて別のノートを見てみるが、どれもが芙祐子の悪行を綴ったものだった。

美桜にとって母は、シンデレラを夢見る少女がそのまま大人になったような、夢想的な女性だった。だがノートを見る限り、かなりきつく芙祐子を糾弾している。

芙祐子は、経理の仕事をしていたらしい。まだ元気だった母……菫が面接し、子供を抱えたシングルマザーの境遇を可哀想に思って、浩二に頼んで雇ったようだ。

菫はなにかにつけて芙祐子に声をかけ、お菓子を買ってきては子供にと気遣ったようだが、菫が病気で会社を休むようになると、芙祐子は態度を一変した。

浩二の正妻気取りで会社や靴について口を出すようになり、会社の金を使い込んでいい身なりをするようになったとか。菫がそれに気づいた時にはもう遅く、『KAYANO』は芙祐子の毒に汚染されていた。

「つまり、リーダーのお父さんは不倫をしていたということですかね？」

薫が尋ねると、美桜は苦笑した。

「どうだろう。ノートには、父が相手にしていないのが救いだって書いてある。実際はわからないけれどね」

「ねぇ、美桜。ここ……」

燎子がノートの一部を指さした。

『いずれ浩二さんは芙祐子の毒牙にかかるだろう。美桜はどうなる？　この弱い身体が恨めしい。私がいれば愛おしい我が子を守れるのに。あなたを残す愚かな母を許して』

『ならばせめて金で美桜を守ろう。私が親から分与された財産の存在は浩二さんは知らない。美桜だけに遺すにはどうすればいい？』

『今日、美桜に渡した。この財産だけではなく、いずれ現れる王子様が美桜を守ってくれますように』

「……美桜、お母様のお金を貰っているの？」

「そんなものはないわ。母から直接渡されたものといえば……スワロフスキーの装飾がついた、ガラスの靴のアクセサリーくらいで」

美桜は、首に下げていたペンダントを外して、テーブルの上に置いた。

（綾女ママは、実家は資産家だと言っていた。これはわたしのおばあちゃんから貰った、元々は対のものだと言っていたけれど……）

「ちょっと待って、美桜。よく見せて、それ」

　燎子が小さなガラスの靴を手にして、その煌びやかな装飾を見る。

「これ、スワロフスキーじゃないわ。多分、本物のダイヤよ。かなりグレードが高い」

「ダイヤ⁉」

「ええ。もし本当のダイヤだとしたら、かなりの金額になるわ。ちょっとこれ、私に預からせてくれないかしら。私の叔父が宝石商をしているから、今から鑑定してもらうわ」

　燎子が出かけたタイミングで、碓氷がやってきたため、美桜は彼に事情を説明する。

　碓氷もこれだけの装飾なら、スワロフスキーだと思っていたようだ。

　数時間後に燎子から電話がかかってきた。結果は――。

『美桜、やっぱり本物のダイヤだった。時価総額五千万は下らないって』

　その返答に、美桜は腰を抜かしそうになった。

「俺は……そんな高価なペンダントだと気づかず、何年もずっと持っていたのか」

　碓氷はため息交じりにぼやく。

　綾女にもそのことを話すと、彼女も驚いたようだ。

　分与は五千万だったらしいから、ほぼその全額をこのガラスの靴の装飾に注ぎ込んだことになる。綾女もまた、妹がそんな大胆なことをするはずがないと思い込み、ダイヤのように見える上質なスワロフスキーだと思っていたようだ。

　母はなんと思いきったことをしたのだろう。

　逆に言えば、それだけ美桜の未来に危機感を持っていたということになる。

そして実際、危惧は現実になったのだ。

仕事を終えて碓氷のマンションに戻ると、ふたりは菫のノートを読みふけった。

碓氷は芙祐子の悪事を知り、不快そうに顔を歪《ゆが》めている。

「しかし……これだけの証拠があれば、芙祐子を押さえられるんじゃないか？」

亡き母を苦しめていた継母。

娘として、『ＫＡＹＡＮＯ』を穢《けが》される行き場のない母の無念さが胸に渦巻く。

「なあ、美桜。婚約披露パーティで『Cendrillon』の靴を発表しよう。三十一日の午後には披露できるよう、村上さんに頑張ってもらって。舞踏会で靴を履くシンデレラはきみだ」

碓氷は好戦的に目を輝かせた。

それの意味するところに気づいた美桜は、同じように好戦的な笑いを見せる。

「そうね。わたしは、継母が決めた男を王子様とは認めない。向こうが主催する舞踏会に、のこのこと出て行くものですか。こちらの舞台に呼びつけてやるわ」

それから美桜が語った提案に、碓氷は不敵な笑いを浮かべて賛同した。


翌日、美桜はメンバーたちに初めて、美桜と代議士の息子との理不尽な縁談や、三十一日に婚約披露パーティが開かれる予定だったことを打ち明けた。

メンバーたちは特に驚く様子がなかったため、美桜の方が驚いて理由を尋ねると、あの継母ならそれくらい普通にやりそうだとのこと。逆に悪役のテンプレ過ぎて笑ってしまうと、メンバーたちは実際に声をたてて笑ったが、その目は笑っていない。

「室長室で声を張り上げていたから予想はしていたけど、正直、そんな切羽詰まった日程だとは思わなかった。なにか考えているんでしょう？　教えて。私も協力するから」

燎子が好戦的に笑えば、榛木も頷《うなず》く。

「あのがめつい奥方なら、代議士とのコネを作りたくてうずうずでしょうね。俺も奥方たちの退治に協力します。俺のコネ、フル稼働させますからやってやりましょうよ」

薫も冷ややかに言う。

「母が憎けりゃ子まで憎い。だから母子を踏み台にして幸せになってやる……なんともわかりやすい悪役ですよね。クリエイターとして、悪役にはざまあ的な鉄槌《てっつい》を下さねば！」

（みんな……ありがとう。わたし、とても優しい仲間をもったんだわ）

今まで心がバラバラだったメンバーたち。過去を思い出すと、余計目が潤んでしまう。

そんな美桜を見て、芳人は笑う。

「ハシバミの木も小鳥も馬車も、シンデレラのために動き出したか。だったら僕は、シンデレラのためになにをしようかね？　もちろん僕は、王子様役だろう？」

芳人は碓氷を挑発する。すると碓氷は眉間に皺《しわ》を刻み、むすっとして答えた。

「お前はいいよ、なにもしなくて。それは俺の仕事だ」

「ははは。いいか、浬。僕は茅野さんから、リアル王子様だと言われているんだぞ」

（わたしそんなこと……ああ、言ったことあったわ。だけどそんなドヤ顔しなくても……）

「黙れよ。美桜もなんでそんなことを芳人に言うんだよ！」

「いや、その……。あ、でもほら、副社長は魔法使いになりましたし」

「そんな役目を与えなくてもいいから！　その他のモブでいいじゃないか」

碓氷と芳人は、幼馴染《おさななじみ》だとメンバーにカミングアウトをして、名前で呼び合っている。

時折、芳人が碓氷をからかい、碓氷が子供っぽい一面を見せるため、メンバーが笑い転げて場が明るくなる。それを見てふたりが満足げに微笑んでいるのを見ると、わざとなのだろう。美桜はありがたい気分になると同時に、仲が回復したことを嬉《うれ》しく思うのだ。

（わたしは今までひとりだった。だけど……今、わたしには仲間がいる。それって、なんて幸せなことなのかしら）

この幸せを壊したくない。

永遠を手に入れるためには、戦うしかないのだ。

『招待状　茅野芙祐子様
下記の期日と場所におきまして、『Cendrillon』の舞踏会を開催しますので、ご招待いたします。浩二様、春菜様もご同伴の上、お越しください。
もしもお見えにならない場合は、芙祐子様における不正の証拠が世に出ることになりますので、そのご覚悟を』

＊＊・＊＊・＊＊

三十一日、新作披露会当日——。

「いらっしゃい、美桜ちゃん」

オープン前の『souliers de verre《スーリエ ドゥ ベール》』。

和装姿の綾女が、微笑みながら美桜を迎えた。

綾女は化粧も髪のセットも、プロ顔負けの技術を誇るため、外部で頼むお金がないホステスは皆、彼女の世話になっていた。

お嬢様育ちなのに昔からお洒落《しゃれ》には興味があって、美桜の母親を実験台にして腕を磨いたのだと、綾女は昔を懐かしむようにして語った。

綾女に髪をブラッシングされると、亡き母に髪を梳《と》かしてもらっている気分になるのは、今日が初めてではない。

「ママ、お忙しいのにこんなことをさせてしまって本当にごめんなさい」

控え室の大きな鏡台。

何度お世話になったことだろう。

「私がしたいのよ。娘の門出を祝いたいもの。衣装も素敵だし、とびきり綺麗《きれい》にしましょうね。浬くんが惚《ほ》れ直すくらいに」

「……よろしくお願いします」

美桜は、鏡に映る頬を赤く染めた。

「ママと浬さんや副社長とのお付き合いって、かなり古いんですか？」

「そうね。あのふたりが小さい時から知っているわ。両家には交流があったの。私は家を出ても彼らが高校生になるまで何度か会っていたけど、菫は彼らを知らないわ」

「音羽コンツェルンや碓氷グループの御曹司たちと交流できるほど、ママやお母さんの実家は名家だったんですね」

「まあね。私がこうして自由でいられるのも、跡継ぎの弟がいたから。弟には感謝よ」

弟を支えるためにも、ビジネスの情報が集まる高級クラブを経営しているという。

「まさか美桜ちゃんが悪夢でうなされていたヤンキーが、浬くんだとは思わなかった」

「だって、髪の毛が真っ赤だったんですよ？」

「うふふふふ。自己主張だったんでしょうね、彼なりの」

「それ、浬さんも言ってました。自己主張ができない環境だったんですか？」

するとと綾女は困ったようにして笑う。

「浬くんの家は、浬くんに期待しすぎて厳しかったようね。すべてにおいて優秀な浬くんだったけれど、心を犠牲にしていた。能面を被ったように無表情な子で、うかつに触れようものならこちらが深手を負うような、危険な感じがあった」

（浬さん……）

「その彼の後を、小動物みたいに小さくて可愛らしかった芳人くんがちょこまかと追いかけている感じで。浬くんに疎まれて無視されたり置いていかれたりしても、芳人くんはにこにこ笑って浬くんの後を追いかけて。本当に健気だなって思ったわ」

(昔の浬さんは、副社長を突き放していたんだ。それが今は……相思相愛になったのね)

「ご両親の期待通りの道を歩んできた浬くんが、美桜ちゃんが不良だと思ってしまうほどの赤髪にしたのは、よほど訴えたいことがあったのでしょう。そうでもしなければ周りにわかってもらえない、そんな環境にいたのだと思うわ。……美桜ちゃんのように」

昔も今も、美桜の意思を蔑ろにする家族。

『自分はここにいる。無視しないでくれ』――そう叫ぶ心を、誰よりも理解してくれていたのは碓氷なのだろう。心の痛みがわかるから、救いの手を差し伸べてくれた。

「そして時が経ち、お店をオープンして、突然ふたりが会いに来た時、あまりにも変わりすぎて笑っちゃったわ。あの浬くんが芳人くんの秘書をしているなんて」

綾女はころころと笑う。

美桜は綾女ほど碓氷のことを知らないことを悲しく思った。

碓氷は美桜に関することなら自分の話をしてくれるが、美桜が知らない彼の過去は話したがらない。

碓氷を知りたいと思う。彼がなにを考えて生きてきたのか。

「さあ、できたわ。美桜ちゃん！」

美桜の艶やかな髪はアップにセットされていた。

大人っぽい上品な夜会巻きを少し崩して色っぽくさせたスタイル。

後頭部に挿した髪留め《ヘアコーム》にはピンク色の桜の花があしらわれ、桜の下にはフリルがついたレースが広がっている。

「うわあ、ママ。ありがとうございます。桜子以上に素敵！」

「ふふふ。じゃあ着替えましょうね」

綾女の視線の先にあるのは、壁にかけられている白いドレスだ。

一見シンプルな、両肩を出したビスチェタイプのマーメイドドレスで、胸を縁取る清楚《せいそ》なレースと、膝丈の裾に咲き乱れるたくさんの桜の花が目を引くデザインだ。

「これは、『Cendrillon』のドレス。浬くんが、美桜ちゃんを想って作り上げた、渾身《こんしん》のドレスだそうよ。ふふ、一周年記念の時の桜子のドレスは既製品だったみたいだけど、浬くんにとって美桜ちゃんは、いつでも純白のイメージみたいね」

「……っ」

「ふふふ、ウェディングドレスのようなこの服を作ったはいいけれど、誰にも着せたくないと……ずっとお蔵入りをしていたそうよ。本人に着てもらえて、そしてその隣に立つことができて、浬くん、どんなに幸せでしょうね」

綾女に手伝ってもらってドレスを着ると、採寸したかのようにぴったりと美桜の身体にフィットする。ドレスは美桜の妖艶な身体の輪郭を強調しながらも、少女のような可憐《かれん》さも強く魅せていた。

「そしてこの豪華なペンダントも、イヤリングも。浬くんが美桜ちゃんを想って『Cendrillon』で作らせていたんですって。公私混同甚だしいけれど、それが世の中に受けているんだから、案外浬くんにもデザイナー的素質はあるのかもしれないわね。ふふ、愛ゆえにね」

涙が滲《にじ》む。泣いたら駄目だと綾女に怒られながら、化粧をされる。

「さあ、できた。綺麗なお姫様のできあがり」

鏡に映っていたのは——。

「ママ、泣いてもいいですか？」

「駄目！」

桜子とはまた違う、幸せそうな女が映っていた。

これから戦場に行くというのに、碓氷の想いをまとい、こんなに幸せそうな顔をしていていいのだろうか。

「あら、浬くん。ちょうど今、できたのよ。ほらほら」

鏡越しに、正装をして現れた碓氷と目が合う。

膝まである黒地のフロックコートからダークグレイのベストを覗《のぞ》かせ、立ち襟シャツとベストと同じ色のアスコットタイをつけ、髪はいつもより固めて流している。

美桜はその美貌にうっとりとしてしまったが、蜜をまぶしたようなとろりとした目で、碓氷が美桜に惹《ひ》き込まれるようにしてふらふらとやってくる。美桜の顎を摘まんでキスをしようとすると、綾女が美桜を庇《かば》うようにして、ぽかぽかと碓氷を叩《たた》く。

「せっかくお化粧したのに、なにをするの。浬くんにお嫁に出したわけじゃないのよ⁉」

「え……」

すると碓氷はわずかにショックを受けたような目をしたので、美桜は笑ってしまった。

碓氷が不埒《ふらち》なことをしないようにと、目くじらをたてて監督をしている綾女に、やがて碓氷も美桜に触れるのを諦めたようで、手にしていた紙袋からなにかを取り出した。

それは――。

「間に合ったんですね！」

「ああ。村上さんが頑張ってくれた。まずはきみに履いてもらいたい」

そして碓氷は身を屈め、傅《かしず》くようにして美桜の足にガラスの靴を履かせる。

「うん、ぴったりだ。よく似合う」

靴にこだわりがある燎子は、中で足が滑らないよう安定感を重視するようにと提言した。

ローファー愛用の薫は、初めて履いても足が苦痛を感じないようにと要望した。

よく合コンに行く榛木は、その靴で女性らしく見えるようにと力説した。

そして美桜は、その靴が履く女性の力になるようにと懇請した。

ラメのように光る繊維素材で、適度な透明感を備えたハイヒール。

靴擦れを予防するクッションとして、ガラス繊維を柔らかくしたものを踵部分に。その外側には同じ素材で作ったリボンが飾られ、女性の可愛らしさを強調する。

足をより綺麗に見せるために、角度と高さと形状に拘ったヒール。

安定感があり、まるで足の一部になったような錯覚を覚える。

「履きやすい、とっても。わたしの浮腫《むく》んでいた足が喜んでいます……」

足が喜べば、自然と笑顔になる。

「成功です、浬さん。『シンデレラの恋人』……わたし《シンデレラ》は、この靴に恋をしました」

すると碓氷も笑顔になる。

それを見て、心の奥だけではなく、足全体も悦びに疼《うず》くのだった。

まもなく刻限がやってきた。碓氷は美桜の手を握って問いかける。

「行くぞ、心構えはいいか？」

「……はい」

「なにがあっても、俺を信じろ。俺はきみを置いて逃げることはしない。芙祐子夫人との約束に負けて、引き下がることだけはしないから。必ずきみを連れ帰る」

「はい！」

さあ、行こう。

シンデレラの戦闘服《ドレス》をまとい、ガラスの靴で敵を蹴散らし、碓氷の元に戻るために。

＊＊・＊＊・＊＊

帝都ホテル三階　椿《つばき》の間――。

中世の城の広間のような空間に、煌びやかな女性用アイテムが展示されている。

壁際には、マネキンたちがドレスを着て立っていた。

それらはすべて『Cendrillon』歴代の商品だ。

豪奢《ごうしゃ》な内装にも引けを取らずに、独自の存在感を放っている。

大きなシャンデリアの真下には、たくさんの男女が集まっていた。

招待されたのは、テレビカメラを持ったマスコミと各界名だたる著名人であり、その中には高橋代議士親子、茅野一家だけではなく、音羽社長と芳人もいて、立食式の馳走《ちそう》に舌鼓を打ちながら談笑が響いている。

高橋はこの宴の話題性も利用して、息子の婚約披露会を盛大にしようと企んでいるようで、挨拶回りにも余念がない。

宴の招待主は、音羽系列総合ブランド『Cendrillon』。

ウェイターのように働いているのは、燎子と薫と榛木だ。

やがて時間になると照明が落ち、人々はざわめいた。

ドアが開かれ、着飾った美桜が碓氷にエスコートされながら入ってきて、それをスポットライトが追う。

結婚式の披露宴における新郎新婦のような登場に、高橋が怒りの目を向けた時、室内の照明がついた。

中央に立つふたりの美しさに誰もが目を瞠り、感嘆のようなどよめきが沸き起こった。

中でも芳人が凄まじい拍手を送っているのを見て、美桜は恥ずかしくなって俯《うつむ》き、碓氷が芳人を軽く睨《にら》みつけている。

やがて燎子がスタンドマイクを運んできて、美桜の前に置いた。

碓氷は会釈して一歩後ろに退くと、美桜は観衆に向けて一度深く腰を落として優雅な挨拶をした後、マイクに向かった。

「皆様、本日は御足労いただきましてありがとうございます。わたしは『Cendrillon』の十周年を記念した、プロジェクトリーダーを任せられております、茅野美桜と申します。『Cendrillon』とはフランス語でシンデレラ。当ブランドではシンデレラの世界をイメージしており、皆様に物語の登場人物になっていただきたく、舞台を用意しました」

滔々《とうとう》と話す美桜には、芙祐子たちから忌ま忌ましげな眼差しが向けられている。

壇上で話すのは、彼女たちに従うばかりの家政婦ではなかった。

新調したと思われる彼女たちの華々しいドレスよりもはるかに目立つ、ウェディングドレスのような豪奢な衣装をまとって、こうして場の中央に立っているのだから。

「皆様はシンデレラといいますと、なにを連想されるでしょうか。玉の輿《こし》？　幸せになりたい女性の憧れ？　わたしは違います。誰かの手助けがなければ幸せになれないシンデレラは大嫌いでした。幸せは自分の手で摑《つか》むもの、そう思いひとりで生きてきました」

美桜の独白は続く。

「しかしプロジェクトを通し、人間はひとりでは生きられないということを知りました。

ひとりでなんでもできると思うのはただのエゴ、ただの世間知らず。わたしもまた、シンデレラのような非現実的な幸せを夢見ていたのです」

　そして美桜は、微笑みながら言った。

「幸せは人間の数だけ存在します。わたしにとっての幸せは、わたしの愛する男性とともにいられること。ささやかなことで泣き、笑い、そして互いを高め合えるような相手とともにいることです。わたしにとってそれは、音羽コーポレーション秘書室長である碓氷浬さんでした」

　美桜は高橋を見つめると、頭を下げる。

「わたしは彼を愛しています。ですので申し訳ありません。わたしは、彼以外の男性とお付き合いすることも結婚もいたしません」

　それは、美桜の先制攻撃でもあった。

　驚いた高橋が、周囲を気にしながら焦ったように言う。

「美桜さん、なにを言うんだね。きみはうちの息子と……」

「承諾しません。謹んでお断りさせていただきます」

　美桜のきっぱりとした拒絶に、芙祐子は金切り声を上げた。

「美桜、なにを言っているの!!」

　芙祐子は、招待状を宣戦布告だと感じ取っているはずだ。

　高橋にどれだけの金をかけてもぎ取った縁談だったのかわからないが、芙祐子が見下す継子如きが、生意気に刃向かい続けて脅した挙げ句、大勢の前で高橋の顔を潰す真似までしたのだ。公衆の面前だろうが、取り澄ましてなどいられない……そんな怒りが芙祐子の表情から読み取れる。

実にわかりやすく、失笑してしまいそうになった。

「美桜さん。うちの息子がそこの秘書如きのなにに劣るというんだ」

高橋が声を荒らげると、芙祐子もそれに乗じて怒声を張り上げる。

「そうよ。恋だの愛だの、そんなものを信じる年齢ではないはずよ。いい加減、そんな幻想から目覚めなさい‼」

……なにをどこから突っ込んでいいかわからない、盲目者たち。

彼らが自分たちの体面を気にして、美桜を悪者扱いして喚く度に、碓氷の遠戚である音羽親子が渋い顔をしていることには気づかない。

「馬鹿みたい。シンデレラ気取りで。自分は穢れがない女だと自慢でもしに来たの？　みんなの前で私たちを侮辱する汚い女のくせに！」

美桜を穢れさせようとした義姉が嘲笑う。

彼女は、美桜がこの方法をとらざるを得なかった過程を見ようとはしていない。

「シンデレラなんてただ王子と踊っただけの棚ぼた女じゃない。シンデレラの目が眩《くら》んだのは愛ではなく王子の金と権力でしょう？　代議士の息子のなにが不服なのよ」

誰よりもシンデレラを夢見ていた義姉が、シンデレラの姿でいる美桜を妬ましげに見ながら言う。

代議士の息子――良樹の取り柄は金と権力だと、公言していることに気づかずに。

ただ、美桜の父だけは無言で実娘を見ている。その眼差しは決して好意的なものではなく、失望したというような冷ややかさを滲ませていた。

「お静かに」

美桜が穏やかに制するが、美桜に対する責めの言葉は止まらない。

そこで美桜はマイクの電源を切ると、スタンドをわざと床に投げつけた。

硬質な音が大きく響き、ざわめきがぴたりと鎮まった。

「あなた方の持つガラスの靴をわたしに履かせたいのなら、わたしの足を削り取り、あなた方が望む茅野の娘としての血肉を持ち帰るとよろしいでしょう。しかしわたしの心は決して渡さない！」

美桜の凛《りん》とした声に、芙祐子が逆上した。

「お前はその心とやらを守るために、私たち家族を不幸にする気か！」

その程度なのだ、自分の心などは。

「良樹さんとの結婚がとても恵まれたもので、家族が幸せになれるというのなら、お義母様が大切になさっているお義姉様が嫁がれたらよろしいではないですか。差し出されるガラスの靴にきっとお義姉様の足はぴったりだと思いますから。良樹さん、義姉《あね》をよろしくお願いします」

相手に対する嫌悪感に顔を引き攣《つ》らせるのは、良樹だけではなかったらしい。

「皆の前で私を馬鹿にするとは！　ひどいわ、義姉を義姉だとも思わないこの仕打ち！」

……可哀想な義姉をアピールしているつもりだろうが、失礼なことを言っていることに気づいてはいないようだ。

「つまりそんなひどい縁談を、わたしに押しつけているのですね？」

「なんだと……？」

高橋の顔が怒りに歪んでいる。春菜と芙祐子は慌てて、高橋を宥《なだ》めにかかった。

このとんだ茶番劇に、観衆は完全に蚊帳の外に出されたが、その中に笑う声があった。

それは芳人だ。弾かれたからこそ、無理矢理に中に入ろうとしてみせる。

「そんなに金と権力が欲しいのなら、美桜さんのお相手に音羽コンツェルンの御曹司などはいかがです？　これからは代議士ではなく音羽の方へ、『ＫＡＹＡＮＯ』に便宜を図ってくださいと賄賂をいただければ結構です。音羽が『ＫＡＹＡＮＯ』のスポンサーになりますよ」

きらきらと光を散りばめながら、辛辣な言葉を吐く音羽の御曹司の登場に、春菜はふらふらとして、自分のことのように頷いた。

「あははは、代議士の息子は駄目で僕ならいいのか。悪いが、きみには用がない」

芳人の目がナイフより鋭くなり、春菜は震え上がる。

そして高橋は、息子を馬鹿にされたと憤慨し、美桜の父……浩二に怒鳴った。

「これは一体どういうことだ！　恩を忘れて、私を吊《つる》し上げる気か⁉」

「ち、違います。……美桜、お前の幸せを思っての結婚なのに、この仕打ちはなんだ。お前はいつから非情な娘になった！　その男に誑《たぶら》かされ、私と縁を切るつもりか。お前が私の娘だから近づいて来た、金目当ての男に違いないのに！」

美桜は浩二が理解してくれないことを憂い、悲しげに目を伏せていたが、やがて毅然《きぜん》と顔を上げて言う。

「お父さん、いつからその目は真実が見えなくなってしまったのですか。金目当てかどうかも見抜けないなんて。あなたの目は節穴かとわたしに言わせたいんですか」

「父に暴言を吐くのか、お前は！」

今まで、真っ向から父に意見をすることを諦めていた。

見合いの場のように、またぶたれて悲しい思いをするのはいやだ。

だが、逃げてはいられないのだ。

「思い出してください、お母さんのために靴を作っていた姿を。あの時の優しかったお父さんの姿を。わたしに……あれは幻だったのだと思わせないで！」

「お前の母親は私よ！　私が茅野の夫人！　死んだあの女じゃない！」

芙祐子は、美桜が口にした亡き母の存在に、言葉を荒らげた。

それはまるで焦慮のような切実感。

美桜の母の存在が、芙祐子のなにかを追い詰めてでもいるかのように。

「私がなにをしたというの！　私が彼を支え、会社を支え！　お前を追い出さずに、家に置いてやった。あの女と同じ顔をして、そんなにこの男を奪った私が憎いのか！」

芙祐子は、正妻として愛されていた母……菫が脅威だったのかもしれない。

しかし、それでも同情の余地などなかった。

「父の恋愛も再婚も自由です。父の笑顔を取り戻していただいたことは、あなたに感謝します。しかし、子供思いで優しかった父の心まで蝕《むしば》まなくてもよかったでしょう⁉」

「私がなにをしたと言うの⁉　皆の前で恥をかかせて――！」

「ではこちらからも伺いましょう。あなたは、わたしの亡き母になにをしましたか？」

美桜は押し鎮めた声を出す。

「そして、母はあなたが茅野家を蝕むことを見抜けない愚かな女だったとお思いですか？」

「……え？」

芙祐子の顔に、狼狽《ろうばい》の色が浮かんだ。

「母がなによりも案じたのは、娘であるわたしの将来でした。あなたは見当違いをしていたんです。当時財産を持っていたのは、社長だった父ではない。資産家の娘だった母の方だった。母はわたしに財産を遺しました。あなたが手をつけることができない金を！」

浩二も怪訝《けげん》な顔を美桜に向ける。

「遺産……それは、きちんと法律に則って……ねぇあなた」

金、金、金。

それだけで、母のいない茅野家は壊されたと思うと、美桜は口惜しくて仕方がない。

「母が遺したノートには、わたしだけに譲るという公正証書遺言もありました。遺産があれば、わたしが家を出るために払わないといけないと言われた金など、すぐに出せる」

「では早く私に……」

どうしてそこまで醜態を見せることができるのだろう。

「恥知らずなお義母様。そんなに欲しいのならあててくださいな。この会場の中にある、『Cendrillon』十周年としての新作はなにかを」

芙祐子はあたりを見回し、探し始める。

目立つものを。煌びやかなものを。

そして、美桜をじろじろと見ながら、自信満々に言った。

「私は『ＫＡＹＡＮＯ』の副社長として、色々なブランドを見ているわ。『Cendrillon』が発表していないものなどわかる！　それは……美桜のドレスよ！」

その瞬間、美桜は薄く笑った。軽蔑したように。

「残念ながら違います。やはりお義母……いえ、芙祐子さんの目には、物の価値が見えていないようですね」

「なにを……っ！」

美桜は声を張り上げて言った。

「お集まりの皆様。『Cendrillon』が発表しますのはシンデレラの靴。馬車がなくともシンデレラがまっすぐに幸せに向かって走っていけるように、靴によって誰も不幸にならないように。この靴の名は『シンデレラの恋人』。太っていても浮腫んでいても、働き過ぎる足を優しく包み込む、伸縮性のある特殊なガラス繊維でできたガラスの靴でございます」

薫が運んできた赤い台に、美桜が片足を置いて靴を見せると、感嘆の声が上がった。

だが芙祐子は、笑い飛ばす。

「靴？　そんな地味で目立たない、どうでもいいものが『Cendrillon』十周年の新作⁉」

「母さんの言う通りね。靴ですって⁉　信じられないわ、頭がおかしくなったの？　そんなもの、『ＫＡＹＡＮＯ』のティアラに比べたら……」

そんな母子の声を遮ったのは、浩二だった。

「靴は人間性がよく現れる部分だ。だからこそ大事にしないといけない」

それは、美桜が待ち望んでいた、昔と変わらない父の言葉だった。

美桜は泣き出したくなるのを、ぐっと堪える。

「そうです、お父さん。お母さんにもわたしにも、そう教えてくれた。中国で靴は献身を意味する。そうして『ＫＡＹＡＮＯ』はできたのではないのですか？　履く人を思って職人が作った、そんな真心を込めて作った靴を履いてもらいたいと。この靴、誰が作ったのか見てわかりませんか？」

浩二はガラスの靴に触れて輪郭を指でなぞり上げると、目を細めた。

「まさか……村上……」

「そうです。そのまさかの、村上さんにお願いしました。靴を捨てた方に靴を作ってもらうため、お母さんの日記も見せてあの頃の想いを思い出していただきました」

浩二は驚いた顔をして、棒立ちになった。

「お母さんが憂えていたのは、お父さんが靴への愛情を忘れること。そしてその通りになり、村上さんも離れていった。今のお父さんの頭の中を占めているものはなんですか？」

浩二は答えなかった。

そんな時に割って入ったのは、音羽社長の笑い声だった。

芳人に似た温容さを見せる端正な顔立ちだが、鋭い眼光が厳格さの方を強めている。

「茅野さん。つまりきみは、私情でうちのブランドの靴を作ったのか」

「思いつきは私情からですが、女性たちの足は絶えず酷使されております。一番の働きものに少しぐらいほっとしてもらえるような、そんな癒やしが必要ではないかと思ったのです。足がシンデレラなら、靴は王子様。素敵な王子様を巡り合わせてあげたかった」

「なるほど、それで『シンデレラの恋人』というわけか。なるほど。それでこそ、現代のシンデレラ、か。ふむふむ」

てっきり怒られるのかと思ったが、社長は満足げに頷いている。

「今後も我が子とともに企画リーダーとして頑張ってくれ。元々『Cendrillon』は、息子がきみのために作ったようなものだ。公私ともにいいパートナーを育てたな、芳人」

社長はなにか誤解していないだろうか。

美桜はそんな不安に駆られたが、他にも焦る者たちがいたようだ。

「待ってください、音羽のご当主。彼女はうちの息子と結婚して、専業主婦になるんです」

それは、勝手に決めている高橋であり、

「そうです、美桜はこれから次期代議士の妻として……」

まだ諦めていない芙祐子だ。

芳人は、美桜を優しく見つめながら問うた。

「きみはどうしたい？」

その答えは、すっと美桜の口から出てきた。

「わたしは……母が好きだったシンデレラを好きになりたい。だから、シンデレラの……『Cendrillon』で皆が笑顔になれる靴を作ってみたい」

どうしてもあの頃を求めてしまうのだ。

父と母と自分が、幸せに笑い合っていたあの日々を。

音羽社長が興奮気味に言う。

「ならばこちらはこう提示しよう。愚息の嫁になるのなら、我が子とともに『Cendrillon』で働くことができる。まあそれが、見合いを断り続けた愚息の願いじゃが。どうだ？　我が息子の嫁にならんかね？」

「お待ちください。わたしには、浬さんという恋人が……」

「私は、恋人だって聞いておらんもーん！」

音羽社長が子供のようにそう言って、つーんと顔を背けてしまうと、碓氷も芳人も苦笑する。社長はすぐににこやかな顔になると、戸惑って固まる美桜に尋ねた。

「なあ、どうだ。息子は私によく似て、頭も顔もいい。貯金もあるようだし、なによりこれからもっと稼ぐ、未来ある男だ」

碓氷がいると言っているのに、なぜ社長は芳人を推してくるのだろう。

「わたしは地位もお金もいりません。わたしが欲しいのは浬さんという男性《ひと》だけ。他は、どんなに素敵な方でもお断りいたします」

「ははは、私が言ってもびくともせんか。……浬よ。副社長でなくともいいそうだ」

碓氷が小さく笑った。

「しかしそれでは虚仮《こけ》にされた面子が立つまい。せっかく私が新しい音羽を許したのだ、お前だからできる仕事をしてなんとかしろ。この場を見ていたら、頭も耳も痛くて仕方がないわ。……芳人」

促された芳人がすっと前に出て、碓氷にお辞儀をすると、恭しく言った。

「ようやく社長の許可がおりました。副社長……いえ、音羽コンツェルン次期当主、浬様。お願いします」

（え……。副社長、今なんて……）

美桜は口を開けたまま呆然《ぼうぜん》とした面持ちで、堂々と前に歩み出た碓氷を見ていた。

「皆様。今までは身分を隠して秘書室長として碓氷浬と名乗っておりましたが、ただ今より私は、音羽コンツェルン次期当主として、音羽浬と本名を名乗らせていただきます」

眼鏡を取ってそう告げた碓氷――浬に、場がざわめいた。

特に、〝秘書如き〟と侮蔑めいた発言をした高橋と芙祐子は真っ青だ。

浬はその怜悧《れいり》な切れ長の目で、美桜の父である浩二を見据えて言った。

「今まで黙って傍聴していましたが、ここで私の意見を。茅野社長、非情な継母と義姉に虐げられた美桜が、一番に助けを求めていたのは血が繋《つな》がった親であるあなただ。それなのにあなたは見て見ぬふりをしてきた。母親が恋しい時期に実の父親からも見放されるそのつらさを、あなたは軽んじすぎた」

浬に咎《とが》められ、浩二は身を震わせていた。

「それでもあなたを嫌うことができない美桜が、靴に込めたその想いがわからないのなら、あなたは父親を名乗る資格はない」

それは怒りなのか、それとも――。

「私は誰よりも美桜を愛しています。美桜が望むのならどんなことでもしたい。美桜はどうしたい？　音羽の力で代議士を失脚させたい？　それとも変わってしまった『ＫＡＹＡＮＯ』を潰すか？　あの家からきみを虐げた者たちすべてを追い出し、路頭に迷わせるか？　〝たかが秘書如き〟を返上した私の力は、それくらいある」

該当者たちが一様に震え上がる中、美桜はゆっくりと答えた。

「いいえ。されていやなことを、わたしはしたくない。わたしはただ……わかってもらいたかっただけ。わたしは人形でも道具でもない。刺されれば血を流して痛みに苦しむ、生きた人間だということを。わたしにだって感情があるっていうことに」

美桜は、父の顔をじっと見つめた。

「そして、お母さんの想いを」

父の手が震えた。

（少しでも届きますように。お母さんが、お父さんを愛していたことを……）

「――と、美桜は言っているが、私としては到底許せるものではない。それだけの仕打ちをしてきたんだ、あなたたちは。だがもし美桜の言葉で自分の行いを恥じて悔い、美桜に許されたいと願うのなら、あなたの覚悟を見せてくれませんか、茅野社長」

浬は真剣な顔で、浩二に言う。

「あなたが人の親で、美桜とやり直したいと願うなら。美桜と私の監督の下、『ＫＡＹＡＮＯ』を……音羽系列『Cendrillon』靴担当ブランドとして、一から出直してみませんか」

「浬さん⁉」

浬は美桜を片手で制した。

「これは業務提携ではない。『ＫＡＹＡＮＯ』のブランド力は『Cendrillon』に吸収されるということだ。白紙に戻った状態を屈辱とみなすか、それとも再スタートとするのか、それはあなたの判断にかかっている。ご返答を三日待ちます」

浩二は静かな口調で、浬に言う。

「なぜ『KAYANO』が『Cendrillon』に吸収されなければいけないんだ」

「あなたにもおわかりのはずだ。高橋代議士からの見返りがなくなれば、『KAYANO』の経営は維持できない。今や風前の灯火」

「……っ、こちらだって新作を用意している。どんな手を使っても生き残る、吸収させないと言ったら？」

「その時は仕方がない。音羽が『KAYANO』を潰すだけです」

「そんなことできるはずがない！」

「できます。私を甘く見ないでいただきたい」

涅は超然と笑った。

「芙祐子夫人は『Cendrillon』に宣戦布告をされた。我々は受けて立ち、『KAYANO』を『Cendrillon』の敵とみなし、再起不能になるまで叩き潰します」

「宣戦布告？　芙祐子、お前はなにを……」

「茅野社長はご存じなかったのですか？　そちらの新作『シンデレラの誘惑』は、こちらが先に作っていたもの。それを堂々と盗まれて公表されてしまいましてね」

途端に芙祐子に向け、どこからかフラッシュがたかれ、カメラのシャッターが切られる音がする。

「違、違いますっ、盗んでいない。あれは……うちの作品で……！　撮らないで、私は悪いことはしていない！」

あれだけカメラの前に好んで立っていた芙祐子なのに、今やカメラから隠すべく片手で顔を覆い、悲鳴を上げている。

そんな彼女をじっと見つめる美桜は、冷ややかに言う。

「今さら、シラを切るつもりですか、芙祐子さん。あなたはわたしたちのところにスパイを送り込んでいた気でいたのでしょうが、実はこちらからのスパイだったということに、まだ気づかないんですか？」

芙祐子は慌てて、カメラを持つ男の横に立っている榛木を見る。

榛木は笑った。人懐っこい、いつもの笑みで。

「ご愁傷様ですね、奥方。さきほど、この記者さんにすべてお話しました。すぐ記事にしてくれるそうです」

「なんですって!!」

「悪いが、榛木の親が経営している会社は、うちが買い取らせてもらった。もう榛木は使えない。私たちに宣戦布告をした自分を恨むといい」

浬がそう言うと、芙祐子は唇を震わせた。

それを見ながらも、浩二は他人事のように、浬に尋ねる。

「きみは、本当に『ＫＡＹＡＮＯ』を叩き潰すことができるのか？」

「では、実際にやって証明してみせましょうか？」

浬の超然とした笑みは崩れることがなく、潰される可能性をやっと認識した浩二は、顔を強張らせた。

そんな浩二の肩を芙祐子が叩くと、やけに興奮した面持ちで言う。

「『ＫＡＹＡＮＯ』なんて捨てて『Cendrillon』になってしまいなさいよ。その方が未来は安泰よ」

高橋代議士の力が当てにできなくなった以上、芙祐子は自分がスキャンダルを起こした会社を投げ捨て、音羽の力で庇護してもらって助かろうとしているのだ。

「そうよ、義父さん。今が決断の時よ、音羽よ音羽！　私たち大出世よ」

美桜は悲哀に満ちた眼差しで、芙祐子と春菜を眺めた。

所詮、『ＫＡＹＡＮＯ』は、ふたりにとってその程度でしかなかったのだ。

そのために母と自分が苦しんできたとは、あまりにもおかしくて……涙が出そうだ。

「誰が、あなた方を音羽に入れると言いました？」

涅は、冷ややかな笑いをふたりに向ける。芙祐子が驚いた声を出した。

「私は『ＫＡＹＡＮＯ』の副社長で、娘だって重役で……」

「それは『ＫＡＹＡＮＯ』での話だ。なぜ『Cendrillon』でも同じ身分が保障されていると考えられるのか、不思議ですね」

「『ＫＡＹＡＮＯ』をあれだけの巨大ブランドにしたのは、私よ！　私の言うことにただ頷いていただけの主人が音羽に入れるのに、どうして私が音羽の恩恵を受けられないのよ。そんなのおかしいわ！　私の『ＫＡＹＡＮＯ』を差し出すのよ、私や娘に相応の見返りがあって然《しか》るべきじゃない！　なぜ私が損をしないといけないのよ！」

芙祐子はいまだ、事態を損得でしか捉えられないらしい。

浬は大きなため息をついて言う。

「あなたは状況をわかってはいないようだ。『KAYANO』はどうだったか知らないが、私はあなたを庇い養う義理はない。それと、対等の関係になると勘違いされているようだが、こちらは雇用者だ。労働者を選ぶ権利があるし、労働に見合わない過度の対価を支払うつもりもない。あなたが、茅野社長に支払う給料で満足できないのなら、自分でなんとかするがいい。ただこれだけは覚えておいてください。すべては『Cendrillon』の責任者となる美桜の意向ひとつ。音羽の力で、あなたたちを路頭に迷わせることもできる」

このままならすべてを失ってしまう――浬の説明でようやく事態を悟った芙祐子は、そうはさせまいと血走った目を細めて無理矢理笑みを作り、美桜に猫撫《な》で声を出した。

「美桜は、お義母さんにひどいことはしないわよね。優しい子ですものね」

……無性に悲しい。こんな女に、今まで苦しめられてきたというのか。

「美桜～、お義姉さんはなにもしていないわよね～」

醜悪だ。吐き気がしてくるほどに。

美桜は、泰然として言った。

「働かざる者、食うべからずですわ。父が文無しになるかもしれませんので、生活費は自分で稼いでください」

それは美桜が何度も受けた言葉だった。

「あの、提案があります」

その時、傍観者に徹していた薫が、手を上げて発言をした。

「『Cendrillon』のアルバイトはいかがでしょうか。実は私のような新人を、使い物になるようにきちんと教育できるいいスタッフがいまして」

燎子がカツカツと音をたてて現れると、芙祐子も春菜も、顔を引き攣らせた。

「そんなに美桜さんと仲良し家族だというのなら、美桜さんの下でお働きくださいな。スタッフ一同、そして教育係として、歓迎致しますわ」

燎子は、美しい笑みを浮かべた直後に凄んでみせ、ふたりに敵意を伝えた。

その迫力に怯《おび》えきる春菜に向けて、浬が言う。

「きみが私になにを言ったのか、証拠として録音をさせてもらった」

浬がスマホを取り出してみせると、途端に春菜の顔色が変わった。

美桜の拉致や強姦《ごうかん》を仄《ほの》めかした電話の内容を、マスコミがいるこの場で公開されてしまえば、今までのように無関係だとしらばっくれることができなくなる。

さらにこれをきっかけに、半グレを使った過去の事件を嗅ぎつけられ、穿《ほじく》り返されてしまったら身の破滅だ。美桜の縁談が壊れた以上、代議士の力を当てにはできない――そう悟ったらしい春菜は、自己弁護を始めた。

「あんな電話が、証拠になんてなるはずがないわ。美桜があばずれだと証明してあげるって言っただけじゃない。あの子は穢れていないんだし、私が半グレを使って美桜を襲わせたなんて言ってないし！」

「ほう。昨日捕らえた……鈴木一郎と名乗る半グレリーダーこと蛇塚雄太は、きみに命じられてしてきたことを、すべて告白したようだが」

蛇塚が発見されたことは、美桜も聞いている。浬と芳人が信頼しているという調査機関が見つけ出し、蛇塚に春菜との関係を吐かせたことも。

「ありえないわ！　あの男には金を渡して、『KAYANO』の別荘に身を隠すように言ったもの！　あそこはセキュリティーが厳重だし、そう簡単に見つかるはずがない。それに私が、社会に適合できないでいたあの男を拾い、半グレリーダーとなるまでの新しい人生を支援してやったのよ。恩ある私のために、従順な飼い犬になるのが当然！　裏切るはずが……」

春菜が蛇塚の更生を阻害し、悪の道に放り込んだのだ。自分の駒にするために。

桃華の遺志を蔑ろにした一番の悪は、春菜だったということは、先の調査報告でわかっていたが、春菜自身から悪びれた様子もなく語られると、激しい怒りが湧いてくる。

美桜ですらそうなのだから、春菜の処遇を浬に託した芳人の怒りは相当のものだろう。

彼の目は、静かな怒りに燃えている。

「一番の証拠となる自白をありがとう。宣言通り、〝きみが私になにを言ったのか、証拠として録音をさせてもらった〟」

浬はスマホの録音ボタンを押して終了させた。

それで春菜は気づいたのだろう。

すべては浬のはったりで、自爆してしまったことを。

「嘆かわしいな。『ＫＡＹＡＮＯ』専務が反社集団と繋がり、義妹を襲わせるなんて」

途端に場がざわめき、マスコミが騒ぎ出した。今度は春菜にシャッターが切られる。

「やめてよ。私はなにもしていない、してないのよ！」

「先日は高橋代議士が揉《も》み消してくれたようだが、私は引き下がる気はない。恨むなら、自分自身を恨め。自業自得だ。これは、そう育てた金の亡者にも言える言葉だが」

すると、芙祐子が爆発したかのように金切り声を上げた。

「私は金で苦労した。だから金で楽をしたいと思うことのなにが悪いの⁉　どうして私たちに、こんな仕打ちを与えるの⁉」

美桜は言う。

「お金が欲しいと思う気持ちは否定しません。わたしもまた、あなたから自立するためにお金が欲しかった人間ですから」

「だったら、なぜ⁉」

「あなたは、やりすぎたのです。子供を抱えて生きることに苦労していたあなたが、少しでも母に助けられた時のことを思い出してくれていたら、こうはならなかった」

「感謝しろって⁉　社長夫人として上から目線で〝雇ってやっている〟〝慈悲をくれてやっ

ている〟……そう、私を見下していた女には、怒りしか湧かないわ！」
だから、亡き母の地位を、母の面影が残る会社を、蝕もうとしたのか。
金がないことは、そこまで芙祐子の心をねじ曲げてしまっていたのか。
美桜に対する姿勢こそが、芙祐子の中でねじくれてしまった亡き母の姿なのだろう。
だから罪悪感もなく、やられたことをやり返しているだけ。
そして春菜は、それを当然として育ってきただけ。
善悪の区別ができないままで過ごしてこられたのは、茅野家に守られていたからだ。
(茅野が変われば、自分たちだけの世界を失う彼女は、きっと……)
美桜は、今日のために色々と仕返しを考えた。
だが、手を下すまでもなく、このままでいれば芙祐子は自滅するだろう。
芙祐子が生きるためには、己が変わらないといけないのだ。
恐らくそれこそが、彼女にとっての最大の屈辱だ。
美桜はきゅっと目を瞑《つぶ》ると、浬を見た。
その落ち着いた表情で、浬は美桜の心を悟ったようだ。
美桜は、父を見る。
妻を侮辱された立場にいる彼は、どんな感情を抱いているのだろうか。
やはり自分は、親不孝なのだろうか。
だけどわかってほしい。

こうでもしなければ、茅野家に変化の楔《くさび》を打ち込めなかったことを。

「お父さん。村上さんはしきりにお父さんの話ばかりをして懐かしがっていました。お母さんが亡くなっても、残ったものはあったのです」

「……っ」

「わたしは、靴を履いた時のお母さんのあの幸せそうな顔を守りたい。生きていようが死んでいようが関係ない。そう思っています」

浩二はただじっと美桜の言葉に耳を傾けている。

こんなにきちんと話を聞いてくれるのは、いつぶりだろうか。

「わたしは、『KAYANO』が生まれ変わることを望んでいます。名前がなくなっても、お父さんが築いた精神は受け継ぎたい。だからもし、わたしと村上さんと、皆を幸せにできる靴を、笑顔で作りたいと思ってくれるなら。わたしは……今までのことはすべて水に流して、お父さんと頑張っていきたいと思います。お母さんというシンデレラが好きだった靴は、わたしひとりでは作れませんから」

虐げられてきた娘としての最大の譲歩に、浩二の唇が戦慄いた。

「『Cendrillon』に茅野の風を吹かせることを、考えてください。よろしくお願いします」

美桜は静まり返っている会場の中で、頭を下げた。

そして、蚊帳の外になって会場のオブジェと化していた高橋にも頭を下げる。

「長々と、お待たせして申し訳ありません。恥ずかしながらわたしたちは今、こういう状況でして、メリットがなにもございません。おかしなスキャンダルに巻き込まれる前に、どうぞ息子さんに相応しいご令嬢をほかでお探しください」

　高橋は真っ赤な顔で文句を言おうとしていたが、言葉にはできなかったようだ。

　砂上の楼閣と化した『ＫＡＹＡＮＯ』。

　その娘の相手は、代議士ですら容易には頭が上がらない音羽コンツェルンの次期当主。

　どう見ても、美桜の相手に相応しくないのは自分の息子の方だった。

　この場にいる意味などないのは自覚しながら、ただの意地で口を開きかけたが、それを止めたのは息子の良樹だった。

　良樹が浬をじっと見ると、浬は姿勢を正してゆっくりと口を開いた。

「私は心から美桜さんを愛している。彼女を私が幸せにしたいんだ。どうかここは、私の顔をたててくれないだろうか」

　その真っ直ぐな面差しに、良樹は――頷いた。

「わかりました。私もその方が、美桜さんが幸せになれると思います。このたびは父がお騒がせしてしまい、すみませんでした。私から父に言い聞かせます」

　父の陰に隠れてばかりだった良樹は、男らしく毅然と言った。

「そして……、次期当主ご就任おめでとうございます。不甲斐《ふがい》ない私ではありますが、今度はゆっくりとお話ししましょう。色々とお詫びしたいこともありますので」

「わかりました。……ありがとう」

「美桜さん。あなたにもご迷惑をかけてすみませんでした。あなたの言葉に心を打たれ、目が覚めました。私も二世として父に頼るのではなく、父に頼られるように頑張ります。あなたのように堂々と」

美桜は、込み上げる嗚咽《おえつ》を必死に押し殺した。

七光りだと思った。最初から印象は最悪で、どう見てもカバとしか思えなくて。

だが、彼は美桜のホステス稼業も知っていたのに暴露せず、ひとりの大人の男として最後に潔く男の株を上げた。

「それでは、失礼します。ほら、帰るよ、父さん。いいから、帰るんだ！」

ぶつぶつと文句を言う父を引き摺《ず》るようにして、良樹が消える。

彼が親の力を借りることなく自立した時、きっとこの日のことを、浬も交えて笑い話にできるかもしれないと美桜は思った。

子供はいつまでも親の庇護《ひご》下にはいない。

成長した子供は、年老いた親を支える存在になっていくのだ。

それが血の繋がりの意味なのだろう。

「美桜」

浬が美桜の名前を呼んで近づいてくると、彼女の左手を取り持ち上げた。

そしてフロックコートの内ポケットに裸のまま忍ばせていたプラチナの指輪を、美桜の薬指に嵌《は》める。

「え……」

会場からはひゅうと歓声があがる。

立て爪が押さえているのは、一粒の大きな無色の宝石。

それは、スワロフスキーではない。

「な、なに……」

美桜は本物のダイヤを前にして、狼狽する。

浬は身体を沈ませて片膝をつくと、美桜に片手を差し出すようにして言った。

「美桜さん。俺と結婚してください」

まるでそれは、シンデレラに求婚する、おとぎ話の王子様のように。

同時にその姿は、永遠に愛を誓う騎士のように凛々《りり》しく。

義姉が泣きわめく。義母が金切り声を上げてなにかを言っている。父はなにか考えるように遠くを見ている。

こんな結末、予想していなかった。

「美桜、返事」

浬は少しばかり恥ずかしいらしい。

だったらしなければいいのにと思わなくもないが、それ以上に彼が〝王子様〟として迎えにきてくれたことが嬉しくて。

これこそがきっと、シンデレラの喜びだ。

美桜は歓喜の涙を溢《あふ》れさせながら、彼の手に自分の手を乗せると、か細い声で言う。

「よろしく……お願いします」

破顔した浬が美桜を抱きしめ、皆の前で美桜の指に輝くダイヤの指輪に口づけて見せると、盛大な拍手が湧いた。

『Cendrillon』からの招待状で集まったはずが、『KAYANO』のお家事情の暴露会となった。

戸惑いの中で、ただひたすらによくわからない『物語』の観覧を強いられた招待客ではあったが、ふたりの幸せそうな顔を見て、ふたりが紡いだ物語がハッピーエンドを迎えたことを悟った。

ふたりへの祝福の嵐は止まらない。

音羽社長、芳人、燎子、榛木、薫、見知らぬ顔の招待客も、皆が喜びに溢れた。

シンデレラの存在証明であったガラスの靴は、今——永遠を約束する、ダイヤモンドの婚約指輪になったのだった。

それを憎々しげに睨みつけているのは、芙祐子と春菜だ。

浬は、とどめとばかりに冷淡に言った。

「さあ、賭けはどちらが勝ちですかね？」

この拍手喝采を聞く限り、どちらが勝利をしたのかなど、火を見るよりも明らかだ。

なにより高橋代議士側が美桜との結婚を辞退し、退場してしまったのだ。祝福に満ちた

音羽の御曹司との結婚話に水を差してまで、良樹との結婚を推すような愚か者はいない。

「しかも春菜さんは、美桜の暴行事件の首謀者であり、今までも半グレと関わってきたという自供もある」

「その件は春菜が勝手にしたことよ。私は知らなかった！　だから……」

「母さん⁉」

春菜にとって唯一の味方であるはずの芙祐子に切り捨てられ、春菜は悲鳴にも似た声を上げた。母のためにとしてきたことも、すべて無意味だったことを悟ったのだろう。

それは春菜にとって、一番のダメージに違いない。

「保身のためには、自分にそっくりな実娘すら捨てるのか。母の情まで無くしたあなたに、情けをかける気などない。……どこへ逃げ込もうとも、私は逃がさない。さあ、この念書で、どんな修羅の道を歩んでいただきましょうか」

浬は内ポケットから署名と拇印《ぼいん》がついた念書を取り出し、芙祐子に見せつけた。

己の貪欲さに足を掬《すく》われた芙祐子は、春菜とともにがくんと膝から床に崩れ落ちたのだった。

エピローグ　シンデレラは魔法を信じない

『Cendrillon』の新作披露会は、そのまま浬と美桜の婚約披露祝賀会へと移り変わる。

まるで王宮で舞踏会が開催されているかのような豪華な広間にて、招かれた紳士淑女たちは若いふたりを祝福した。

音羽コンツェルンの次期当主として堂々たる振る舞いで談笑する浬は、美桜を傍らに置いて挨拶に回り、美桜が苦手に思っていた社長もにこやかにふたりのそばに立っている。

その一方で茅野家の面々は、華やかに賑《にぎ》わう場の中心から離れた広間の隅で、マスコミに囲まれて動けなくなっていた。

彼らが虐げてきた美桜は、今や誰もが羨む遠い存在となり、助けを求めて声を上げても届かず、寄ってくるのはマスコミだけ。誰からも背を向けられ、逃げることも叶《かな》わず、ただひたすら場違いであることを思い知らされながら、屈辱に耐えるしかないのだ。

……そう、これから先も。

「まさか公開プロポーズとはな。あいつがあんな小っ恥ずかしいことをするなんて」

ホテルを出た芳人は、思い出してはくすくすと笑ってしまう。

浬がテンプレ通りの王子役に徹したのは、シンデレラの相手は自分だと公言したかったからだろう。そして、鮮やかに公然と美桜を手に入れたのだ。

浬が本来の王子に戻った時、周囲を謀っていた偽りの存在は消えるのが道理だ。

期間限定で許された、分不相応な今までの環境こそが、自分にかけられていた魔法。

魔法が解ければ、すべてはあるべき真実の姿に戻る。

本来自分は、光の世界にいてはいけない影の存在だ。

それを浬の魔法が、桃華のいない色褪《いろあ》せた世界を、光に満ちたものに変えてくれた。

「……楽しかったな」

いずれ解ける魔法だと知りながら、浬とともに過ごした思い出は今でも色鮮やかだ。

どこまでも彼と対等で、同じ夢を見た。

それがどんなに嬉《うれ》しかったか、浬はわからないだろう。

浬の期待に応えようと、できる限りのことはしてきたつもりだ。

浬の重荷にならないようにと、必死に桃華に関するトラウマを克服しようとした。

だが浬にとって唯一無二の存在は美桜であり、彼女は浬を支えられる逸材でもある。

消えない魔法をかけられた美桜が羨ましく、正直、妬ましくもあった。

それなのに自分は、そんな彼女に桃華の面影を見出してしまった。

――桃華さんもそう言っているかと。

自分には関係ないと放っておけばいいのに、桃華の名で自分を救おうとした女性。

桃華ではないのに、あの可愛い声で「副社長」とずっと呼んでもらいたくなった。

……わかっている。これは恋ではない。かつての自分の恋を思い出しているだけだと。

それでも、桃華のドレスを着てほしいと願うほどには、美桜は特別だったのだ。

一夜限りで抱いた、肩書きや外見ばかりを欲する女性たちとは違った。

魔法が解けた今、すべては――消え去るのみ。

最初から覚悟していたことだったのに、寂しくてたまらなかった。

浬と美桜が迎えてくれる……楽しかったあの日々をもう送れないのだと思えば。

蛇塚や春菜に対する制裁を見られなくなることより、そちらの方が心残りになるなど。

「浬に……なりたかったな」

欲しいものを手に入れることができる、光り輝く彼に。

どんな肩書きでもいいと、素の自分を愛してもらえる女性を見つけた……我が弟に。

自分はもう、そんな恋には巡り会うことはないだろう――。

「私は……副社長がいいです」

そんな声に振り返ると、燎子が立っていた。芳人を追いかけてきたようだ。

「お願いです。私を……副社長のおそばにおいてください」

それはいつもの気丈な彼女らしくない、弱々しさと健気さを見せていた。

「ど、どうしたんだ、小鳥遊さん。それにもう僕は副社長では……」

「肩書きなんていりません。芳人さんで……ありさえすれば」

燎子の目から落ちた涙。

それを見た芳人の心が、かさりと音をたてる。

それは動揺なのか、警鐘なのか、それとも……なにかが芽吹いた音なのか。

「私、あなたが――」

この時の芳人はまだ、その正体には気づかない――。

＊＊・＊＊・＊＊

浬もまた美桜と会場から抜け出し、予約していた最上階の一室《スイート》に美桜を誘った。

夜景が見える大きな部屋に入るなり、浬は気取って尋ねる。

「我が姫《シンデレラ》、ご感想は？」

「浬さんの方が御曹司だったなんて、思ってもいなかった！」

小さく尖《とが》る美桜の唇を浬は笑って塞ぐ。そして美桜を抱きしめ、額をこつんと突き合わせながら、互いに照れたような視線を絡めた。

「副社長は……」

美桜は吐息のように、その名前を口にする。

「なんでこんな時に芳人の話？」

「ごめんなさい。なんだか気になって。副社長はどうなるんですか？」

次期当主を装い、副社長に就いていた彼。

次期当主の座に浬が座ったら、彼はどうなってしまうのか。

「俺の話を聞いてほしい」

浬は美桜の頭を撫《な》でながら、夜景が見えるソファに隣り合って座った。

「芳人は俺の兄なんだ」

「え⁉　でも同い年……」

「母親が違う。正妻である俺の母が中々俺を身ごもらなかったために、芳人の母が宛がわれ、なんの因果か同時期に妊娠してしまったんだ。生まれは数時間の差。俺を確実な後継者にするために、母の教育は厳しく、物心ついた時から俺は、音羽の後継者としての英才教育を受けてきた」

浬は、自嘲気味に笑い、悲しそうにぼやく。

「躾《しつけ》と称する虐待……折檻《せっかん》を受け続けた俺は、やがて痛めつけられるほどに劣等感に苛まれ、身動きがとれなくなった」

美桜は浬の手を握った。浬の手は氷に触れていたように冷たかった。

「自暴自棄になり、それが怒りとなった。なぜ俺だけがこんな目に遭わないといけない。なぜ芳人は自由なんだって。芳人に後を追い回されるたびに、うざくて仕方がなかった」

美桜は、芳人が追いかけていたという綾女の話を思い出す。

「ちょうどきみに会った高校の頃がピークで、反抗心で髪を染めていた。音羽に相応しい姿を強いられていたのに、赤髪でも音羽の跡取りの呪縛からは逃れられなかった。俺もまた言われるがままの人生で、これが永遠に続くのだと思ったら苦しくて堪らなかった」

　浬もまた、美桜と同じ境遇だったのだ。

「ある日、授業をサボって屋上から景色を見下ろしたことがあった。パノラマの中で自分はどれだけ小さいのかと。それを芳人が自殺しようとしているのだと勘違いした。芳人もまた母からの重圧に耐えて育ち、俺に遠慮をして遠戚である碓氷家の養子になっていたが、俺のために本気で泣いて怒る姿に絆《ほだ》されてね、芳人にだけは心を開いたんだ」

「そうだったんですか……」

「桃華の件があった後、芳人の生きがいを作るためにも、芳人に音羽を改革しようと持ちかけた。だけど俺にはまだなにかを変えるだけの力がないし、父を利用しようとする輩を色々見てきたから、俺たちの代になった時に本当に味方になる奴らを探すことにした。そのため、父の許可を得て芳人には音羽姓を名乗らせて副社長として表の立場から、俺は碓氷姓を名乗り秘書として裏の立場から、敵か味方か判断することにした。『Cendrillon』創立時といい、見事に肩書きの効果を知ったわけだ」

　浬は美桜の手を握り、指を絡めた。

「今でこそ父も年を取って変わったが、音羽は古い因習に囚われた家だった。新しい音羽を築くために、要るもの要らないものの見極めと実行に力を注いできた。それができたのは芳人の尽力だ。なにをしても俺と比較される婚外子の立場で、副社長の座についたことはあいつにとって複雑だろうが、俺を慕って色々と頑張ってくれた」

当主となるための副社長の座を守るために教育された浬。

その一方で副社長の座を奪えと教育されただろう芳人。

ともに実母の私欲の犠牲となった兄弟の立場は真逆でも、心の絆《きずな》は誰よりも強く、時には光となり時には影となり、相手と自分の心を守ってきた。

「俺が本当の立場を公表して、その地位に戻った今、恐らく芳人は俺の前から消えようとするだろう。だけどそうはさせない。俺は……芳人を碓氷家から養子離縁をさせて音羽に戻すつもりで、密かに父と話を進めている」

「ということは……」

「ああ。兄弟だと名乗りたい。義務ではない芳人の居場所を俺が作る。影の存在にはさせない。俺と同等の立場にして、コーポレーションは芳人にやるつもりだ」

「浬さんは？」

「『Cendrillon』がある。いずれトップになる、きみの色に染まるブランドが」

「トップ？　え？」

「なにを驚く。最初からそのつもりだったから、リーダーをさせたんだ。そしてきみは、その資質を発揮しただろう？」

にやりと、策士は笑う。シンデレラプロジェクトは、新作の企画だけではなく、いずれ責任を担う美桜のために考えられたものだったのだ。

「きみが目指す会社にするために俺は働き、芳人の力も借りて、いずれ音羽から独立させる。きみのお母さんときみと俺が一緒に作る会社を、音羽に従属する会社にはさせない」

「ありがとう……」

美桜は泣きながら浬に横から抱きついた。浬は美桜の後頭部を優しく撫でて言う。

「このところ、ずっと父と打ち合わせをしていたのは、芳人との交代劇と、美桜を俺の相手として認めさせるためだった。そのために色々条件はつけられたけれど、あそこまで喜ぶとは思っていなかった。だったら最初から、美桜を紹介しておけばよかったよ」

笑う浬を見て、美桜は思う。

大御所が反対しなかったのは、それに見合うだけの浬からの具体的な提示があったからで、恐らくこれから浬は、その借りを返すために奔走するだろう。

借りを作らせたのは美桜だ。だから心は痛むけれど、こうも思えるのだ。

「きっと浬さんを苦しませたお父さんなりの贖罪《しょくざい》なんですよ。だから息子の頼みを聞き、息子の晴れ舞台を堂々と飾ってあげた。お父さんにできる精一杯のことかもしれません」

浬は、美桜の身体をぎゅっと抱きしめた。

「でも、本当によかったんですか？　浬さんの環境は窮屈になるのに」

「それでもきみは、そばにいてくれるんだろう？」

まるで懇願のような声が、美桜の耳を震わせ、美桜はこくりと頷《うなず》いた。

「……ようやくこれで、きみは俺のものだと公言できた」

「ふふふ。王子様に求婚されたのは、わたしの一生の思い出になります。ありがとう、たくさんの女性の中から、わたしを選んでくれて」

「俺の方こそありがとう。結婚は仕事の状況を見ながらになるだろうが、できるだけ早くしたい。きみを俺の妻にしたくて仕方がないんだ」

美桜はシンデレラの童話を思い出す。

あの中の王子も、舞踏会でたくさんの煌《きら》びやかな美女を見ていたはずなのに、シンデレラを見つけて追いかけた。

それこそが奇跡の魔法なのかもしれない――。

「ひとつ聞いていいですか？」

甘い口づけをかわした後、美桜が尋ねた。

「わたしを副社長の専属に強いたのはなぜ？」

「それは……、いずれ俺が副社長になろうとしていたからだ。音羽にとって秘書は嫁候補で、風潮的に専属は一度外されたらもうその役職の専属にはなれない。だから引き続き、きみを公的にも俺の専属にさせるため、副社長という地位の専属にこだわったんだ。俺が音羽に戻ったのなら、変えればいいだけなんだけれど」

「そう、なんですか」

「芳人に副社長職を任せるのなら、燎子くんを専属に戻したいと思う。きっと彼女は、芳人の公私ともに必要な人材だと思うから」

それは美桜も同感だった。燎子の愛情が、時に厳しく芳人の心を支えることを願う。

「ではわたしは、お役御免ということですか？」

「俺の専属秘書だろう、きみは。俺以外の専属にはつかせない」

浬は笑いながら美桜を両腕で抱きかかえて、大きなベッドがある部屋に運んだ。

「これからの音羽を担う人の隣に、わたしがいていいんですか？」

ふかふかなベッドに埋もれて、美桜が憂えた目でそう尋ねると、浬は服を脱ぎ捨てながら、妖艶な流し目を美桜に寄越した。

「きみだからだ。俺はきみがいい。きみ以外はいらない」

王子様に所望される喜びが、美桜の胸を襲う。

こんな自分を選んでくれてありがとう。

こんな自分を愛してくれてありがとう。

自分にできることは、全身全霊で彼を愛し、慈しむこと。

王子様に釣り合うように、頑張ろうと思う。

「わたしも、浬さんがいい……」

彼以外、誰も王子様になりえない――そう言うと、浬は嬉しそうに笑った。

夜景をバックに、見事な隆起を見せる浬の上半身が青白く浮かび上がる。

いつでも彼の姿に惹《ひ》き込まれる。

そう、最初からずっと彼に欲情する。

裸になった浬の匂いに陶然となりながら、美桜は服を脱がされた。

「……やけに緊張してドキドキするな」

浬は美桜の手を取り、自分の心臓の真上に、手のひらを当てさせる。

「浬さんの心臓、すごく速い……」

全裸のふたりの肌と肌が直に触れあうだけで、どちらからともなく甘い吐息が重なる。

美桜の首筋に舌を這《は》わせていた浬が、ふと思い出したように言う。

「グリム童話の灰かぶり姫、最後に小鳥が義姉たちの目を潰すらしいけど」

彼女はとろりとした目をして、何事かと首を傾げた。

「目を潰すということは、母親からの支配から解放されるという意味みたいだ。だとしたら物語は母親がネックになっているな。きみもそうだ。継母にしろ、亡き母にしろ」

「……ええ」

継母への反発と、亡き母の追慕が、今の美桜を支えている。

それがなければ、自分の物語は変わってしまっていた。

「シンデレラの物語とは、彼女を虐げ縛った者たちから魔法を使って自由になるための痛快劇なのだとして、物語にはシンデレラの父親がどうなったのかは書かれていない。俺のシンデレラは、父親の責務を果たさなかった彼を本当に許すのか？」

美桜は父を思い出す。芙祐子たちの強烈な私欲に心まで侵蝕《しんしょく》され、娘の頬を叩《たた》くまでに利己主義になってしまった浩二。

それでも——昔と変わらなかったものもあったから。

「守ってくれない父だったから、それ以上に守ってくれようとする素敵な王子様と巡り会えたの。娘を幸せに導いているのだから、許さないとは言えないわ」

美桜の答えに、浬は小さく笑った。

「妬けるほどに、きみは優しいな。誰よりも『KAYANO』を愛するきみの元で、お父さんが再出発をしてくれることを、俺も望んでいる——」

浬は、熱を孕《はら》んだ黒水晶の瞳を優しく細めた。


蒼白い月明かりを浴びて、浬の身体が沈むと、美桜の唇が半開きになる。

ひとつになった身体は、同じリズムで揺れて波打った。

「美桜、美桜……！」

焦がれるように名を叫ぶ浬は、猛々しく腰を打ちつける。

美桜は激しく喘《あえ》ぎながら桜色の爪を精悍《せいかん》な背中に突き刺し、彼を最奥で感じようと、艶めかしく動く足を彼の腰に巻きつけた。

汗ばむ肌。伝う汗。

濡《ぬ》れた髪を乱して愛し合うふたりは、歓喜の声を上げて同時に弾け飛んだ。

浬は仰け反る美桜の身体を強く抱きしめながら、膜越しに激情を熱く放つ。

ふたりは幸せに蕩《とろ》けながら口づけを交わし合い、また渇望してひとつに繋《つな》がる。

繰り返される愛の行為が神聖な儀式であると告げるように、美桜の薬指にあるダイヤが神秘的に煌めいた。

「美桜、愛してる」

「わたしも……あなただけを愛してる」

魔法を信じられなかったシンデレラは、最愛の王子と今宵も夜通し愛を語り合う。

愛という名のこの幸せな魔法が、永遠に続くようにと切に祈りながら。

ふたりのおとぎ話は、今始まったばかり――。

番外編　ある王子の秘めた執愛

シンデレラとは、階段の上から飛び降り、唇を奪ってくるじゃじゃ馬ではない。

ましてや助けられておきながら、下着を一方的に見せつけた挙げ句、屈辱に満ちた涙目で睨《にら》みつけ、情け容赦ない平手打ちをして消える失礼な女でもないだろう。

浬が思っていたシンデレラ像とはほど遠く、魔法が解けた身なりをしていても、〝負けるものか〟と命を削って叫んでいるかの如き目の強さ……それを見た浬の心が波立った。

確かにその時、共鳴にも似たなにかの兆候《シグナル》を感じたのだ。

しかしその鮮烈な存在感は、頬の痛みに悶《もだ》えている間に消え去ってしまった。

赤子でも履けないような、小さな靴を残して。

ガラスの靴に彼女へと繋《つな》がる情報はなく、いっそ童話の王子のように実家の力を使って、大々的な追跡をしようかと本気で思ったくらいだ。

どんな女に会っても、彼女のあの強い目ばかりが思い出され、彼女と比較してしまう。

彼女なら媚《こ》びない。彼女ならいつだって凛《りん》としている。

浬はすでに、逃れきれない……シンデレラの魔法にかかってしまっていた。

手がかりを見つけられず、煩悶《はんもん》し続けて数年。

グリム童話では舞踏会は数日行われ、王子は毎夜消えゆくシンデレラを逃すまいと階段にニスを塗って、シンデレラの靴を手に入れたとか。

王子の画策で手に入れたシンデレラの存在証明。

策を講じることができるほど何度も会えていたことを羨ましく感じつつ、芳人とともに手がけたブランドは、迷うことなくシンデレラをモチーフにした。

ガラスの靴のペンダントを持つほどだ。彼女はきっとシンデレラ好きのはずだから。

〝シンデレラ〟こそが、彼女と自分を繋げるキーワードだと信じて。

「浬。どうして小鳥遊さんには靡《なび》かないんだ？　お前が好きな勝ち気なお姫様じゃないか」

芳人からそう尋ねられたことがあるが、燎子と彼女は強さの種がまったく違う。

「言うなれば……大輪の薔薇《ばら》と桜、だな。俺が愛でたいのは桜だ」

そう、彼女は桜に似ていた。

散る運命を自ら悟っているからこそ、なによりも美しく咲き誇る桜だ。

儚《はかな》いのに華やかな、矛盾を秘めた花――。

「浬くん！　恐らく……あなたが探していた子がうちに来たわ。ほら、浬くんにガラスの靴のペンダントを残して消えたという子よ」

古くからの知人である仙賀綾女の電話に、一目散に店に駆けつけた。

彼女との出逢《であ》いから十年は経っている。

しかも会ったのはあの一度きりだというのに、すぐに遠目でも彼女本人だとわかった。

今まで動かなかった心の時間が、動き始めたのだ。

感情の昂《たかぶ》りが制御できなかった。

「いくら湮くんでも従業員の個人情報は教えません。うちはアフター禁止なの」

昔から綾女には頭が上がらない。どこか彼女――桜子と通じる凛とした強さがあるのだ。

「だけど彼女がこの世界にいるということは、困っているんだろう？　力になりたい」

「湮くんが魔法のように解決してしまったら、あの子のためにならないわ。私はあの子の親代わりとして、あの子が当然親から受けるべき愛を注いで面倒をみたいのよ。あの子自身を強くしないと、シビアすぎる環境に折れてしまうから」

その時は、綾女がどんなことを思ってそう言ったかわからなかった。

だが冷静に考えてみたら、新人ホステスと湮へペンダントを残した少女が同じかどうか、判断できる根拠はないのだ、綾女には。

それは桜子が綾女の実妹そっくりで、綾女もまた同じペンダントを持っていたからだ。

それを知るのはもう少し後になるけれど。

接触はもう少し後にしてくれと制されて、焦らされ続けた数ヶ月。

遠目でもいいから眺めていたくて、いくら金を店につぎこんで通ったことか。

だが大金をかけてでも、通う価値はあったのだ。

「ふう、湮くんの一途さには負けたわ。あなたならいいわ。少しだけ教えてあげる。名前は美桜よ。でも変化する彼女を止めないで、今は見守っていて」

〝美桜〟――何度も何度も口ずさみ、やはり桜そのものだと顔が綻んだ。

いつしか頼りなげだった彼女が、綾女の元で堂々とした美貌を魅せ始めた。

蕾《つぼみ》だった桜が満開になったかのように。

それは見事で、さらに浬の心を奪った。

触れたくても触れられない、神聖なる孤高の桜。

触れてしまったらきっと、自分はこの想いのすべてをぶつけてしまうだろう。

彼女を手折ってしまいそうで怖い。どろどろとした欲で彼女を穢《けが》したくない。

そんな臆した気持ちと同時に、見ているままで終わるのもいやだった。

偶然を装って美桜にひと言声をかければいい。あの強い目に姿を留めてもらえれば。

ペンダントを見せるだけでも特別な会話は生まれるはずなのに……言葉が出ない。

圧倒的な彼女の存在感と、溢《あふ》れ出る想いに呑《の》み込まれてしまう。

彼女を想い、デザインしたものはブランドの商品になっていくけれど、彼女に身につけてもらえないのなら虚しいだけだ。

彼女を光り輝くシンデレラにするのは綾女ではなく、自分でありたい。

そんな最中、他の客が桜子をどう抱いたのかを噂《うわさ》していることにショックを受ける。

綾女は枕営業を嫌うから、彼女が自ら望んで男に身を任せたのだろうが、嫉妬が渦巻き、男としての矜持《きょうじ》が悲鳴を上げる。

今まで黙って見ていたのは、他の男に触れさせるためではない。
どんな男に抱かれた？
どんな顔を見せた？
シンデレラは階段を駆け下りずに、手に届かぬ高みまで駆け上ろうとしているのか。
ここにガラスの靴を持った王子がいるのに、気づいてもらえずに終えるものか。
彼女の心を奪ってやる。なんとしてでも――そう腹をくった。
舞踏会にいる王子から逃げるシンデレラを捕えるための、シンデレラプロジェクト。
シンデレラの正体はすでに知っている。
彼女には逃げ場などない。
魔法が必要なら、いくらでも魔法をかけてやろう。
他の男など目に入らぬように。
さあ、昔のように剝き出しの感情を見せてみろ。
欲しいのは――シンデレラの心。
取り繕った桜子の顔などいらない。
「芳人、プロジェクトメンバーは営業の榛木、企画の羽馬、療子くんでいこうと思う」
「意外なメンバーだな。決め手は？」
シンデレラを支えるサポーターの名に、偶然などありえない。
運命であればいつか、必然になるはずだから。

「わたしは、シンデレラとは違って、自分の力で幸せを摑《つか》みます！」

——落ちてこい。

「わたしだって、幸せになりたい。わたしだって夢を見たい」

——俺の手の中に。


魔法を信じないシンデレラは、誰よりも幸せを夢見ていた。

王子だって、幸せを夢見ていたっていいだろう？

苦しむために生まれたのではなく、幸せになるために生まれてきたと信じても。

シンデレラの苦痛を心で理解できるのは、彼女同様に家族に苦しんだ王子のみ。

そして王子の心を理解できるのは、魔法を信じないシンデレラただひとり。

魔法なんてない。

あるのは、自らが引き寄せた……共鳴という名の運命。

彼女と出会い愛するために、自分のすべてはあったのだという不変の事実だけ。

込み上げるこの愛を、おとぎの国の夢物語にしてたまるものか。

この腕の中で、艶やかに微笑むシンデレラに誓おう。

この愛から、一歩も逃がさないことを。

これは魔法が解けても続く、未来永劫に消えることない——真実なのだ。

あとがき

このたびは本書をお手にとっていただき、ありがとうございました。

蜜夢文庫さんから五冊目となる今作は、らぶドロップスさんの電子書籍「シンデレラは魔法を信じない　高嶺の桜は、秘書室長の執愛に乱れ咲く」を改稿し、書き下ろしの番外編を加えたものになります。

この作品は元々ＷＥＢ投稿から、大幅に変身を遂げて某サイトで公式配信されていましたが、そちらでの配信が終了となり、現在、また新たなシンデレラとして四度目の変身を遂げて、皆様のお手元に届くことができましたことを嬉しく思っています。

この物語は、私が大切な家族を亡くした悲しみから立ち直るため、書いた作品のひとつでした。ちょうどＴＬを書き始めた頃で、どのバージョンでも非常に思い入れが強く、設定や展開が違っていても「負けるものか」という強い思いだけは残しています。

義母や義姉はさておき、実父に寛大すぎるのではないかとヒーローも何度も言っておりますが、家族を切り捨てるオリジナルを嫌うこのシンデレラは、あえて思い出に消えかける家族の絆に希望を持たせたいなと思いまして。実際シンデレラを取り巻く人々がどんな結末を迎えるのかは、おとぎ話と同じように皆様のご想像に委ねたいと思っております。

なお、物語で出てくるブランド『Cendrillon』は、レーベルを問わず私の作品に出てくるヒーロー御用達の店で、桜がモチーフになって出てきます。桜に込めた、今作ヒーロー淫の想いを胸に、別作品のヒーローたちの恋も応援していただけたら嬉しいです。

奏多版の歴代のシンデレラ～をご存じの方々には、変わらない部分を懐かしみ、変わった部分に新鮮味を感じていただけたら。そして今作で初めて出逢ってくださった方々には、挫けず前を向く美桜と、支える仲間たちの愛情をともに感じていただけたら幸いです。

最後になりましたが、この作品を作るにあたりご尽力下さった方々に御礼申し上げます。思い出深い物語に再び命を与えてくださった担当者様、出版社様、デザイナー様、出版に携わったすべての方々。そして初期の美桜に、輝きの魔法をかけてくださったK様。うっとりするような美しいシンデレラと王子様に仕上げ、その愛の軌跡を美麗イラストにしてくださった天路ゆうつづ先生。

いつも応援くださる方々、そして本書を手に取ってくださいました皆様に、最大の感謝を込めて。ありがとうございました。

またどこかで、元気にお会いできますように。

奏多

本書は、電子書籍レーベル「らぶドロップス」より発売された電子書籍『シンデレラは魔法を信じない　高嶺の桜は、秘書室長の執愛に乱れ咲く』を元に、加筆・修正したものです。

★著者・イラストレーターへのファンレターやプレゼントにつきまして★
著者・イラストレーターへのファンレターやプレゼントは、下記の住所にお送りください。いただいたお手紙やプレゼントは、できるだけ早く著作者にお送りしておりますが、状況によって時間が掛かる場合があります。生ものや賞味期限の短い食べ物をご送付いただきますと著者様にお届けできない場合がございますので、何卒ご理解ください。
送り先
〒160-0022　東京都新宿区新宿1-36-2　新宿第七葉山ビル3F
(株) パブリッシングリンク　蜜夢文庫 編集部
○○（著者・イラストレーターのお名前）様

シンデレラは魔法を信じない
高嶺の桜は秘書室長の執愛に乱れ咲く

２０２３年９月１８日　初版第一刷発行

著…………奏多
画…………天路ゆうつづ
編集…………株式会社パブリッシングリンク
ブックデザイン…………しおざわりな
（ムシカゴグラフィクス）
本文ＤＴＰ…………ＩＤＲ

発行人…………後藤明信
発行…………株式会社竹書房
〒102-0075　東京都千代田区三番町８－１
三番町東急ビル６F
email：info@takeshobo.co.jp
http://www.takeshobo.co.jp
印刷・製本…………中央精版印刷株式会社